미요시 다쓰지三好達治 시를 읽는다

미요시 다쓰지三好達治
시를 읽는다

오석륜 저

한국을 노래한 일본 국민시인

Mitsuyoshi

Tatsuji

역락

후쿠이현 미쿠니정 근교의 자택에서, 1948년.
그의 나이 48세 때.

책을 펴내며

시인 미요시 다쓰지(三好達治, 1900-1964, 이하 '다쓰지'). 그는 일본의 근현대시단을 대표하는 국민시인이나. 적지 않은 시간 동안 나는 그의 시를 읽고 또 읽었다. 그리고 그의 시 연구에 매달렸다. 굴곡이 있었다. 한계가 있었다. 그리고 압박감이 있었다. 이런 것들이 나를 휘감았다. 동시에, 책임감과 소명의식 같은 것이 항상 내 마음속에 작동하고 있었던 것도 사실이다. 그것은, 지금까지 일본근현대시단을 대표하는 시인의 시 세계를 '연구시'라는 틀을 갖추어 한국어로 출판하는 첫 사례라는 사실에 연유한다.

사람들은 왜 하필 많은 일본 시인 중에서 '미요시 다쓰지'인가에 대한 물음을 던질지도 모른다. 우선, 다쓰지는 시력(詩歷) 40년 가까이 천여 편의 작품을 통해 약간의 성향적인 변화를 보여주고는 있지만, 한국인의 정서와도 잘 어울리는 서정성과 주지적 경향의 시 세계를 보여준 시인이기 때문이다. 이는, 일본 시인들의 시를 많이 접해 보지 못한 한국의 독자들에게 공감과 더불어 일본 시문학을 기호하는 계기가 될 수 있다는 기대로 작용한다. 물론 그 전제에는 한국인은 시를 좋아하는 민족이라는 내 개인적인 생각도 보태져 있다. 다음으로, 다쓰지가 한국을 방문하여 한국 및 한국인과 관련된 작품을 남기고 있다는 사실도 간과할 수 없는 중요한 요인이다. 그는 일제강점기인 1919년과 1940년, 두 차례 한국을 방문하여, 시, 단가, 수필 등 많은 작품을 통해 한국과 한국인을 노래했다. 경주와 부여 등, 한국의 고도(古都)를 찾아 창작한 시 작품들은 한국의 오랜 유산이나 문화와 일체화된 경지를 보여주는 수작들이다. 창작 시기로 보면, 짧게는 60년, 길게는 100년 가까운 세월이 흘렀지만, 지금도 여전히 탄성을 자아내게 한다. 이는 다쓰지 시 문학이 단지 일본 문학 속에서 숨 쉬고 있는 것이 아니라, 한국인들에게도 널리 읽혀야 하는 이유다. 한국 시의 형성이나 비교문학의 범주에서도 그의 작품은 좋은 텍스트로서의 역할을 할 것으로 본다.* 이 책의 출판은 그런 의미에서도 '좋은 길잡이' 혹은 '하나의 선례'로 작용할 수 있다는 게 필자의 생각이다.

이 책은 구성에서 보면, 다쓰지가 발표한 시집의 연대순이다. 1930년

---

* 예를 들면, 한국에서 다쓰지와 한국 시인을 비교한 연구는 "김지녀(2008), 「정지용(鄭芝溶)과 미요시 다쓰지(三好達治)의 시 비교 연구」, 『Comparative Korean Studies』 16권 2호, 국제비교한국학회, pp.221-250. "가 있다.

부터 1962년까지 그가 출간한 시집 8권을 주요 텍스트로 활용하였다. 첫 시집 『측량선』을 비롯해 『남창집』, 『한화집』, 『산과집』, 『초천리』, 『일점 종』, 『낙타의 혹에 올라타고』와 마지막 시집 『백 번 이후』가 바로 그것이 다. 이 8권의 시집은 그의 대표 시집이라는 세간의 평가와 함께, 그의 시 를 초기, 중기, 후기로 나누어 살피려는 내 의도와도 상당 부분 합치하였 기 때문이다. 마지막 장인 9장에 마련한 '미요시 다쓰지 시(詩)와 한국'은 앞서 언급처럼, 그가 한국과 한국인을 노래한 작품들을 적극적으로 살펴 본 결과물이다.

이 책에 인용된 다쓰지 시는 모두 74편 정도다. 이는 전문 혹은 부분 인용을 모두 합한 숫자다. 물론, 인용 작품이 모두 그의 대표작이라고 할 수는 없지만, 내 마음에 충분한 공감을 주었다는 판단이다. 외국 시인의 시를 우리말로 번역하고, 평석을 감행하는 일은 쉬운 일이 아니다. 그래 서 나는 다쓰지 시가 이끄는 길과 동행하는 과정에서 때로는 적지 않게 굴곡을 맛보기도 했지만, 종착지를 향해 담담하고 성실한 항해를 계속할 수 있었다. 박사논문 「三好達治 詩 硏究─抒情性과 主知的 傾向을 中心으로」 (2002학년도)에 더하여 그동안 학회에 발표한 논문들을 중심으로 수정과 보완을 거쳐 내놓는 셈이다.

내가 다쓰지 시를 처음 접한 것은 대학 2학년 때인 1983년이었다. 그 때만 해도 문학청년의 길을 걷고자 하는 의지가 남달랐던 나는 당시 「동 대신문」에 시를 발표한 적이 있었다. 그때 내 시를 정성스럽게 읽어주신 분이 고 김사엽 교수님이었다. 그리고 그분이 나를 연구실로 불러 추천해 주신 작품이 다쓰지 시다. 다쓰지 시와 내 시의 경향이 비슷하니까 잘 읽 어보라고 하시면서 다쓰지 시가 담긴 두꺼운 책을 건네주신 일을 지금도 생생하게 기억하고 있다. 처음 그의 작품을 대했을 때의 감동을 아직도 잊을 수 없거니와, 그 시적 울림은 오히려 더 깊어졌다. 다쓰지 시의 매력은 여전히 진행형이다.

그렇게 벌써 36년이라는 시간이 흘렀다. 그 시간 동안, 나도 시인이 되었고, 일본 문학을 번역하는 번역가가 되었고, 세상을 읽으며 삶의 맥을 짚어보고 따뜻한 세상을 꿈꾸는 칼럼니스트가 되었다. 그리고 일본어과 교수가 되었다. 참으로 숨 가쁘게 달려온 시간이었다. 그 시간의 숨결에 다쓰지 시를 안고 동행했기에 행복하였다.

돌이켜보면, 다쓰지가 경험한 삶에서, 가난과 질병, 젊은 날 번역가로서의 활동 등은 내가 살아온 삶과 상당 부분 겹친다. 특히 같이 폐결핵을 앓았다는 것도 그렇다. 내 시가 그의 시와 닮았다는 평가, 혹은 다쓰지를 알고 있는 일부 지인들은 내가 하는 다쓰지 연구에서 '운명' 같은 것이 느껴지기도 한다는 언급을 하기도 한다. 『미요시 다쓰지 시선집』(小花, 2006년)을 출간하여 한국인에게 처음으로 소개한 것도 운명적 작업이었을까. 또한, 그가 평생 하이쿠를 좋아하는 시인이었던 점을 생각하면, 내가 여러 하이쿠 시인의 작품들을 모아 『일본 하이쿠 선집』(책세상, 2006년)이라는 책을 번역 출간해 많은 한국인 독자들에게 하이쿠를 소개한 것도 연관성을 갖는지 모른다. 이 책은 현재 9쇄까지 찍었다. 그와의 몇몇 공통점, 그것이 나를 그의 시 세계로 더 힘차게 끌어들인 원인으로 작동하였으리라.

이 책의 출판을 계기로 일본 근현대 시인들의 작품을 연구한 저작물이 더 많이 출판되었으면 하는 것이 바람이다. 두 나라 국민 사이에 문학적 공감대가 두텁게 쌓인다면 그것이야말로 상생이고 공생이다. 곧, '일본 근현대시인들이 어떻게 한국과 한국인을 노래했을까(가제)'라는 제목으로 출간을 준비하는 것도 그러한 생각의 연장선상에 위치한다. 21세기를 살고 있는데도, 한국의 일본 근현대시인 연구는 아직 요원하다. 마찬가지로 일본에서도 한국인 시인 연구는 아직 생소하다. 이 책은 다쓰지 시 문학이 단지 일본 문학 속에서 숨 쉬고 있는 것이 아니라, 한국 시 형성 과정이나 비교문학의 범주에서도 좋은 텍스트로 자리매김을 할 것이다. 또한 다쓰지의 작품이 동양적인 것과 서양적인 것의 주체적 통합이라는 측면에서 읽혀, 세계의 사람들에게 고전으로 자리 잡기를 기대하는 마음 간절하다. 그러한 역할로서 다쓰지의 텍스트가 활용될 수 있다면, 이 책의 몫은 충분하다.

참고로 필자의 이름이 2009년 3월 이후, '오석륜'으로 바뀌었음을 알려드린다. 본인의 의지와는 상관없이 '오석윤'에서 '오석륜'으로 바뀌었으며, 한자는 '吳錫崙' 쓰던 그대로 바뀌지 않았다. 필자의 논문 표기에서 오석윤, 오석륜 두 가지로 나온 것은 그 때문이다. 착오가 없기를 바란다.

이 책은 많은 분의 관심과 도움으로 출간되었다. 한국체육대학교 유임하 교수님은 대학 시절부터 인연을 맺은 동학으로, 출간에 조언을 아끼지 않는 고마움을 주셨다. 또한 출간을 재촉하며 늘 삶의 격려를 해주시는 신근재 교수님과 홍윤식 교수님, 그리고 『미요시 다쓰지 시선집』 출간을 추천해주신 공로명 동아시아재단 이사장님은 잊지 못할 분이다. 자주 찾아뵙지는 못하나, 항상 따뜻한 마음을 베풀어주셨던 김태준 교수님께도 감사의 말씀을 전한다. 원고가 늦었음에도 기다려주신 도서출판 역락의 이대현 대표님과 편집부에도 심심한 감사의 말씀을 드린다. 독자 여러분의 넉넉한 질정을 기다린다.

2019년 10월,
초안산 기슭의 연구실에서
오석륜(吳錫崙)

차례

본고는 일본인 인명과 일본 지명을 표기할 때, 처음에 나올 때는 한글 표기와 한자(또는 원문)를 같이 썼으나, 두 번째 이후에 나올 때는 한글만을 썼다. 시집 제목이나 시 제목, 잡지, 책 이름 등도 처음에는 마찬가지로 한국어와 일본어 표기를 같이 했으나, 두 번째 이후에는 한국어 해석에 주안점을 두고 표기하였다. 다만, 한국어로 이해 가능한 한자는 그대로 한글로 음을 달았으며, '일본어' 및 '한자와 일본어 혼합'인 경우는 우리말 해석이 필요하다고 판단되어 우리말 해석을 먼저 붙이고, 원문은 괄호 안에 넣어 처리했다. 예를 들어, 시 제목이 「駱駝の瘤にまたがって」인 경우, 처음 나올 때는 「낙타의 혹에 올라타고(駱駝の瘤にまたがって)」로 하고 두 번째 이후에는 「낙타의 혹에 올라타고」로 하였다. 또한, 시 번역, 한시 번역은 필자가 직접 했으며, 시의 경우 원시도 같이 수록하였음을 밝힌다. 미요시 다쓰지(三好達治)의 경우, 처음 나올 때는 '미요시 다쓰지'로 표기했으며, 그다음부터는 '다쓰지'로 표기하였다.

1장

서
론

1. 지금, 왜 미요시 다쓰지의 시詩인가

일본의 대표적 시인의 한 사람인 미요시 다쓰지(三好達治, 1900~1964, 이하 '다쓰지')는 쇼와(昭和) 시단(詩壇)을 대표하는 국민시인[1]으로 불릴 만큼 명성이 높다. 1926년 시 동인지 『청공(靑空)』에 「유모차(乳母車)」를 비롯한 5편의 시를 발표하면서 시인의 길을 걷기 시작한 그는 40년에 가까운 시간 동안 천여 편의 시를 남겼다. 이는 천부적인 재능과 치열한 모색, 시인으로서의 성실성이 한데 어우러져 나타난 결과다. 그는 일본 근현대 시의 지평을 넓혀 나간 쇼와 시문학의 대표 주자 중 한 사람이었고, 프랑

---

1 다쓰지 연구의 대표적 학자인 오가와 가즈스케(小川和佑)는 다쓰지에 대해, "기타하라 학슈(北原白秋, 1885-1942) 사후, 시단적(詩壇的) 평가와는 별도로 문학 일반의 독자로부터 국민시인적 감정을 갖게 한 것도 사실이다."는 평가를 내리고 있다(小川和佑(1976), 『三好達治研究』, 教育出版センター, p.183). 또한 안자이 히토시(安西均)도, "국민시인이라는 말이 있다. 일찍이 기타하라 학슈가 그렇게 불렸다. 그가 죽은 후에 국민시인으로는 미요시 다쓰지를 꼽을 수 있다."는 말을 남기고 있다(安西均(1978), 「三好達治と『四季』」, 『現代詩物語』, 有斐閣, p.110).

스 시의 영향을 받아 주지적 경향을 보여주기도 했으며, 일본의 문화적 전통에 충실한 정서와 섬세한 감각을 바탕으로 풍부한 서정성을 보여준 시인이었다.

다쓰지 시 연구는 일본의 대표적인 근현대시의 사례 하나를 논하는 것 이상의 가치를 갖는다. 한 시인의 시 세계를 검토하는 일은 일본 문학에 대한 심화된 이해를 바탕으로 한다. 다쓰지의 시문학에 관한 한, 단순 비교의 차원이나 영향 관계에만 주목한 경우가 상당수를 차지한다. 대표성을 가진 일본 문학에 대한 깊이 있고 폭넓은 연구가 과거에 비해서는 크게 늘어난 것[2]이 사실이지만, 아직도 크게 미흡한 것이 지금의 현실이다. 한국문학 분야에서 일본 근현대문학에 대한 관심과 이해의 정도는 아직도 부족하다. 게다가 일본의 소설이나 비평에 대한 관심과는 달리 시문학에 대한 이해와 관심은 아직도 요원하다. 이 책에서 논하려는 다쓰지의 시 작품만 해도, 1926년부터 1960년대 중반까지 왕성한 시 창작을 통해서 일본의 수많은 독자들이 애호하는 문학의 전범(典範)이 된 지 오래다.

다쓰지 시가 일본 국어 교과서에 실리면서 대표적인 시인 혹은 시 작품으로 공인되었다는 사실 자체가 그의 문학적 위상을 나타낸다고만 보기는 어렵다. 이 연구는 다쓰지 시의 명성에 편승하기보다는 다쓰지의 문

---

2   한일 문학의 비교문학적 사례로는 다음을 꼽을 수 있다.
     1. 김윤식(1975),『한국근대문예비평사연구』, 일지사.
     2. 김춘미(1985),『김동인 연구』, 고려대출판부.
     3. 愼根縡(2006),『日韓近代小說の比較硏究—鐵腸·紅葉·盧花と翻案小說—』, 明治書院.
     4. 신근재(2001),『한일문학의 비교연구』, 일조각.
     5. 노영희(2001),「일본 문학 연구현황」,『新日本文学の 理解』, 시사일본어사.

학적 특질을 밝히는 일이 우선되어야 한다는 것이 기본 입장이다.

　다쓰지 시문학에 대한 일본의 연구 동향은 전기적 접근 방식이 우세하다. 이러한 현상은 다쓰지 스스로 밝힌 자신의 삶에 대한 내력과 정신적 취향에 대해서 쓴 자전적인 글에서 연유한다. 평자들은 자전적 글을 활용한 측면도 강하지만, 일본 연구자들의 일반적인 경향과도 맞아떨어진다. 시인의 생애와 결부시켜 시 창작의 의도와 시 세계 전반을 설명하는 전기적 논의는 생전에 자신의 작품에 관해 많이 언급했던 다쓰지의 글을 토대로 삼았던 것이다. 그러나 시인이 표명한 시적 견해가 평자나 연구자들에게 참고 자료로 활용되는 것을 넘어 작품 해석의 근거가 되는 현상은 결코 바람직하지 않다. 전기적 연구에서 2차 자료 분석이 주된 논의 대상인 작품보다 강조되면서 빚어지는 해석의 오류는 비평에서 가장 경계해야 할 대목이기 때문이다. 이런 점에서 전기적 해석방식을 벗어나 다쓰지의 시 문학을 면밀하게 논의할 필요가 있다.

　일본 근현대시사에서 대표성을 확보한 그의 시 문학을 논하는 일은 좁게는 일본 문학의 한 사례를 연구하는 것이지만, 그의 문학적 정립 과정은 좀 더 넓게 보면 서구 문학을 수용하는 과정, 더 나아가 일제강점기에 맞물린 한국 근현대시사의 전개 과정과도 맞물려 있는 비교문학의 기본적인 작업이다. 다쓰지는 일본의 군국주의화와 함께 병영 체험을 통해 시대에 대한 거부감을 나타내기도 했으며, 일정 기간 한국 땅에 근무(함경도 회령)하거나 머물면서 신라의 고도 경주나 백제의 옛 도읍인 부여를 여행하는 등, 일제강점기 한국과도 많은 관련을 맺었다. 또한 그의 초기시 세계에는 프랑스 시의 수용 과정과 함께 전통적인 경향을 중시하는 태도가 드러난다. 덧붙여, 초기 시에서 후기 시에 걸쳐 나타나는 한자 애호 및 중국 시인들의 시에 대한 지대한 관심 또한 그의 이미지를 형성하는 중요한 인자다. 이렇게 다쓰지의 시 문학은 일본 근현대시를 대표하고 있지만, 나아가 프랑스 문학과 동아시아 문화 전반에 대한 체험을 반영한 시인이라는 점에서 논의 가치가 충분하다.

지금까지 다쓰지 시에 대한 일본 학계의 연구 경향은 연보에 근거해서 작품을 해석하는 관행 때문에 연구 범위 자체가 제한된 수준에 그치고 있다. 기존 연구에서 다쓰지가 사용한 시어의 특징과 그의 연보를 결부시키는 설명 모델이 많다. 이 같은 현상은 그의 시가 지닌 내재적 가치가 다쓰지의 발언에 가려져 제한받고 있음을 시사한다. 시인의 연보를 모르면 시를 이해할 수 없다는 통념은, 시인과 시를 별개로 보는 관점에서는 그다지 타당하지 않다. 만약, 다쓰지 시를 분석하는 사람이 평범한 일반 독자라고 가정할 때, 그 독자는 다쓰지의 개인적 삶과 시대적 환경, 다쓰지의 취향과 사상적 모색에 이르는 문제와는 무관하게 그의 시를 미적 구조로 이해할 수 있어야 한다. 연보와 결부시킨 시 해석은 '한편의 작품을 유기적(有機的) 질서를 구비한 하나의 우주' 또는 '잘 빚어진 항아리'[3]라는 관점에서 보면, 시 자체에 담긴 구조적 완결성보다도 작가의 사회적 정신적 체험 같은 주변적인 요소로 시를 재단하는 심각한 오류를 안고 있는 것이다. 이런 측면에서 시를 시인 자신과는 분리된 세계로 간주하여 시 자체를 온전히 해석하는 노력이 필요하다.

다쓰지 시문학 연구 동향을 살펴보면, 몇 가지 문제점을 다음과 같이

---

3   이 표현은 "클리언드 브룩스 저, 이경수 역(1997), 『잘 빚어진 항아리』 문예출판사"에서 차용했다.

정리해 볼 수 있다.

첫째, 일본 학계에서 이루어진 연구의 문제점 하나는 다양한 방법론의 부재다. 특히 다쓰지 시를 통시적으로 검토하는 경우, 그의 시 세계를 극적으로 구성하여 논지를 전개하는 태도를 취하고 있다. 작품과 작가를 불가분의 관계로 파악하려는 경향은 작품 분석이 인상 비평의 수준을 넘어서지 못했다는 것을 말한다. 주제론에 입각한 연구에서조차 다쓰지의 연보에 기대어 작품을 해석함으로써 시의 심미적 가치를 부각한 연구는 미흡해 보인다.

둘째, 주제론에서는 시인의 시를 서정성, 고전 시가나 한시와의 영향, 프랑스 시와의 영향, 풍토와 자연, 현대시와의 관계 등, 시의 본질과 여러 영향 관계를 폭넓게 반영하는 모습을 보여준다. 특히 작품의 영향 관계를 전통론이나 비교문학의 관점에서 다룬 경우, 그의 시와 프랑스 시와의 관계, 고전 시가와의 관계로만 다루는 것은 아쉬운 점이다. 특히 주지시인의 면모에 주목한 경우는 있으나 주지시와 서정시와의 관계를 함께 다룬 예는 드물다.

셋째, 이상의 두 가지 연구 경향에서도 알 수 있듯이, 다쓰지의 시 연구는 시의 내재적 가치를 밝히려는 접근 방식이 필요하다. 시어나 비유(상징, 은유, 알레고리, 의인화) 등에 관한 연구가 기존 연구에서는 부족하다는 뜻이다.

넷째, 다쓰지가 한국 및 한국인을 노래한 작품을 중심으로 시 분석을 행한 논문이나 그의 작품이 세계성을 가질 수 있다는 관점에서 다룬 논의가 없다는 것은 특히 아쉬운 대목이다.

2. │ 미요시 다쓰지의 시를 이해하는 몇 가지 전제

이 책에서는 첫째, 다쓰지 시의 미학적 완성도, 시인의 역사의식 등을 해명함으로써, 시인의 삶에 대한 인식과 함께 시적 개성과 문학적 특질 등을 밝혀보고자 한다. 둘째, 연구 방법 면에서는 그의 시를 객관적으로 분석하는 틀이 필요하다고 판단하여, 시기를 초기, 중기, 후기로 나누는 한편, 시기별로 선정한 주요 텍스트를 중심으로 시의 양식적 특질 및 유형적인 특질을 검토하려고 한다. 이 과정에서 다쓰지 자신의 작품 의도와 관련된 발언 및 연보, 그리고 기존 연구자들의 선행 연구도 부분적으로 참조한다.

이 글이 다쓰지 시 세계 전반을 초기, 중기, 후기 세 단계로 나누어 논함에 있어서, 그의 시 세계를 세 개로 나누는 기준은, 무엇보다 시의 성격이나 시의 소재 및 제재, 시의 형식적 측면을 고려하는 것이다. 그와 함께, 작품에 녹아 있는 자전성 곧, 다쓰지의 삶과 관련된 변화를 살펴보고자 한다. 시의 소재나 제재, 시의 형식적인 측면을 고려한 기준 외에 삶에 따른 시대 구분이 갖는 의의는 다음과 같이 설명될 수 있다. 초기 시업의 하나인 사행시집 세 권 『남창집(南窓集)』, 『한화집(閑花集)』, 『산과집(山果集)』의 시적 성과는 시인이 건강상 이유로 요양을 갔던 신슈(信州) 시가고원(志賀高原)에서 쓰인 것이다. 시기적으로는 1930년대 초반부터 1935년 전후까지다. 짧은 구어 사행시는 건강이 나빠진 상태에서 시인이 선택한 특유의 양식으로 볼 수 있다. 이후, 건강을 회복한 시인이 『초천리(艸千里)』와 『일점종(一點鐘)』에서는 젊은 나이에 어울리지 않게 영탄 성격이 강한 시를 창작했다. 이 점을 감안하여 1930년대 후반인 『초천리』 출간 이후부터 호쿠리쿠(北陸) 미쿠니정(三国町)을 떠날 때(1949)까지를 중기로 설정하는 것이다. 후기는, 도쿄에서의 독거생활부터 타계할 때(1964)까지다.[4]

　이 책에서 논하려는 주요 텍스트는 초기 시집인 『측량선(測量船)』과 사행시집 세 권인 『남창집』, 『한화집』, 『산과집』을 비롯해 중기 시집인 『초천리』, 『일점종』, 그리고 후기 시집 『낙타의 혹에 올라타고(駱駝の瘤にまたがって)』, 『백 번 이후(百たびののち)』다. 모두 8권이다. 다쓰지의 시집은 『측량선』(1930), 『남창집』(1932), 『한화집』(1934), 『산과집』(1935), 『초천리』(1939), 『일점종』(1941), 『첩보에 이르다(捷報いたる)』(1942), 『한탁(寒柝)』(1943), 『화광(花筐)』(1944), 『간과영언(干戈永言)』(1945), 『고향의 꽃(故郷の花)』(1946), 『모래의 요새(砂の砦)』(1946), 『낙타의 혹에 올라타고』(1952), 『백 번 이후(百たびののち)』(1962)[5] 등 모두 14권에 이른다. 보는 관점에 따라서는 합본 시집도 포함해 20권으로 보기도 한다. 그러나 1939년에 간행된 『봄의 곶(春の岬)』의 경우, 『측량선』과 사행시집 세 권에다 새로 쓴 시 10편을 추가한 것이다. 이렇게 합본한 시는 필요한 경우에만 인용하기로 한다. 14권의 시집에서 8권의 시집만을 주요 텍스트로 삼은 것은 이들 시집

4　일반적으로 다쓰지의 시 세계를 구분하는 것은 크게 두 부류가 있다고 볼 수 있다. 하나는 그의 시를 5단계로 구분하는 것(石井昌光)과 필자처럼 3단계로 구분하는 경우(安西均)다. 5단계 구분의 경우, 『측량선』을 제1기, 사행시집 세 권을 제2기, 『초천리』, 『일점종』, 『화광』을 제3기, 『낙타의 혹에 올라타고』를 제4기, 『백 번 이후』(1962)를 제5기로 보는 견해다.

5　시집 『백 번 이후』는 그가 출간한 전집인 정본 『미요시 다쓰지 전집(定本三好達治)』(1962)을 출간하면서, 1952년부터 10년간에 걸쳐 쓴 작품 72편을 새로이 덧붙여서 엮어낸 것이다. 『백 번 이후』가 비로소 한 권의 시집으로 간행된 것은 1975년의 일이다.

이 다쓰지의 초기, 중기, 후기 시 세계를 대표하고 있다는 판단 때문이다.[6]

---

6   이 책에서 다루고자 하는 주요 텍스트는 "三好達治(1965), 『三好達治全集』, 筑摩書
     房."에서 인용했다.

2장

미요시 다쓰지의 시대와
시인으로서의 삶

미요시 다쓰지는 생전에 구체적이지는 않지만 자신의 시작(詩作)에 대해서 삶과 작품과의 관계에 관한 글을 남긴 시인이다. 다쓰지의 연보를 기초로 한 전기적 검토는 그의 시를 해명하는 안내자의 역할을 하게 될 것이다. 여기에서 이루어지는 전기적 검토는 주로 그의 삶이 시에 어떻게 반영되고 있는지를 살펴보는 데 초점이 맞추어진다.

1. 방랑자의 삶

다쓰지 시에서 중요한 테마의 하나는 '여행'이다. 특히 그의 여행이라는 테마는 고독을 바탕으로 삼고 있다. 이 점에 관해서는 평자들의 의견이 대체적으로 일치한다. 고독을 바탕으로 한 여행이라는 시적 테마는 그의 삶을 살펴보면 쉽게 이해할 수 있다. 다쓰지는 출생에서부터 성장기까지의 과정이 한마디로 떠돌이의 삶이었다고 할 만큼 한 곳에 머물지 않았다.

그는 1900년(메이지(明治) 33년) 8월 23일생이다. 오사카시(大阪市) 히가

시구(東区) 미나미큐호지정(南久宝寺町)에서 아버지 세이키치(政吉)와 어머니 다쓰(たつ) 사이에 장남으로 태어났다. 자신을 포함해서 모두 10형제였으나 다섯 명의 동생들이 병으로 일찍 죽고 만다. 가업은 특수 인쇄업으로 한때는 번성하여 유모에게 양육될 정도였지만, 얼마 가지 못하고 영세기업으로 전락한다. 이때부터 다쓰지는 초등학생 시절 무려 10번이나 시내에서 이사를 해야만 했다. 더구나 6살 때는 교토부(京都府) 마이즈루정(舞鶴町)의 S가(家)에 양자로 갔으나, 병약함과 장남이라는 이유로 호적이적이 불가능하게 된다. 그는 친할머니가 재혼해서 간 효고현(兵庫県) 아리마군(有馬郡) 미타정(三田町)에서 4, 5년간을 보낸 뒤 다시 오사카의 본가로 돌아와 오사카시(大阪市) 니시구(西区) 우쓰보(靭) 심상소학교 5학년에 다닌다. 할머니가 있는 곳에서 학교를 다닐 때도 신경쇠약에 시달려 학교 결석도 잦았다.[1]

이러한 시인의 유년기를 통해서 세 가지 사실을 유추할 수 있다. 첫째, 그의 어린 시절은 방랑, 즉 떠돌이의 생활 그 자체라는 것이다. 둘째, 병약했던 그가 맛보아야 했던 유년기의 고독은 훗날 가슴 깊이 쓰라린 원체험으로 남게 되었다는 사실이다. 셋째, 유년기의 방랑과 병약함은 경제적 궁핍에서 연유한다는 점이다. 유년기의 이러한 요소들은 훗날 시인으로서의 삶에도 커다란 영향을 끼쳐, 시를 통해서 어머니나 할머니에 대한 그리움을 표출하기에 이른다.

---

1   이하 연보에 관한 것은 다음의 것을 참고로 할 것.
　　三好達治(1965), 『三好達治全集12』, 筑摩書房, pp.629-723.

　　　　　　　　　　　미요시 다쓰지三好達治 시를 읽는다

할머니는 반딧불을 그러모아서

복숭아 열매처럼 모은 손바닥 안에서

많은 반딧불을 주셨던 거다

할머니는 달빛을 그러모아서

복숭아 열매처럼 모은 손바닥 안에서

많은 달빛을 주셨던 거다

「할머니」 전문

祖母は 螢をかきあつめて

桃の實のように合せた掌の中から

澤山の螢をくれたのだ

祖母は月光をかきあつめて

桃の實のように合せた掌の中から

澤山の月光をくれたのだ

「祖母」[2] 全文

이 시는 1947년 남북서원(南北書園)에서 간행한 『측량선 습유(測量船 拾遺)』에 수록된 「할머니(祖母)」 전문이다. 원래는 잡지 『청공(青空)』에 발표했던 다섯 편 중 하나다. 1926년 작이다. 이 시가 초창기의 작품임을 감

---

2   三好達治(1965), 『三好達治全集1, 筑摩書房, p.65.

안하면, 할머니에 대한 그리움은 자전적인 요소의 반영임을 짐작할 수 있다. 자신의 문단 데뷔작의 하나인 「유모차(乳母車)」 역시 어머니에 대한 그리움을 노래한 시라는 사실에 비추어 보면, 시인의 시적 출발이 된 작품의 소재가 '어머니' 혹은 '할머니'인 것은 의미하는 바가 크다. "유년의 체험이 바탕이 된 시는 『측량선』에 실린 「메아리(谺)」도 마찬가지다."[3] 「할머니(祖母)」라는 제목의 시로는 1927년 8월 『추목(椎の木)』[4] 제11호에 발표한 한 편이 더 있다. 두 작품 모두 할머니에 대한 그리움을 그리고 있다.[5] 이러한 점은 서정시인 다쓰지에게 유년기 체험이야말로 중요한 시적 원천이 된다는 사실을 말해준다.

다쓰지는 초등학교 졸업 후 1년간 학업에 공백(13세, 1913년)을 갖게 되며 동시에 가업에 종사한다. 그러나 그는 "이 시절 도서관에 다니면서 독서를 계속"[6]하였다. 이때는 "독학이라는 형태라기보다는 문학서의 탐독이었다. 그가 1년 동안의 공백이 있었음에도 불구하고 오사카의 명문 중학인 이치오카중학교(市岡中学校) 입학이 가능했던 것은 다쓰지의 총명함과 지적 수준을 나타내는 것이며, 중학교를 중퇴하고 다시 15세 때 오사카육군지방유년학교(大阪陸軍地方幼年学校)에 입학할 수 있었던 것"[7]도 그러한

---

3 小川和佑(1976), 『三好達治研究』, 教育出版センター, p.30 참조.

4 '메밀잣밤나무'라는 뜻이다.

5 두 작품과 관련한 글은 다음을 참고로 할 것.
   졸고(2008), 「미요시 다쓰지(三好達治) 시에 나타난 모성 편향성(母性 偏向性)과 향수」, 『日本研究』第36輯, 韓國外國語大學校 日本研究所, pp.163-180.

6 『三好達治 (現代詩 読本)』(1985), 思潮社, p.255.

7 安西均(1975), 「三好達治と『四季』」, 『現代詩物語』, 有斐閣, p.94.

맥락에서 이해할 수 있는 대목이다. 중학교 입학 전의 1년 공백 및 중학 중퇴 후 학비가 필요하지 않은 군 학교에 입학한 것은 아버지의 선택이었다. 그것은 곧 집안의 경제적인 상황을 나타내 주는 부분으로 가난의 정도를 짐작하게 한다.

다쓰지는 이미 "초등학교 5학년 때부터 나쓰메 소세키(夏目漱石, 1867-1916), 도쿠토미 로카(德富蘆花, 1868-1927) 등의 작품을 즐겨 읽었으며, 중학 시절에 하이쿠(俳句)를 지었고, 『호토토기스(ホトトギス)』를 구독했다"[8]고 전해진다. 『호토토기스』는 하이쿠 전문 잡지다. 이 사실에서도 알 수 있듯이, 다쓰지는 소년기부터 문학에 대한 탐구심을 발휘했다. 특히 소년기에 창작한 하이쿠 작품만도 1천여 편이 넘었다고 한다. 하지만 발표된 것은 아니었다.

시인의 유소년기의 고독과 슬픔이 작품에 투영하게 된다는 점을 지적한 다음의 인용문을 보자.

> 미요시 다쓰지는 시의 시각성과 스케치의 밑바닥에 항상 삶의 어둠을 감추고 있었다. 말하자면 스스로 살아가면서 느끼는 고통이나 슬픔이라고도 해야 하는 것을 감추고 있었다. (…중략…) 인생의 내면적 암부(dark side)를 미요시 자신에게 묻는다면, 그것이 그의 문학을 성립시킨, 직접적인 것이 아니라도 간접적인 그러나 간접적인 만큼 한 층 넓고 깊은 층을 이루어 그 토양을 형성하고 있었다고 생각된다.
>
> 초등학교 2학년 때에 어머니에게, "어째서 인간은 죽는 것일까?"라

8　『三好達治 (現代詩 読本)』(1985), 思潮社, p.255.

는 질문을 던진 시인은 이미 고독과 죽음에 대한 공포에 흘려 있었다
고 해도 무방하다.[9]

어릴 때부터 부모의 곁을 떠나서 한때는 양자로, 또 할머니에게서 5년
가까운 생활을 보내야 했던 힘겨운 날들의 지속과 신경쇠약이란 병약한
몸을 가진 다쓰지의 삶의 경험은 훗날 서정시인 다쓰지에게 중요한 시의
창작 기반이 된다. 그의 방랑은 비단 유소년기뿐만 아니라 청년기로도 이
어진다. 오사카육군지방유년학교 입학으로 인한 가족과의 헤어짐과 18세
때(1918년)의 도쿄육군중앙유년학교(東京陸軍中央幼年学校) 본과 진학, 그
리고 이 학교에서 1년 반의 과정을 마친 후인 19세 때(1919년) 조선 회령의
공병 제19대대에 부임하여 사관후보생으로서 군대 생활을 보내는 일, 다
음 해(1920년) 9월에는 도쿄의 육군사관학교 34기로 입학하는 등, 유랑의
세월은 계속된다. 우리의 관심을 끄는 것은 한국과의 각별한 인연이다. 일
제강점기였던 1919년에 시인이 한국의 회령 땅에서 사관후보생으로 근무
했다는 대목이다. 이 시절, 그의 문학과의 관련 부분은 "『측량선』에 수록
된 시 「거리(街)」가 이때의 체험을 소재로 하고 있다"[10]는 정도다. 시는 다
음과 같이 시작된다.

산간 분지가, 그 애처롭고, 거친 술잔과 쟁반 위에, 기원하고 있는

---

9   饗庭孝男(1983),「三好達治」,『夢想の解読』近代詩人論, 美術公論社, pp.151-152.
10   高橋良雄(1974),「三好達治における風土と自然」,『解釈』9月号, 教育出版セン
      ター, p.19.

것처럼 하늘에 바치고 있는 작은 마을 하나. 밤마다 소리도 없이 무너져 가는 흉벽(胸壁)에 의해, 정사각형으로 구획된 작은 마을. 그 사방에 버드나무 가로수가, 가지 깊이, 지나간 몇 세기의 그림자를 비추고 있다. 지금도 새벽녘에는, 싸늘하게 태풍 같은 날갯소리를 떨구고, 그 위를 물빛 학이 건너간다. (…중략…)

「거리」 일부

山間の盆地が、その傷ましい、荒蕪な杯盤の上に、祈念の如くに空に擎げてゐる一つの小さな街。夜ごとに音もなく崩れてゆく胸壁によつて、正方形に劃られてゐる一つの小さな街。その四方に楊の竝木が、枝深く、すぎ去つた幾世紀の影を與へてゐる。今も明方には、颯颯と野分のやうな羽音を落して、その上を水色の鶴が渡つて行く。(中略)

「街」[11] 一部

이 작품에서는 태어나 처음으로 이국땅을 접한 심경이 관조적인 모습으로 그려져 있다.[12] 젊은 19세의 나이와 사관후보생이라는 군인의 신분을 감안하면, 이국땅 작은 마을을 응시하면서 우수(憂愁)를 띠는 이 태도는 청년 특유의 애상성을 말해준다. 우수 어린 관조가 자신의 근무지인 한국 회령의 정사각형으로 조성된 쓸쓸한 거리와 길가에 선 버드나무의

---

11   三好達治(1965), 『三好達治全集1』, 筑摩書房, p.17.

12   이 작품에 관한 자세한 분석은 '9장 미요시 다쓰지 시(詩)와 조선'을 참고로 할 것.

풍경으로 향하는 것은 고독과 유랑의식에서 연유하는 것으로 보인다. 이른 새벽 쓸쓸한 흉벽과도 같은 마을 위를 가로지르며 날아가는 학은 마치 시인 자신을 투영시킨 느낌으로 읽힌다.

이 무렵의 연보를 참조해 보면 다쓰지 개인의 성향과 관련하여 눈에 띄는 부분은 "그가 사회주의 사상의 책을 읽고 프랑스어 학습에 열심이었다."[13]는 사실이다. 육사 시절 사회주의 사상서인 마르크스의 『자본론』을 읽었으며 급우들에게 추천을 받아 『성서(聖書)』를 독파했다고 전해진다. 이러한 일화는 "일반 생도들과는 다른 지적 호기심이 왕성했음을 간접적으로 일러준다. 그리고 이러한 지적 탐구는 사관학교라는 환경에 환멸하여 육사를 중퇴(21세, 1921년)하는 중요한 원인의 하나"[14]가 되었다. 다쓰지가 육사 중퇴를 하는 이유는 여러 가지 설이 있으나 뚜렷하게 밝혀진 것은 없다. 다만 그는 입신출세의 뜻을 갖지 않았기 때문에 스스로 직업군인에 대한 매력을 잃으면서 가업의 재건을 위해서 중도에 자퇴했다[15]는 정도의 추측만 할 뿐이다.

다쓰지는 22세에 교토제삼고등학교(京都第三高等学校)[16] 문과 병류(丙類)에 입학하여 자신보다 몇 살 어린 사람들과 고교 시절을 보내게 된다. 동급 학생에는 구와바라 타케오(桑原武夫, 1904-1988)[17], 마루야마 가오루

---

13 『三好達治 (現代詩読本)』(1985), 思潮社, p.255.

14 山本健吉(1976), 「三好達治」, 『近代日本の詩人たち』, 講談社, p.237.

15 安西均 編(1975), 『日本の詩 三好達治』, ほるぷ 出版, p.418.

16 현재의 교토대학(京都大学) 총합인간학부(総合人間学部)의 전신이다.

17 교토대학 불문과 출신으로 일본의 프랑스문학・문화연구자이며 평론가다. 인문과학에 있어서의 공동연구의 선구적 지도자이기도 했다. 대표작으로 『제2예술(第二

(丸山薫, 1899-1974)[18]가 있었으며, 이들과 우정을 맺었다. 상급생에는 가지이 모토지로(梶井基次郎, 1901-1932)[19], 가와모리 요시조(河盛好蔵, 1902-2000)[20], 요시카와 고지로(吉川幸次郎, 1904-1980)[21] 등이 있었다. 이들은 물론 후에 일본을 대표하는 문학가로서 성장하며, 다쓰지와도 생애의 벗이 된다. 7년간에 걸친 군인 교육을 포기하고 뒤늦은 나이에 선택한 고등학교 입학은 그의 생애에서 시인의 길을 준비하는 전환점으로 작용했다.

芸術)―현대 하이쿠에 대해서(現代俳句について)』(1946), 『문학입문(文学入門)』(1950), 『루소연구(ルソー研究)』(1951)가 있다.

18 시인으로 도쿄대학 국문과를 중퇴했다. 잡지 『시와 시론(詩と試論)』의 '신시운동(新詩運動)'에 참가하였을 뿐만 아니라, 1934년 미요시 다쓰지 등과 『사계(四季)』를 창간하여 동인의 중진으로 활약하였다. 시집 『돛·램프·갈매기(帆·ランプ·鴎)』(1932), 『물상시집(物象詩集)』(1941) 등이 있다. 어린 시절 한국에 살았던 기억을 바탕으로 쓴 「조선(朝鮮)」이 우리들의 주목을 끈다.

19 소설가. 도쿄대학 영문과 중퇴. 감각적인 것과 지적인 것이 서로 조화를 이룬 간결한 묘사와 시적 정서가 풍부한 문체로 20여 편의 작품을 남겼다. 일본 문단에서 작가로서 인정을 받기 시작했지만, 31세라는 젊은 나이에 폐결핵으로 사망하였다. 대표작으로 『레몬(檸檬)』이 있다. 사후에 그 평가가 높아져, 근대일본문학의 고전과 같은 위치를 차지하고 있다.

20 평론가이며 프랑스 문학자. 교토대학 불문과 졸업. 2년간 프랑스에 유학, 주로 모럴리스트 문학을 연구하였다. 대표작으로 『프랑스 문단사(フランス文壇史)』(1961), 『파리의 우수(パリの憂愁)』(1978) 등이 있다.

21 일본의 중국 문학자. 문학박사(교토대학). 『요시가와 고지로 전집(吉川幸次郎全集)』(전20권, 1968-1970) 등, 수많은 저작을 남겼다. 미요시 다쓰지와는 공저로 남긴 『신당시선(新唐詩選)』(1952)이 알려져 있다.

2. │ 시인으로서의 출발 그리고 사랑

다쓰지는 25세(1925)에 도쿄제국대학(東京帝国大学) 불문과에 입학한
다. 불문과의 같은 학년에는 고바야시 히데오(小林秀雄, 1902-1983)[22], 요도
노 류조(淀野隆三, 1904-1967)[23]가 있었고, 동기생으로 국문과에는 호리 타
쓰오(堀辰雄, 1904-1953)[24]가 있었다. 그는 대학 시절에 이러한 동기생들과
우정을 나누면서 시인의 길을 준비했다. 그가 시인으로 나서기까지에는
가지이 모토지로(梶井基次郎)와 하기와라 사쿠타로(萩原朔太郎)[25]가 결정
적인 역할을 했다. 가지이는 다쓰지에게 문학적 자양분을 제공했고, 사쿠

---

[22] 작가이며 일본문학사에서 근대문예의 확립자로 불릴 만큼 비평가로서 이름이 높다.
만년에는 보수 문화인의 대표자였다. 랭보, 보들레르 등, 프랑스 상징파의 시인들과
도스토옙스키, 일본 작가인 고다 로한(幸田露伴), 이즈미 교카(泉鏡花), 시가 나오야
(志賀直哉) 등의 작품 및 프랑스 철학자인 알랭의 철학사상에도 영향을 받았다. 『小
林秀雄全作品集』(新潮社, 전28권 별책 4권) 등의 저작을 남겼다.

[23] 문예 평론가로 쇼와시대의 프랑스 문학자다. 가지이 모토지로 등과 동인지 『청공(青
空)』에 참가하였으며, 기타가와 후유히코(北川冬彦)와 중심이 되어 잡지 『시·현실
(詩·現實)』을 창간하기도 했다. 프랑스 작가인 앙드레 지드의 『좁은 문』의 번역 등이
잘 알려져 있으며, 메이지대학(明治大学) 교수를 지냈다.

[24] 소설가다. 무로 사이세이(室生犀星)를 통해 아쿠다가와 류노스케(芥川龍之介)를 알
고 깊은 영향을 받았다. 서구 심리주의 수법에 의해 지성과 감성의 통일을 꾀하는 근
대적 스타일로 작가로서의 지위를 확립했다. 『회복기(恢復期)』, 『아름다운 마을(美
しい村)』 등의 소설을 남겼으며, 시 잡지 『사계(四季)』를 주재하기도 하였다.

[25] 시인이다. 다이쇼시대(大正時代)에 근대시의 새로운 지평을 개척하여 '일본 근대시
의 아버지'로 불릴 만큼 유명하다. 대표작으로 『달에게 짖는다(月に吠える)』, 『푸른
고양이(青猫)』, 『순정소곡집(純情小曲集)』, 『빙도(氷島)』 등의 시집을 남겼다. 소설
과 수필, 평론 등에서도 많은 저작이 있다.

타로는 다쓰지의 전체 시력(詩歷)에 영향을 준 인물이었다.

　가지이와는 훗날 사행시집 세 권인 『남창집』, 『한화집』, 『산과집』을
발간(1932-1935)하면서, 그에게 헌시를 바칠 만큼 두터운 우정을 과시했다.
그 헌시는 가지이가 죽은 해(1932)에 『문예춘추(文芸春秋)』 5월호에 발표
한 「친구를 잃다 4장(友を喪ふ 四章)」이다.[26] 다쓰지가 가지이를 알게 된 것
은 잡지 『청공』[27]에서였다. 대학 입학의 해인 1925년 1월 창간된 『청공』은
삼고(三高) 출신 재학생이 주축이 된 동인지였다. 잡지를 통해서 알게 된
두 사람은 문학을 매개로 돈독한 우정을 쌓아 나갔다. 1926년, 그는 26세

26　이 작품에 관해서는 이 책의 '5장 사행시집과 시 세계의 확장—『남창집(南窓集)』,
　　『한화집(閒花集)』, 『산과집(山果集)』 읽기'에서 다루었음.

27　『청공』은 가지이 모토지로(梶井基次郎), 나카타니 다카오(中谷孝雄), 도노무라 시
　　게루(外村茂), 고바야시 가오루(小林馨) 등, 교토삼고(京都三高) 출신의 도쿄대 재
　　학생이 주축이 되어 만든 동인잡지로 1925년(다이쇼(大正) 14년) 1월 창간 후, 종간
　　이 되는 1927년(쇼와(昭和) 2년) 6월까지 계속되었다. 『청공』은 다쓰지가 처음으로
　　동인 활동을 했던 잡지였기에, 시인으로서의 출발에 큰 영향을 주었다. 그가 여기에
　　참가한 것은 창간 다음 해인 1926년 6월(제2권 제6호)부터였다. 그 후 마지막 호까지
　　무려 28편의 작품을 발표하였으니, 짧은 기간 다작을 생산해 낸 것이다. 명실상부 그
　　에게는 초기 시 창작의 산실(産室)을 담당하는 중요한 잡지였다. 「돌 위(鼈のうへ)」,
　　「유모차(乳母車)」, 「눈(雪)」, 「소년(少年)」, 「사슴(鹿)」, 「메아리(谺)」, 「마을(村)」 등
　　다수의 작품이 『측량선』에 실린다.

　　이후 다쓰지는 『청공』에서 출발하여 『아(亞)』, 『추목(椎の木)』, 『시와 시론(詩と詩
　　論)』, 『시·현실(詩·現實)』, 『사계(四季)』 등, 평생 여러 잡지의 동인으로 활동하였다.
　　다쓰지 시와 동인잡지와의 관련성을 보여주는 자료는 다음의 것이 있다.

　　1. 小川和佑(1976), 『三好達治研究』, 敎育出版センター, 1976.

　　2. 오석륜(2008), 「미요시 다쓰지(三好達治) 시(詩)와 동인잡지」, 『日語日文學硏究』
　　　第66輯 2卷, 韓國日語日文學會.

　　3. 吳錫崙(2002), 「三好達治의 詩의 形成」, 『日本文化學報』 第13輯, 韓國日本文化
　　　學會.

에 『청공』 6월호에 「유리접시의 태아(玻璃盤の胎兒)」, 「할머니(祖母)」, 「단창(短唱)」, 「물고기(魚)」, 「유모차(乳母車)」를 발표하면서 시인의 이름을 얻는다.

사쿠타로와의 만남은 다쓰지가 27세 되던 1927년이었다. 이들의 만남은 삶과 문학적 교류라는 중요한 의미를 갖는다. 다쓰지는 이미 고교시절부터 사쿠타로의 시집 『달에게 짖는다(月に吠える)』(1917), 『청묘(靑猫)』(1917), 『나비를 꿈꾸다(蝶を夢む)』(1917), 『순정소곡집(純情小曲集)』(1918) 등에 실린 시들에 매료되어 있었다. 1927년에 이루어진 이들의 만남은 다쓰지의 삶과 문학에서 중요하고도 의미 있는 사건이자[28] '숙명'[29]에 가까운 것이었다.

자신에게 영향을 주었던 무로 사이세이(室生犀星)의 『서정소곡집(抒情小曲集)』과 위의 사쿠타로의 시집들에 대해 다쓰지는 다음과 같이 쓰고 있다.

> 거기에는 시법(詩法)이 궁지에 몰린 추상적이라고 할 수 있는 절실한 것, 애절한 것, 일종의 전신적(全身的)인 육감으로 파악하지 않으면 알아낼 수 없는 바닥(底)의 것,---뭉뚱그려 말해서 시가(詩歌)의 근대성이라고 할 수 있는 것, 그런 것이 발견되었다. 나를 매료시켰던 것은 즉 그러한 시작(詩作)의 태도, 시인의 태도 그 자체였다.[30]

---

28 『三好達治 (現代詩読本)』(1985), 思潮社, p.256.

29 粟律則雄(1967), 「抒情の運命」, 『展望』, 筑摩書房, p.86 참조.

30 三好達治(1965), 『三好達治全集9』, 筑摩書房, p.231.

인용에서 주목하고 싶은 부분은 사쿠타로의 시적 태도에 매혹되어 거기에서 자신도 시적 태도를 마련하는 깊은 연관 관계다. 사쿠타로의 시에 매료된 그 결과는 초기 대표 시집인 『측량선』뿐만 아니라 후기 시집인 『낙타의 혹에 올라타고』, 『백 번 이후』까지에 이른다. 이들 시집 외에도 스승 사쿠타로의 영향은 다쓰지의 시에 짙게 드리워져 있다. 사쿠타로가 죽었을 때(1942) 다쓰지는 그를 추도하는 「스승이여 하기와라 사쿠타로(師よ萩原朔太郎)」를 발표하기도 했다. 시의 일부를 읽어보자.

> (…전략…) 그리고 당신은 이 성대(聖代)에 실로 지상에 존재한 하나
> 뿐인 시인
> 　둘도 없는 첫째가는 유일한 최상의 시인이었습니다
> 　당신만이 인생을 단지 그대로 똑바로 순수하게 소리 높여 노래하는
> 　글쟁이들의 에누리 없는 그대로 소리 높여 노래하는
> 　불가사의한 말을 불가사의한 기술을 불가사의한 지혜를 갖고 있었
> 습니다 (…중략…)
>
> 　　　　　　　　　　　　　「스승이여 하기와라 사쿠타로」 일부

> (前略) そしてあなたはこの聖代に實に地上に存在した無二の
> 詩人
> 　かけがへのない　二人目のない唯一最上の詩人でした
> 　あなたばかりが人生を　ただそのままにまつ直ぐに混ぜもの
> なしに歌ひ上げる
> 　作文屋どもの掛け値のない　そのままの値段で歌ひ上げる

不思議な言葉を 不思議な技術を 不思議な智慧をもつてゐた

(中略)

「師よ 萩原朔太郎」[31] 一部

시는 1946년 청자사(靑磁社)에서 간행한 『조채집(朝菜集)』에 실려 있다. 추도시는 스승에 대한 극상의 표현을 써가며 존경을 감추지 않고 있다. 다쓰지는 사쿠타로를 자신의 문학적 스승이자 절대 유일의 가치를 소유한 시인으로 표현하고 있다. 다쓰지는 본래 사쿠타로에 대한 존경심과 인간적인 신뢰를 품고 있었다. 그는 사쿠타로를 "언제나 밝은 유머리스트"로서 소탈함을 가진 기품 있는 자로 표현하면서, "항상 생각하는 사람", "진심으로 생각하기를 좋아하는 사상가 기질을 가진" 인물로서 세상의 외곽에서 살아온 "천진난만함과 연륜을 소유한 존재"로 술회한 적이 있다.[32]

1927년 다쓰지는 오모리(大森)의 하숙으로 거처를 옮기게 되지만, 그곳은 사쿠타로의 집과도 가까운 곳이었다. 그는 스승의 집을 자주 왕래하면서 돈독한 사제 관계를 이어간다. 이 시기에 다쓰지는 평생의 연인 하기와라 아이(萩原あい)와도 만나게 된다. 그녀는 사쿠타로의 여동생이다. 이 운명적인 만남을 통해 그는 그녀를 사랑하게 되지만 결혼으로 이어지지는 못한다. 후에 그는 사토 하루오(佐藤春夫)의 여동생 치에코(智恵子)와 결혼하여(1934) 두 자녀를 두게 되지만, 44세 때(1944) 이혼한 후 다시 아

---

31   三好達治(1965),『三好達治全集2』, 筑摩書房, p.81.

32   三好達治(1992),「萩原さんといふ人」,『群像 日本の作家』10号, 小学館, pp.86-87.

이(あい)와 만나게 된다. 이처럼 그녀에 대한 시인의 사랑은 열정적이었다. 따라서 그녀는 그의 작품에도 자주 등장하였다. 다쓰지는 그녀와의 이루지 못한 사랑에 대한 안타까움과 다시 그녀와 재회하여 살게 된 자전적 요소를 시로 담아내기에 이른다.

예를 들면, 『측량선』의 프랑스어 제목의 시 「Enfance finie(앙팡스 피니)」[33]의, "약속은 모두 깨어졌군. // 바다에는 구름이, 응, 구름에는 지구가, 비치고 있군. // 하늘에는 계단이 있군. // 오늘 기억의 깃발이 떨어지고, 커다란 강처럼, 나는 사람과 헤어지자. 마루에 내 발자국이, 발자국에 미세한 티끌이⋯, 아아 가련한 나여. // 나는, 그래 나여, 나는 먼 여행길에 오르자."에 등장하는 '사람'은 '아이'를 가리킨다. 또한 "약속은 모두 깨어졌군"이라는 구절은 그녀와의 결혼이 성사되지 못한 현실을 반영한 것이다.[34] 또한 「구사센리하마(艸千里濱)」에도 다쓰지의 자전적 체험이 묻어 있다. 이 작품의 "나를 두고서 어디메로 갔느뇨 / 그 옛날 그리던 사람과 / 가는 봄의 이 흐린 날이여 / 나 홀로 나이 먹어 / 아득히 여행을 또 왔노라"는 구절에서 "그 옛날의 그리던 사람" 역시 '아이'를 가리킨다.[35]

다쓰지는 아이와 같이 살게 된 44세에 시집 『화광』을 간행한다. 이 시집에는 아이에게 사랑을 표현한 사행시가 상당수 실려 있다. 하지만, 두

---

33 '지나간 유년 시절'이라는 뜻이다.

34 安全保雄(1974), 「三好達治における西洋」, 『解釈』 9月号, 教育出版センター, p.27 참조. 이 작품에 대해서는 다시 '4장 다양한 시적 실험―『측량선(測量船)』 읽기 2'에서 상론한다.

35 小川和佑(1976), 『三好達治研究』, 教育出版センター, p.87 참조.
이 작품에 대해서는 다시 '6장 존재와 시간의 사색―『초천리(艸千里)』, 『일점종(一點鐘)』 읽기'에서 상론한다.

사람의 결혼 생활은 1년이란 짧은 세월로 막을 내린다. 사쿠타로의 딸 요코(葉子)가 쓴 『천상의 꽃—미요시 다쓰지 초(天上の花—三好達治 抄)』[36]는 그 시절 두 사람의 동거를 소재로 다룬 소설이다.

이 작품은 요코가 부제로 '미요시 다쓰지 초(三好達治抄)'라고 썼을 만큼, 자신을 문학의 길로 인도한 은인이었던 다쓰지에 대해서 쓴 것이다. 순수한 혼의 소유자였던 다쓰지는 젊은 시절 스승이었던 사쿠타로의 여동생인 아이를 사랑하고 있었다. 하지만, 가난한 시인이라는 이유로 결혼을 거부당했던 아픈 기억을 갖고 있었다. 그래도 다쓰지는 그녀를 잊지 않았다. 15년 후 아내와 자식과 헤어지며 다시 아이에게 청혼했다. 상황은 달라져 있었다. 즉, 아이는 남편이자 시인이었던 사토 소노스케(佐藤惣之助, 1890-1942)를 병으로 떠나보낸 후였고, 다쓰지도 옛날의 가난한 시인은 아니었다. 이미 유명한 시인으로 그 지명도나 경제력 등에서 앞선 사람이었기에, 아이와 그 가족도 다쓰지의 청혼을 받아들였다. 그렇게 시작된 결혼 생활이었다.

다쓰지의 순수함은 눈에 보이는 세속적인 것을 경시(輕視)했다. 다쓰지의 아이에 대한 생각은 뜨거웠지만, 아이가 맞이한 집은 먼지투성이로 처음부터 그녀에게 환멸을 느끼게 했다고 한다. 게다가 아이에게 있어서 다쓰지는 죽은 남편인 사토만큼 멋진 면도 없었고 상냥하지도 않았다. 다쓰지가 강조하는 고상한 '문화론(文化論)'은 아이에게는 그저 멋없는 것에

---

36 萩原葉子(1966), 『天上の花—三好達治 抄』, 新潮社.
   이 밖에 다쓰지와의 추억을 회상하는 글은 다음과 같은 것이 있다.
   1. 萩原葉子(1985), 「天上の花のこと」, 『三好達治』, 思潮社.
   2. 萩原葉子(1964), 「青山齋場のこと」, 『本の手帖』, 昭森社.

지나지 않았기에, 마침내 아이의 환멸은 행동으로 나타나기에 이르렀고, 다쓰지는 자신의 순수함에도 상처를 받는다. 그리고 오랜 시간 그리워하고 있었던 존재인 아이에게 심한 폭력을 가하는 행동으로 나타나기에 이른다. 물론 작품에서 약간의 허구도 있었겠지만, 그야말로 처참한 동거 생활이었다. 이후 그는 죽을 때까지 도쿄에서 홀로 생활을 하게 된다.

요코의 입장에서 다쓰지가 지인이고 은인이라고 해서 인물을 미화하지 않았으며, 가능한 한 진실을 담으려고 노력했던 것 같다는 것이 이 소설에 대한 평자들의 일반적인 평가다. 이 소설은 처음에는 잡지에 게재되었는데, 책으로 나온 것은 2년 후인 1966년이었다. 다쓰지의 삶과 연계시켜 보면, 다쓰지 사후 2년의 일이었다. 후에 이 작품은 아쿠타가와상 후보로도 올라갔을 뿐 아니라, 신쵸문학상(新潮文学賞)과 다무라토시코상(田村俊子賞)을 수상하기도 했다.

이처럼 다쓰지의 시인으로서의 출발에는 고교 시절의 친구들뿐만 아니라, 문학을 깨우쳐 준 가지이와 시 세계의 형성에 절대적인 영향을 미친 사쿠타로가 있었다. 특히 사쿠타로는 단순히 자신뿐만 아니라 그의 여동생 아이도 시인의 삶과 문학에 깊이 개입하면서 다쓰지와는 절대적인 인연을 맺었다. 하기와라 아이에 대한 다쓰지의 사랑은 문학에서나 삶에서나 중요한 원천으로 작용했다.

3. │ 다쓰지의 전시戰時와 전후戰後

1937년 이후 일본은 군국주의의 길로 들어선다. 대동아공영권을 제창하며 일본은 중국 대륙침략의 야욕을 감추지 않았다. 중일전쟁을 일으켰을 뿐만 아니라, 1941년에는 진주만 대공습과 함께 태평양전쟁에 돌입했다. 전쟁의 격랑 속에서 시인 다쓰지 또한 시적으로 커다란 변화를 보인다.

전쟁의 시기는 그의 나이 37세에서 45세까지(1937-1945)며, 패전 후는 45세 이후에 해당한다. 이 시기의 시적 변화는 다음의 두 가지로 요약된다. 하나는, 전쟁의 시기에 동인지 『사계(四季)』(제1차 1932.5-1932.7, 제2차 1934.10-1944.6)를 중심으로 활동했던 시기로, 이전까지는 서정시와 주지시를 함께 보여주었으나, 『사계』의 제2차 때부터는 점차 서정성 짙은 시 세계로 바뀌고 있다는 점이다. 또 하나는, 패전 후 풍자적인 시를 통해서 다쓰지의 새로운 면모를 드러낸다는 사실이다.

다쓰지가 시인으로서 거둔 첫 번째 문학적 결실은 『시와 시론(詩と詩論)』(1928.9-1931.12)에서였다. 이 시기의 다쓰지는 주지주의 시인의 모습을 보여주었다. 『시와 시론』은 편집자인 하루야마 유키오(春山行夫)가 밝히고 있듯이, "구(旧) 시단(詩壇)의 무시학적(無詩学的) 독재를 타파하고 오늘날의 시를 정당하게 나타내고자 한"[37] 동인지였다. 신시정신(新詩精神)에 입각한 모더니즘 시의 정착기에 다쓰지가 적극 가담했던 것이다. 이때 발표했던 시들이 『측량선』에 실린 「アヴェ・マリア(아베마리아)」, 「까마귀

---

37   小田切 進(1991), 『現代日本文芸総覧』 中卷, 大空社, p.117.

(鴉)」, 「새소리(鳥語)」 등, 주지주의 계통의 작품들이다.

이후 그가 참여한 동인지는 『시·현실(詩·現實)』과 『사계』였다. 이들 잡지에서 활동하면서 다쓰지는 주지주의 시인의 면모를 벗어나 서정시인으로 탈바꿈한다. 『측량선』과 사행시집 세 권인 『남창집』, 『한화집』, 『산과집』 출간 후, 1939년 7월의 『초천리』 간행과 더불어 그의 시는 영탄을 담은 시 세계로 이행했다. 이러한 시적 전환은 시력에서 보면 하나의 분기점에 해당한다. 이 시집부터는 '중기 시 세계'로 구분한다.

전쟁의 시기에 다쓰지의 삶은 아버지의 죽음(1934), 아들의 탄생(1934), 딸의 탄생(1937), 『개조(改造)』와 『문예(文芸)』의 상하이 특파원 및 종군기자 활동(1937), 한국 여행(1940), 사쿠타로의 죽음(1942), 처 치에코와의 이혼과 하기와라 아이와의 동거 생활(1944) 등으로 점철되고 있다. 이러한 삶의 행적은 물론 그의 시와 연관을 맺는다. 『초천리』 이후의 시집인 『일점종』(1941)에는 아들의 눈물을 보면서 아버지와 먼 조상을 거슬러 올라가며 사유하는 「눈물(涙)」, 한국 여행의 결과물인 「구상음(丘上吟)」, 「노방음(路傍吟)」, 「겨울날(冬の日)」, 「계림구송(鷄林口誦)」 등 4편이 수록되어 있다. 또한 아이가 좋아하는 꽃을 소재로 하여 쓴 시집 『화광』(1944)은 주로 그의 생활이나 삶을 반영한 서정성 높은 시편들이다.

그러나 이 시기의 삶과 문학과 관련지어 짚고 넘어가야 할 점은 시적 양면성이다. 서정시인으로의 복귀라는 측면과 함께 이 시기에 간행한 세 권에 이르는 전쟁시집[38]인 『첩보에 이르다(捷報いたる)』(1942), 『한탁(寒

---

38 다쓰지의 전쟁시에 관한 연구는 다음의 것을 참고로 할 것.
　　1. 박상도(2014), 「태평양 전쟁기(太平洋戦争期)의 전쟁시(戦争詩): 미요시 타쓰지

栢)』(1943), 『간과영언(干戈永言)』(1945)을 발간함으로써, 전쟁시인이라는
또 하나의 불명예를 갖게 된다는 사실이다. 이들 전쟁시집에 실린 시들은
『초천리』, 『일점종』, 『화광』 등과는 확연히 구분되는 것이었다.

　　　낙하산 부대!

　　　낙하산 부대!

　　　보라 이날 홀연히 푸른 하늘 그들의 머리 위에 깨어지고

　　　신국(神国) 일본의 정예 어디에나 그들의 진두(陣頭)에 내리다

　　　━━━━━━━━━━━

　　　━━━━━━━━━━━

　　　━━━━━━━━━━━

　　　그야말로 구천(九天)의 바깥에서 오라 신국의 정예

　　　우리들 천손민족(天孫民族) 후예인 사나이들

　　　우리들 천외의 이상을 지고

　　　우리들 아시아의 지주(支柱)를 떠받치고

　　　동해의 나라를 세워 2600해

　　　이 싸움 국운을 한꺼번에 건다

（三好達治)의 전쟁시집을 중심으로」, 『日本研究』第59輯, 韓國外國語大學校 日
　　本研究所.

　2. 박상도(2014), 「중일 전쟁기(中日戰爭期)의 전쟁시(戰爭詩)—미요시 타쓰지 「영
　　령을 고국에 모셔 들이다」를 중심으로」, 『日本語文學』第64輯, 日本語文學會.

　3. 河野仁昭(1973), 「三好達治とその戦争詩」, 『日本の近代とキリスト教』, 新教出
　　版社.

　4. 木原孝一(1965), 「戦争詩の断面」, 『本の手帖』, 昭森社.

44 　　　　　　　　　　　　　　　　　미요시 다쓰지三好達治 시를 읽는다

＿＿＿＿＿＿＿＿＿＿

＿＿＿＿＿＿＿＿＿＿

「낙하산 부대(落下傘部隊)」 전문

落下傘部隊!!

落下傘部隊!!

見よこの日忽然として碧落彼らの頭上に破れ

神州の精鋭隨處に彼らの陣頭に下る

＿＿＿＿＿＿＿

＿＿＿＿＿＿＿

＿＿＿＿＿＿＿

うべこそ九天の外より到れ 神州の精鋭

我ら天孫民族の裔の男の子ら

我ら天外の理想を負ひ

我ら亞細亞の支柱をささへ

東海の國を樹つ二千六百載

この役國運を一擧に賭す

＿＿＿＿＿＿＿

＿＿＿＿＿＿＿

「落下傘部隊」[39] 全文

39　三好達治(1965),『三好達治全集2』, 筑摩書房, p.65.

『첩보에 이르다』에 수록된 이 시에는 전쟁을 찬미하는 고양된 감정이 범람하고 있다. '신국(神国)'이니 '천손민족(天孫民族)'이니 하는 표현을 통해서 군국주의 일본을 찬양한다. 낙하산 부대에 대한 예찬도 두드러진다. 전쟁터에 나간 군인들을 위한 사기 고취 이외에는 별다른 특징을 보여주지 못한다. 전쟁시에 드러나는 일본 제국주의에 대한 고무 찬양은 이때까지 보아왔던 다쓰지 시의 면모와는 크게 다르다. 이들 시에 대한 평판은 문학 감상의 대상이 될 수 없다는 의견이 있을 정도다.[40] "전쟁시집과『초천리』,『일점종』과의 차이는 양자의 풍모라기보다는 전쟁 찬양과 높은 서정성의 차이"[41]라는 평가로 양분된다. 일본에서는 당대 일본의 전쟁시를 대표하는 다카무라 고타로(高村光太郎, 1883-1956)[42]나 이토 시즈오(伊東静雄, 1906-1953)[43]의 전쟁시에 대해서조차 문학적 평가를 자제하고 있는 실정이다. 이 책에서도 전쟁시에 대한 언급을 피하고 다쓰지의 삶과 관련된 것에만 한정해서 살피기로 한다. 전쟁시를 쓸 수밖에 없었던 당시 다쓰지

---

40   小川和佑(1976),『三好達治研究』, 教育出版センター, p.257 참조.

41   安藤靖彦 編(1982),『三好達治・立原道造』,「鑑賞日本現代文学 19」, 角川書店, p.16.

42   시인이며 가인이다. 도쿄예술대학 졸업. 일본을 대표하는 조각가이며 화가이기도 하지만, 오늘날에 있어서『도정(道程)』(1914),『치에코초(智恵子抄)』(1941) 등의 시집이 유명하다. 교과서에도 많은 작품이 게재되어 있고, 일본 문학사상, 근현대를 대표하는 시인의 한 사람으로 거론된다. 저작에는 평론이나 수필, 단가도 있다.

43   시인이다. 교토대학 국문과 졸업. 처녀시집이며 대표작인『그대에게 주는 애가(わがひとに与ふる哀歌)』(1935)와『여름꽃(夏花)』(1940) 등이 있다. 특히『봄을 기다리는 마음(春のいそぎ)』(1943)에 이른 바 전쟁시가 7편 실려 있는데, 후에 시인은 이것을 몹시 부끄러워했다고 한다. 시인을 기리기 위해 제정한 이토 시즈오 상(伊東静雄賞)이 있다.

의 시적 내면만 검토하는 것으로 한정하겠다는 뜻이다. 다쓰지의 전쟁시 창작 배경은 전업 시인이었던 점[44]을 감안하면, 경제적 이유가 가장 큰 것으로 보인다. 전쟁시가 그의 시력에서는 오점임이 분명하다. 하지만, 훗날 그는 전쟁시집 간행을 거절하는 등, 전쟁 관련 작품이 자신의 문학관과 배치되었음을 분명히 하고 있다.[45]

패전 후, 그는 여행을 떠나거나 시작에 몰두했다. 전후의 주요 시집으로는 『고향의 꽃』(1946.4), 『모래의 요새』(1946.7), 『낙타의 혹에 올라타고』(1952) 등이 있다. 이 중에서 『낙타의 혹에 올라타고』는 후기 시 세계의 대표적인 시집으로 꼽힌다. 여기에는 패전 후의 수도 도쿄의 전후 사회상에 대한 분노와 풍자를 부각시키면서 자신의 시적 건재함이 과시되고 있다. 특히 「낙타의 혹에 올라타고」와 「겹겹의 조망(二重の眺望)」, 「여기는 도쿄(ここは東京)」 같은 작품이 이러한 시적 경향을 대변한다.

나는 당신에게 가르쳐 주고 싶다
여기는 도쿄 불탄 들판 황궁의 연못입니다
이렇게 안개 낀 밤입니다만 여자여
여기는 북경이 아닙니다 또 파리도 아닙니다
당신은 어느 쪽으로 가시는 겁니까
당신은 길을 잃고 헤맸던 것입니다
나는 당신에게 가르쳐 주고 싶다

---

44   小川和佑(1976), 『三好達治研究』, 教育出版センター, p.254 참조.

45   『三好達治 (現代詩読本)』(1985), 思潮社, p.260.

당신은 그렇게 깊은 수심에 잠긴 듯 외투의 옷깃에 턱을 묻고

(…중략…)

「여기는 도쿄」일부

私はあなたに教へてあげたい

ここは東京 燒け野つ原のお濠端^{ほりばた}です

こんなに霧のかかった夜ですが 女のひとよ

ここは北京^{ぺきん}ではありません また巴里^{パリ}でもありません

あなたはどちらへゆかれるのでせう

あなたは路にまよはれたのです

私はあなたに教へてあげたい

あなたはそんなにもの思はしげに外套の襟に顎をうづめて

(中略)

「ここは東京」⁴⁶ 一部

　　패전의 황량함을 나타내는 시의 분위기는 전쟁 전까지 보여주었던 그
의 작품 세계와는 또 다른 변화다. 이 시기의 다쓰지는, 시에서는 어머니
의 죽음(1956)을 겪은 자전적 요소를 반영했고, 『하기와라 사쿠타로 전집
(萩原朔太郎全集)』을 편집(1956)하였으며, 1964년 4월 지병으로 타계한다.
전쟁의 어려운 시기를 거쳐 전후에 이르면, 시인은 시를 통해 자신의 삶
에 대한 감회를 영탄으로 풀어내는 한편, 해학과 풍자와 패전 후의 황폐

46　三好達治(1965), 『三好達治全集3』, 筑摩書房, p.83.

한 도시 도쿄의 풍경을 노래한다.

이상에서 살펴본 것처럼, 다쓰지의 개인사와 그의 문학적 결실은 서로 맞물려 있다. 방황과 질병, 그리고 가난으로 점철했던 어린 시절, 7년간의 군인 교육을 받았으나 다시 고등학교 진학을 선택해야 했던 방황, 사랑하는 여인과의 결혼이 실패하면서 오랜 기간 겪은 내적 번민, 다시 찾아온 30대 초중반의 병, 30대 후반에서부터 40대 초반을 전후하여 전쟁의 격동기를 거치면서 살아남기 위해 쓸 수밖에 없었던 전쟁시의 과오, 그리고 패전 후의 황폐한 현실을 통찰하는 시인의 지성 등은 그의 삶과 직접적으로 맞물려 있었다. 시의 깊이와 넓이를 확장시키고 심화시킨 운명이자 환경으로 작용하였다.

따라서 다쓰지 시는 정제된 시어들이 가진 내포와 상징성을 그의 곡절 많은 삶과 심리, 사유와 통찰과 결부시켜 규명해야 하는 양상을 띠고 있다. 시력 40년 동안 천여 편에 이르는 창작을 할 만큼 왕성한 창작욕을 발휘했던 점은 치열하게 살아온 그의 삶을 반영하는 결과라고 할 수 있다. 이렇게 시인의 생애를 검토하면서 확인된 삶과 문학과의 관련성을 감안하여 다음 장에서는 시인의 시 세계를 상세하게 거론하기로 한다.

3장

다양한 시적 실험

『측량선測量船』 읽기 1

미요시 다쓰지(三好達治)는 1930년 12월 첫 시집 『측량선』[1]을 '오늘의 시인 총서(今日の詩人叢書)' 제2권으로 제일서방(第一書房)에서 출간한다. 이 시집은 약 40년에 걸친 시인으로서의 시작(詩作)에서 보면 화려한 출발을 예고하는 것이었다. 다쓰지는 25세에서 30세까지 썼던 작품 39편을 이 시집에 수록하여 세상에 내놓음으로써 시인으로서의 특별한 명성을 얻는다. 첫 시집임을 감안하면 문학적으로는 순조로운 출발이었다. 이 시집에 담긴 그 무엇이 사람들에게 감동을 주었을까. 자못 궁금해질 수밖에 없다.

다쓰지 시 연구자의 한 사람인 오오카 마코토(大岡信)는 『측량선』의 매력을 "비속함에 빠지지 않은 감상(感傷)에 있다. 또한, 어머니를 향한 청년의 향수와 함께 미래에 대한 불안한 예감을 잘 정제된 시어로 결정화(結晶化)했으며, 그와 함께, 자연의 사물이나 현상을 균형감이 갖춰진 심

---

[1] 다쓰지에 관한 일본 연구자들의 선행 연구를 살펴보면 『측량선』에 관한 것이 적지 않은 양을 헤아린다. 그중에서 다음의 사례를 참고할 만하다.

1. 大塚久子(1967), 「達治詩集『測量船』の抒情の特質」, 『東京女子大学·日本文学』 29号, pp.27-32.
2. 渋谷孝(1967), 「三好達治の『測量船』論」, 『宮城教育大学 国語国文』, pp.33-43
3. 安田保雄(1963), 「『青空』時代の三好達治」, 『鶴見女子大学紀要』 第1号, pp.115-131.

리로 담아 잘 포착하고 있다. 여기에는 고전적인 일본어 사용법과 프랑스 문학에서 습득한 언어에 대한 윤리성을 바탕으로 분명하고 확실하게 표현해 낸 태도가 일관된다."[2]고 말하고 있다. 다쓰지 초기 시의 매력에 대한 오오카의 지적은 다쓰지의 문학관, 취향과 정신적 지향, 언어의 묘미 등, 시인의 시적 특질을 조리 있게 파악한 문장으로 읽힌다. 오오카의 주장처럼, 시인의 초기 시를 대표하는 『측량선』에는 다양한 형식의 시적 양상이 드러나 있다. 그래서 이 시집은 형식상으로나 의미상으로나 정연한 틀을 구비했다고 말하기는 어렵다.

다쓰지는 이 시집 제목인 『측량선』을 두고 "뭔가 손으로 더듬는 암중모색(暗中摸索)이라는 생각"으로 명명했다고 밝히면서, "시라는 것을 계량과 모색으로 생각했고, 생각하려고 했기 때문"[3]이라고 술회하였다. '계량'과 '모색'이라는 표현은 다쓰지가 자신의 시적 모험을 '항해'에 비유하고 자신의 시를 '배(船)'에 견주고 있음을 말해준다. 이것은 시적 모험에 대한 의의와 치열한 시적 자세를 나타내는 것이다.

이 글은 『측량선』이 갖는 문학적 중요성과 다쓰지의 시적 태도를 감안하여, 「다양한 시적 실험―『측량선(測量船)』 읽기 1」과 「다양한 시적 실험―『측량선(測量船)』 읽기 2」, 두 개로 나누어 살핀 것의 첫 번째에 해당한다. 여기에서는 『측량선』에 실려 있는 문어시(文語詩), 구어시, 자유시, 산문시 등, 다채로운 시 양식의 양상을 개괄하고 그 다양성에 담긴 의미를 파악하는 한편, 그가 일본인에게 서정시인으로 사랑받는 출발점이 된 작

---

2   大岡信 解説(1967), 『三好達治』, 「日本詩人全集 21」, 新潮社, p.267
3   三好達治(1965), 『三好達治全集1』, 筑摩書房, p.129.

품 「돌 위(甃のうへ)」와 「눈(雪)」을 중심으로 다쓰지의 서정시인으로서의 면모를 들여다볼 것이다. 더하여 『측량선』의 특징을 나타내는 핵심어인 '어머니'와 '향수'와 관련된 작품들의 의미 구조도 분석한다.

1. │ 시의 양식적 특질

『측량선』에 수록된 39편의 시들이 각각 무엇을 노래하고 있는지, 그것을 모두 언급하기란 쉽지 않다. 그런 까닭에, 시집에서 보여주는 시의 양식적 특질을 살펴보는 일과 그러한 양식 선택이 갖는 의미를 검토하는 단계가 필요하다. 우선, 시집에서 발견되는 특질 하나는 복잡하고 다양한 형식을 보여준다는 것이다. 시 형식의 복잡성은 문어체, 구어체, 자유시형, 산문시형 등으로 구별된다. 산문시형은 다시 '스케치 스타일'과 '심상 풍경(心象風景)을 구조화한 것'으로 나누기도 한다. 이러한 형식의 복잡성은 남북서원판(南北書園版), 『측량선 습유(測量船 拾遺)』(1947) 후기에서 다쓰지가 쓴 문장을 통해 확인된다. 그는 "시대의 혼란의 그림자가 깊고, 지리멸렬(支離滅裂)의 느낌이 강하다. 용어도 천박하고, 변덕스럽고, 확고한 사상의 지주(支柱)가 없고, 또한 어법을 무리하게 구사하고자 한 흔적이 오늘의 나에게는 몹시 눈에 거슬리고 추하게 보인다."[4]라고 썼다. 다쓰지가 말하는 '시대의 혼란'이란 창작 당시 시단의 상황을 가리킨다. 그는 자

---

4   三好達治(1965), 앞의 책, p.129.

신이 후기에서 밝힌 것처럼, "그 당시에서 보면 『측량선』의 시작 시기인 1926년에서 1930년까지의 시단의 상황은 도저히 상상도 할 수 없을 만큼 혼란 상태에 있었기에, 식견도 없고 재능도 부족한 나 같은 사람은 주위의 정세에도 늘 좌우되고, 오리무중에서 이리저리 끌려다닌 느낌이 없는 것도 아니다."[5]라고 고백하였다. 이러한 그의 고백은, 이 시집에 실린 시의 형태가 통일성을 지향한 것이 아니라, 다양한 형식을 실험한 것에 가깝다는 사실을 일러준다. 문어시, 구어시, 자유시, 산문시 등 형식에 따라 작품을 유형별로 열거해 보면 이러한 실험성은 쉽게 드러난다.

먼저 자유시를 들어 보면, 「돌 위」, 「겨울날(冬の日)」, 「소년(少年)」, 「호수(湖水)」, 「풀 위(草の上)」, 「국화(菊)」, 「빵(パン)」, 「유모차(乳母車)」 등이 있다. 이들 자유시를 다시 문어체 자유시와 구어체 자유시로 나누어 보면, 문어체 자유시는 「돌 위」, 「겨울날」 등이고, 구어체 자유시는 「소년」, 「호수」, 「풀 위」, 「국화」 등이다. 그중에서 구어체 자유시와 문어체 자유시를 혼용한 작품이 「유모차」다.

또한 이 시집의 양식적 특질과 관련해서 산문시가 상당량 있다는 점을 지나쳐서는 안 된다. 전체 시 39편의 약 70%인 27편이 여기에 해당한다. 이 시집에 실린 작품들에서 「고개(峠)」, 「거리(街)」, 「낙엽(落葉)」, 「마을(村)」 두 편(같은 제목의 시가 두 편 있음), 「메아리(谺)」, 「추야농필(秋夜弄筆)」, 「까마귀(鴉)」, 「밤(夜)」, 「새소리(鳥語)」, 「제비(燕)」, 「나는(僕は)」, 「사슴(鹿)」, 「낮(晝)」, 「향수(郷愁)」, 「나와 눈과(僕と雪と)」, 「사자(獅子)」 등이 산문시에 속한다. 다쓰지는 시의 스타일이나 연 구성에서도 다양한 시도

---

5   三好達治(1965), 앞의 책, p.129.

를 하고 있다. 예컨대, 「아베마리아」 같은 시는 산문시를 채택했지만, 그 안에 다시 운문시 형태를 품고 있다(전체 12연 중 4연은 산문시고, 8연은 운문시). 이것은 의도적으로 시 형식을 실험하고 있음을 말해준다.[6] 이처럼 『측량선』은 시 양식에서 보면 복잡성 혹은 다양성의 실험장인 듯한 인상을 준다.

2. 서정시인으로서의 면모

일본인들이 기억하는 다쓰지의 이미지는 서정시인이다. 그를 그렇게 인식하게 한 출발점이 된 작품의 하나는 「돌 위」일 것이다. 이 시가 왜 일본인에게 가장 많이 알려졌고 가장 많이 거론될까. 두 가지 측면으로 생

---

6 여기서 우리는 시 양식의 실험 이면에 어떠한 모티프가 작동하고 있을까 하는 의문과 함께 두 가지의 질문을 해볼 수 있다. 그 하나는, 시집의 초기에 쓰인 자유시나 단시(短詩)와 같은 시들은 누구의 영향이며, 다른 하나는, 후기에 쓰인 산문시는 어떤 영향에 의한 것인가 하는 것이다. 『측량선』의 초기 시는 다쓰지가 처음으로 참가한 동인지 『청공(靑空)』에 발표한 「돌 위」, 「눈(雪)」, 「봄의 곶(春の岬)」, 「유모차」 등을 가리킨다. 이들 시는 짙은 서정성을 띠고 있는데, 그 영향은 선배 문인인 하기와라 사쿠타로(萩原朔太郞), 무로 사이세이(室生犀星), 와카야마 보쿠스이(若山牧水) 등에 의한 것으로 보인다. 그러나 이 시기의 다쓰지 시는 이미 선배 문인들과 차별화하면서 독자적인 시 세계를 구축할 가능성을 보여주었다는 사실은 특기할 만하다. 이에 관한 상론은 「三好達治의 『측량선(測量船)』의 서정의 의미—그의 초기시를 중심으로」(졸고(2001), 『日語日文學硏究』 第38輯 1卷, 韓國日語日文學會)를 참고하기 바란다. 시집의 후기에 쓰인 '산문시는 어떤 영향을 반영'하고 있는가에 대해서는 '4장 다양한 시적 실험—『측량선(測量船)』 읽기 2'에서 살펴보기로 한다.

각해볼 수 있다. 하나는 국어 교과서에 수록된 작품이라는 점, 또 하나는 전형적인 서정시라는 점이다. 물론 서정시기 때문에 많이 알려졌다는 것은 다소 이해하기 어려운 측면이 있겠지만, 일반 독자의 입장에서 보면 교과서에 실려 있다는 이유만으로도 널리 애송된다는 것은 자연스러운 현상이다.[7] 이 작품은 일본문화 특유의 아름다움으로 자주 인용되는 서정시로 널리 알려져 있다. 시를 읽어보자.

　　　오호라 꽃잎 흩날려

　　　소녀들에게 꽃잎 흩날려

　　　소녀들 조용히 얘기하며 걸어가

　　　화창한 발자국 소리 하늘에 흐르고

　　　간혹 눈동자를 들어

　　　밝은 절의 봄을 지나가노라

　　　절의 기와지붕 초록빛으로 젖고

　　　차양에

　　　풍경 모습 조용하니

　　　혼자인

7　참고로 1970년대의 상황을 보자. 일본의 고교에서 사용하고 있는 국어 교과서 모두 14개사의 전 학년 42개 종류를 조사해 본 결과, 시인으로서는 다쓰지가 가장 많이 나왔다. 모두 20편이었다. 그중에서도 「돌 위」가 가장 많이 게재되어 있었다. 당시에 고등학교를 다닌 세대에게는 그의 작품이 무척이나 친숙할 것이다(鳩貝久延(1974), 「教科書に現れた三好達治の作品と問題」, 『解釈』 9月号, 教育出版センター, pp.42-43 참조).

내 몸의 그림자를 지나가는 돌 위

「돌 위」 전문

あはれ花びらながれ

をみなごに花びらながれ

をみなごしめやかに語らひあゆみ

うららかの跫音^{あしおと}空にながれ

をりふしに瞳^{ひとみ}をあげて

翳^{かげ}りなきみ寺の春をすぎゆくなり

み寺の甍^{いらか}みどりにうるほひ

廂廂^{ひさし}に

風鐸のすがたしづかなれば

ひとりなる

わが身の影をあゆまする甃のうへ

「甃のうへ」[8] 全文

시는 '벚꽃'과 '절의 풍경' 거기에 '사람의 모습'이 잘 어울려 있다. 작
품의 매력은 '꽃잎', '소녀', '절'이라는 시어를 중심으로 형성되는 시적 분
위기다. 마치 한 폭의 그림을 보는 것처럼 아름답다. 시의 공간적 배경은
'절'이지만, 그 절이 구체적으로 어디인지 알 수도 없고, 그것은 그다지 중
요하지도 않다. 시의 형식은 문어체 자유시에 속한다. 「돌 위」는 다쓰지의

---

8   三好達治(1965), 『三好達治全集1』, 筑摩書房, p.9.

초기 시 세계를 대표하는 작품으로 시인의 나이 26세(1926)때 잡지『청공』
제17호에 발표한 것이다.

시는 전체가 11행으로, 1행부터 6행까지는 밝고 화사한 절의 배경이
원경(遠景)으로 펼쳐져 있고, 7행부터 11행까지는 절의 경내가 섬세하게
부조(浮彫)되어 있다. 전반부인 1행에서 6행까지 드러나는 아름다움은 담
소를 나누며 한가롭게 산책하는 '소녀들'과 그 위로 눈보라처럼 흩날리는
'벚꽃'의 화려한 장면이다. 소녀와 흩날리는 벚꽃은 결코 요란스럽거나
현란하지 않다. 화자는 화려한 꽃의 흩날림과 산책하는 소녀들에게 차분
한 시선을 유지하고 있다. "화창한 발자국 소리 하늘에 흐르고"(4행)가 그
러한 차분함을 대변해준다. 조용히 얘기하며 걸어가는 소녀들의 모습이
전제되었기 때문에 발자국 소리가 허공을 가로지른다는 표현이 가능할
것이다. 따라서 이 시의 전반부에 그려지고 있는 아름다움은 벚꽃의 밝고
화사함 속에 깃든 고요함이다. 시의 후반부인 7행에서 11행까지는 절의
경내에 있는 '기와지붕'과 '차양' 그리고 '풍경'이 앞의 전반부의 시어들과
대구를 이루고 있다. 전반부 1행과 2행의 '흩날려'는 7행에서 '젖고'로 나
타나고, 3행의 '조용히 얘기하며 거니는 소녀들'은 9행의 '조용한 풍경 모
습'으로 표현되면서 복수의 '소녀들'은 마지막 행에서 단수인 '혼자'의 모
습으로 등장한다. 그래서 이 시에 쓰인 시어들도 이러한 대구의 표현으로
이루어져 시의 균형 있는 아름다움을 낳고 있는 것이다.

이 시에 대해서 시각적 아름다움을 피력하는 경우도 있지만,[9] 정밀한

---

9   安藤靖彦 編(1982),『三好達治·立原道造』,「鑑賞日本現代文学 19」, 角川書店,
     p.30 참조.

독해를 시도해 보면 비단 시각적 아름다움만이 아니라 청각과 촉각의 아름다움이 어우러져 있다는 사실을 확인하게 된다. "꽃잎이 흩날려(시각, 촉각)", "조용히 얘기하며(청각)", "초록빛으로 젖고(시각, 촉각)"와 같은 표현이 시간의 흐름 속에서 자연스럽게 다가온다. 이 작품에 구현된 공감각적 표현의 구체적 면모. 이 작품은 봄날의 절 풍경에 익숙한 한국인이 읽어도 그리 낯설지 않을 것이다.

다쓰지의 초기 시 세계에서 「돌 위」와 더불어 널리 애송되는 시는 「눈」이다.

> 타로(太郎)를 잠재우고, 타로의 지붕에 눈 쌓인다
> 지로(次郎)를 잠재우고, 지로의 지붕에 눈 쌓인다
>
> 「눈」 전문

> 太郎を眠らせ、太郎の屋根に雪降りつむ
> 次郎を眠らせ、次郎の屋根に雪降りつむ
>
> 「雪」[10] 全文

이 작품 역시 「돌 위」와 마찬가지로 현실과 상상의 공간을 구축하고 있는 것 같아 독자에게 풍부한 연상을 가능하게 해준다. 눈이 쌓이는 지붕은 타로(太郎)와 지로(次郎)에 의해 이끌리는 도회의 지붕이 아니라, 시

---

10   三好達治(1965), 앞의 책, p.9.

골집에서 잠들고 싶어 하는 현대인의 바람을 반영한 장소로 읽힌다. 『청공』 제3권 제3호(1927년 3월호)에 수록된 이 작품은 극히 짧은 시임에도 불구하고 1행과 2행의 반복이 눈에 띈다. 잠을 자고 있는 주체인 '타로'와 '지로'는 누구일까. 일본인에게는 흔한 이름의 하나다. 타로는 맏아들에게 붙이는 이름이고, 지로는 둘째 아들에게 붙이는 이름으로 생각하면 된다. 타로와 지로가 잠들어 있는 지붕은 같은 집의 공간일 수도 있고, 다른 집의 공간일 수도 있다. 그 어느 쪽이든 독자에게는 그리 중요하지 않다. 향수와 그리움을 품고 있는 시인의 내면이 내리는 눈을 통해서 향수와 그리움을 불러일으키고 있기 때문이다. 1행과 2행에서 보게 되는 반복, 즉, 운율의 규칙성은 상상력을 차단하는 역할보다는 리듬을 통해서 달콤하고 포근한 잠을 끌어들이는 기능을 한다. 규칙적인 운율이 리듬에 바탕을 둔 구속의 아름다움을 낳는 셈이다. 그래서 이토 신키치(伊藤信吉)가 설명하고 있는 다음의 문장도 무척이나 의미 있게 읽힌다.

이 짧은 시에서 시인은 구체적으로 무엇을 시도했을까. 이것을 현대 서정시의 형성이라는 점에서 보면, 시인은 의식적으로, 일부러 단가에 가까운 형식을 갖고 싶어 한다. 다시 말해서 단가에 가까운 작은 시형을 사용할 때 그 서정은 전통시 쪽으로 보다 강하게 기울어지는지, 그렇지 않으면 현대시로서의 신선함을 획득할 수 있는지, 그러한 실험이 행해졌다. 전통시와 현대시의 분기점에서, 시인은 저울의 추를 보았다. 과거와 현재, 그리고 미래와의 비중은 어느 쪽으로 무겁게 기울어질지. 이 차이의 측정은 현대 서정시를 지탱하고자 하는 시인에게 있어서는 어쩌면 결정적인 의미를 갖는 것이었는지도 모른다.

불과 2행의 작품이지만 이 짧은 시에는 시적 전통에 대한 자각과 현
대 서정시의 새로운 전개에 대한 시도가 내포되어 있었다.[11]

인용문에서 이 시에 담긴 시인의 의도를 전통시와 현대시의 분기점에
서 실험 정신을 담고 있다고 말하는 것은 「돌 위」와 마찬가지로 초보 시
인 다쓰지의 시가 전통시를 바탕으로 삼고 있다는 의미다. 다쓰지는 일본
전통시의 연장선상에 스스로를 위치하게 하려는 의지를 갖고 있었다. 그
의지는 절제된 운율의 규칙성을 구현함으로써 독자들에게 익숙한 전통적
정서를 불러일으킬 수 있었으며, 동시에 현대시를 향한 의미있는 발걸음
이기도 했다.

이처럼 다쓰지의 초기작 「돌 위」와 「눈」은 그가 전통성을 바탕으로 한
서정시인으로 출발했음을 보여주는 대표적인 사례다. 「돌 위」에는 봄날
의 절을 풍경으로 그려낸 일본문화 특유의 아름다움이 있었고, 「눈」에는
규칙적인 운율을 바탕으로 달콤한 잠의 세계로 빠져들게 하는 듯한 매력
이 잠재하고 있었다.

3.   어머니와 향수

첫 시집 『측량선』의 전반적 특징을 가리켜 많은 연구자들은 '어머니의

---

11   伊藤信吉(1954), 『現代詩の鑑賞(下)』, 新潮社, p.141.

시집', '향수의 시집'이라고 표현한다. 이러한 발언들은 초기 시의 대표작인 「유모차」를 그 모태로 하는데, 역시 이 작품도 일본인들이 애송하는 시의 하나다.

엄마야-
덧없고 슬픈 것 내리노라
수국(水菊)빛 같은 것 내리노라
끝없는 가로수 그늘을
산들산들 바람 부노라

때는 황혼
엄마야 내 유모차를 밀어라
눈물에 젖은 석양을 향해
절절히 내 유모차를 밀어라

빨간 떨기 달린 비로드 모자를
차가운 이마에 씌워 달라
갈길 서두르는 새들의 행렬에도
계절은 하늘을 건너가노라

덧없고 슬픈 것 내리는
수국 빛 같은 것 내리는 길

엄마야 나는 알고 있다

이 길은 멀고 먼 끝없는 길

「유모차」 전문

母よ-

淡くかなしきもののふるなり

紫陽花<ruby>あぢさゐ</ruby>いろのもののふるなり

はてしなき並樹のかげを

そうそうと風のふくなり

時はたそがれ

母よ 私の乳母車を押せ

泣きぬれる夕陽にむかって

轔々<ruby>りん</ruby>と私の乳母車を押せ

赤い總<ruby>ふさ</ruby>ある天鵝絨<ruby>びろおど</ruby>の帽子を

つめたき額<ruby>ひたひ</ruby>にかむらせよ

旅いそぐ鳥の列にも

季節は空を渡るなり

淡くかなしきもののふる

紫陽花いろのもののふる道

母よ 私は知ってゐる

この道は遠く遠くはてしない道

「乳母車」¹² 全文

「유모차」전문이다. 다쓰지의 데뷔작 중 하나로, 앞의 「돌 위」보다 먼저 발표한 작품이다. 다쓰지가 26세 때인 1926년, 도쿄대 불문과 재학시절 잡지 『청공』(제2권 6호)에 발표한 그야말로 가장 초기 작품으로 꼽히는 몇 편중의 하나다. 데뷔작이라고 할 수 있지만 대표작으로도 꼽힐 만큼 널리 알려져 있다.

'유모차'라는 시어가 암시하는 이미지와는 달리 전체적인 시적 분위기는 회고적 성격이 강하다. 그의 연보를 참고해서 이 시를 접하면, 어머니가 유모차를 밀어준 경험이 거의 없었다고 받아들여야 할 듯하다. 어릴 때부터 부모의 곁을 떠나서 한때는 양자로, 또 할머니에게서 5년 가까운 시간을 보내야 했던 힘겨운 날들이 있었기 때문이다. 그러기에 시인은 늘 어머니에게 유모차를 밀어달라는 꿈을 꾸고 있었는지도 모른다.

그래서일까. 시적 분위기는 전반적으로 차가운 쪽으로 흐른다. 주목되는 시어는 "덧없고 슬픈 것", "눈물에 젖은 석양", "차가운 이마" 등이다. 이들 시어는 모두 따뜻한 이미지와는 무관하다. 유모차라고 하면 따스하고 포근한 이미지를 연상하게 되며, 거기에는 따뜻한 어머니의 정이 담겨 있는 것으로 여기기 쉽다. 어른이 되어 생각할 때는 그러한 감정이 더해질 수 있다. 앞의 1연 2행 "덧없고 슬픈 것 내리노라"는 슬픔을 표현하려

12　三好達治(1965), 앞의 책, p.7.

는 의도가 선명해 보인다. 마지막 4연의 1행과 2행에서 이 구절은 다시 반복되는데, 차가운 이미지의 효과가 증폭되는 양상으로 번진다. 이 시가 당시 시단에서 커다란 영향력을 가진 시인 모모타 소지(百田宗治)로부터 "내부 감정과 서로 일치되는 하나의 세계를 만들고 있으며, 거기에는 정밀하고 치밀하게 표현된 진심이 발견된다."[13]는 격찬을 받은 것도 독특한 감각과 정교한 표현 때문이다.

여기에서 시인의 기교를 살펴보자. 저물어 가는 해를 '눈물에 젖은 석양'으로 표현하고, 하늘을 날며 지나가는 새들을 '갈 길 서두르는 새들'이라고 한 점, 차가운 바람이라고 직접적으로 표현하지 않고 '차가운 이마'라고 한 것, 이 모든 표현은 직접적인 경험의 재현이 아니라 기교를 바탕으로 한 구절이다.[14] 해를 '눈물 가득한 풍경'으로 표현한 것이 대상을 주관적인 시각으로 바라본 것이라면, 새들의 날갯짓을 '서둘러 길을 떠나는' 모양에 비유한 것은 참신한 발상의 예가 되기에 충분하다. 차가운 바람을 '차가운 이마'라고 한 것도 매우 감각적이다. 「유모차」에 담긴 감각과 발상의 참신함은 독창적인 아름다움을 보여준다. 또한 이러한 시의 묘미는 시인의 비범한 시적 자질을 간접적으로 엿보게 하는 것이다. 이 작품은 전체적으로 회상의 느낌을 부각시키면서 문어와 구어를 혼용했다는 점도 특기할 만하다.

시적 화자의 어머니에 대한 간절한 바람, 즉 어머니에 대한 상상적 요

13   安田保雄(1963), 「『靑空』時代の三好達治」, 『鶴見女子大学』第1号, p.121.

14   村上菊一郎 編(1959), 『三好達治・草野心平』, 「近代文学鑑賞講座 20」, 角川書店, p.19 참조.

구의 애절함은 마지막 연 "엄마야 나는 알고 있다 / 이 길은 멀고 먼 끝없는 길"에 나타난다. 비현실의 세계를 상상하던 시의 화자가 현실로 되돌아와서는 어머니에 대한 요구를 직접적으로 표현한다. 결말 부분에서는 자신의 길은 스스로 개척하겠다는 모습을 보여주는 듯하다. 이 부분은 다쓰지의 시적 능력을 다시 한번 보여주는 묘사다. 비록 1연과 유사한 표현이 되풀이되어 나오고는 있지만, 3연까지 비애감에 젖어 있던 시적 분위기는 차분하며 이성적이다. 동적인 이미지에서 마지막 연에서는 정적인 이미지로 마감하는 점도 이채롭다.

이처럼 「유모차」는 다쓰지가 어머니를 향해 부르는 그리움을 회고적 정서로 풀어낸 것이다. 연보를 참고하면, 이때 그는 어머니와 떨어져 살고 있었다. 이러한 정서는 다음의 시 「메아리」에서도 읽힌다.

저녁 어스름이 사방에 깔리고, 파란 세계지도 같은 구름이 지평에 드리워져 있었다. 풀잎에만 바람이 불고 있는 평야 속에서, 그는 큰 소리로 어머니를 부르고 있었다.

동네에서는 그의 얼굴이 어머니와 많이 닮았다고 하며 사람들이 웃었다. 낚싯바늘처럼 등을 구부리고, 어머니는 점점 어느 쪽으로 그 발자국을 잇고 있었던 것일까. 저녁에 어스름 속에 떠 있는 하얀 길 위를, 그 먼 곳으로 그는 큰 소리로 어머니를 부르고 있었다.

조용히 그의 귀에 들려온 것은, 그것은 메아리가 된 그의 절규였을까, 또는 멀리에서, 어머니가 그 어머니를 부르고 있는 절규였을까.

미요시 다쓰지三好達治 시를 읽는다

저녁 어스름이 사방에 깔리고, 파란 구름이 지평에 드리워져 있었다.

「메아리」전문

夕暮が四方に罩め、青い世界地圖のやうな雲が地平に垂れて
ゐた。草の葉ばかりに風の吹いてゐる平野の中で、彼は高い聲
で母を呼んでゐた.

街ではよく彼の顔が母に肖てゐるといつて人々がわらつた。
釣針のやうに背なかをまげて、母はどちらの方角へ、点々と、
その足跡をつづけていつたのか。夕暮に浮ぶ白い道のうへを、
その遠くへ彼は高い聲で母を呼んでゐた.

しづかに彼の耳に聞えてきたのは、それは谺になつた彼の叫
聲であつたのか、または遠くで、母がその母を呼んでゐる叫聲
であつたのか.

夕暮が四方に罩め、青い雲が地平に垂れてゐた.

「砑」[15] 全文

「메아리」는 1927년 동인지 『청공』3월호에 수록된 것으로 그의 나이
27세 때의 작품이다. 「유모차」보다 9개월 늦게 발표되었지만, 앞의 「유모

---

15   三好達治(1965), 앞의 책, p.11.

차」처럼 다쓰지의 젊은 날의 목소리가 들리는 느낌을 감출 수 없다. 이 작품이 심상의 세계를 그린 것인지 직접 체험에 의한 것인지는 분명해 보이지 않지만, 화자는 어머니를 불러 보고 싶은 내면을 보여준다.

'메아리'라는 제목과 더불어 이 시에서 가장 관심이 가는 시어는 "어머니" 또는 "어머니의 어머니"다. 어머니를 부르는 화자의 내면성은 다쓰지 자신에 준하는 자전적 화자이든 아니든 간에 '어머니를 그리워하는 마음'이 두드러진다. 시의 제목 '메아리'의 의미는, 시적 화자가 부르는 '어머니'라는 음성이 되돌아와서 들리는 것이 하나고, 또 하나는 그 소리를 들은 시적 화자와 마주 선 어머니가 다시 그 어머니를 불렀을 때 되돌아오는 메아리를 떠올릴 수 있다. 3연의 "그것은 메아리가 된 그의 절규였을까. 또는 멀리에서, 어머니가 그 어머니를 부르는 절규였을까."라는 표현이 가능한 것은 후자의 메아리가 가진 맥락이다.

'메아리'는 1연 "저녁 어스름이 사방에 깔리고, 파란 세계지도 같은 구름이 지평에"라는 시간적, 공간적 설정을 통해 제시된다. 이러한 설정은 또한 마지막 4연에서 또다시 "저녁 어스름이 사방에 깔리고 파란 구름이 지평에"로 반복되면서 의미가 확장된다. 반복을 통한 시적 기교와 함께 메아리의 의미가 확장되면서 어머니 부르기를 갈망하는 내면성이 만들어지고 어머니를 부르는 연쇄반응을 일으키는데, 이것이 바로 메아리 현상일 것이다. 이 시가 「유모차」와 다른 것은 '어머니와 아들의 얼굴이 닮았다'는 부분, 그리고 '낚싯바늘처럼 등을 구부렸다'는 현실적이고 구체적인 표현에서 포착된다. 고생을 하며 살아온 어머니의 등을 낚싯바늘로 표현한 것도 시인의 독특한 비유로 거론할 만하다.

『측량선』에 실린 또 다른 산문시 「정원(庭)」에서도 어머니가 등장한다.

회화나무 그늘이 가르쳐 준 곳에서, 나는 풀 위로 곡괭이를 푹 쳤다. 그리고 오 분이 지나, 나는 쉽게 파헤쳐 냈다. 나는 흙투성이 해골을 파낸 것이다. 나는 못으로 가 그것을 씻었다. 내 부주의로 생긴 관자놀이 위의 상처를, 아까 그 곡괭이질을 나는 후회하고 있었다. 방에 돌아가 나는 그것을 침대 밑에 놓았다.

오후에 나는 꿩을 쏘러 계곡으로 갔다. 돌아와 보니, 침대 다리에 물이 흐르고 있었다. 내가 들어 올린 무거운 장난감의, 아직 젖어 있는 눈구멍이나 관자놀이의 상처에, 작은 빨간 개미가 바삐 보였다 안 보였다 하고 있는, 그것은 옅은 갈색을 띤, 이상스레 우아한 성(城) 같았다.

어머니로부터 편지가 왔다. 나는 거기에 답장을 썼다.

「정원」 전문

槐の蔭の教へられた場所へ、私は草の上からぐさりと鶴嘴を
たたきこんだ。それから、五分もすると、たやすく私は掘りあ
てた、私は土まみれの髑髏を掘り出したのである。私は池へ行
つてそれを洗つた。私の不注意からできた髑髏の上の疵を、さ
つきの鶴嘴の手應へを私は後悔してゐた。部屋に歸つて、私は
それをベツドの下に置いた。

午後、私は雉を射ちに谿へ行つた。還つて見ると、ベツドの

脚に水が流れてゐた。私のとりあげた重い玩具の、まだ濡れて
ゐる眼窩や顱顋の疵に、小さな赤蟻がいそがしく見え隠れしして
ゐる、それは淡い褐色の、不思議に優雅な城のやうであつた。

母から手紙が來た。私はそれに返事を書いた。

「庭」[16] 全文

역시 이 작품에 그려진 화자의 내면성도 앞의 「유모차」나 「메아리」처럼 어머니로 향하고 있다. 작품 전체의 분위기는 허무하다. 그리고 공포가 느껴진다. 왜냐하면, 화자가 정원에서 곡괭이질로 파헤쳐 낸 것은 다름 아닌 해골이기 때문이다. 그래서일까. 화자가 자신의 부주의로 생긴 관자놀이 위의 상처로 인해 후회를 하는 것과 상처 난 곳으로 빨간 개미가 바쁘게 왕래하는 모습이 눈에 들어온다. '해골'을 '무거운 장난감'으로 표현한 것도 허무의 차원으로 읽힌다. 독자의 입장에서는 시어의 하나로 왜 '해골'이 등장할까 하는 의문이 들기도 하는데, 그와 관련한 다음의 문장은 충분히 설득력을 갖추고 있다.

해골은 『측량선』의 시 「멤와(MEMOIRE)」의 "가을바람에 누나가 죽었다. 긴 대나무 젓가락에 그 백골이 훼손되었다"[17]고 하는 죽은 누나

---

16 三好達治(1965), 앞의 책, p.31.
17 시의 전문은 다음과 같다.
   가을바람에 누나가 죽었다. 긴 대나무 젓가락에 그 백골이 훼손되었다. 부뚜막은 따뜻했다. 근처에는 또 가을바람이 돌고 있었다. 나는 아이의 뺨을 핥았다. 나는 여행을

의 기억과 함께 밀려오는 쓸쓸하고 덧없는 이미지가 겹친 것이 확실하다. 과거는 의식되기에 통한의 대상이 된다. 제2연의 "무거운 장난감", 즉 해골은 폐쇄적인 상황에서의 '나'의 자기 회복에 대한 몽상의 감각이다. 무거운 완구는 누나의 이미지와 겹치고, 그리고 어머니로부터 편지가 와서, 거기에 답장을 썼다고 하는 연상으로 퍼지고, 또한 「유모차」의 어머니 이미지로 이어진다.[18]

'멤와'는 기억이란 뜻이다. 시부야 다카시(渋谷孝)가 쓴 이 글은 「멤와」와 「정원」의 이미지와의 유사성 및 「유모차」에 나타난 어머니 이미지와의 연계성에 관한 설명이 돋보인다. 이 시 「정원」을 폐쇄적인 공간에 존재하는 화자의 쓸쓸함, 혹은 허무라는 측면에서 바라보고 있는 것이다. 「멤와」는 죽은 누나가 등장하는 것으로, 이 작품이 특별하게 읽히는 까닭은

떠났다. 이제 애인으로부터는 드문드문 오던 편지도 오지 않고 있었다. 바다는 맑았다. 하늘도 푸르렀다. 나는 해안을 이리저리 걸었다. 그 무렵, 아리스토텔레스를 읽고 있었다. 난바다에 군함이 머물러 있었다. 저녁 무렵 나팔 소리가 들렸다. 또 불이 켜졌다. 산 위에는 제례(祭禮)가 있었다. 나는 논 사이를 멀리 걸어갔다. 숲 사이의, 오래된 긴 돌계단을 올라갔다. 그것은 높은 산이었다. 나는 술을 따라 마셨다.

秋風に姉が喪くなつた。長い竹箸にその白骨がまた毀れた。竈は煖かつた。あたりには、また秋風がめぐつてゐた。私は子供の頰を舐めた。私は旅に出た。もう恋人からは、稀れな手紙も来なくなつてゐた。海は澄んでゐた。空も青かつた。私は海岸を歩き廻つた。その頃、アリストテレスを読んでゐた。沖に軍艦が泊つてゐた。夕方喇叭(らつぱ)が聞えた。また灯が点つた。山上に祭礼があつた。私は稲田の間を遠く歩いて行つた。林間の、古い長い石階を上つた。それは高い山だつた。私は酒を酌んだ(三好達治(1965),『三好達治全集1』筑摩書房, p.48).

18   渋谷孝(1967),「三好達治の『測量船』論」,『宮城教育大学 国語国文』, pp.34-35.

아마도 '누나'가 등장하는 시를 찾아보기 힘들기 때문이리라. 시에서 화자가 설정한 '정원'이라는 공간은 단순히 닫힌 공간의 이미지를 뛰어넘어, 따뜻한 가정이나 가족을 꿈꾸었던 간절한 소망을 염원하는 공간일 수도 있다. 가족과 떨어진 채 쓸쓸한 유년 시절이나 청년기를 보내야 했던 시인의 진한 고독이 감지된다.

또 시인은 시 「향수(鄉愁)」에서는 향수와 결합하여 어머니에 대한 그리움을 다음과 같이 노래한다.

> 나비 같은 나의 향수!… 나비는 몇 개 울타리를 넘어, 오후의 거리에서 바다를 본다… 나는 벽에서 바다를 듣는다… 나는 책을 덮는다. 나는 벽에 기댄다. 옆방에서 2시를 친다. '바다 먼 바다여! 하고 나는 종이에 쓴다—바다여, 우리들이 쓰는 문자에서는 네 속에 어머니가 있다. 그리고 어머니여, 프랑스 사람의 말에는 당신 속에 바다가 있다.'
>
> 「향수」 전문

> 蝶のやうな私の鄉愁!…。蝶はいくつか籬を越え、午後の街角に海を見る…。私は壁に海を聴く…。私は本を閉ぢる。私は壁に凭れる。隣りの部屋で二時が打つ。「海、遠い海よ!と私は紙にしたためる。―海よ、僕らの使ふ文字では、お前の中に母がゐる。そして母よ、佛蘭西人の言葉では、あなたの中に海がある。」
>
> 「鄉愁」[19] 全文

---

19   三好達治(1965), 앞의 책, p.58.

작품은 1930년 2월 잡지 『올훼온(オルフェオン)』에 발표한 것으로 역시 『측량선』에 실려 있다. 시는 이해를 위해 "옆방에서 2시를 친다."까지를 전반부로, "바다 먼 바다여!" 이후를 후반부로 나누어 읽는 것이 좋다. 전반부가 바다에 향수를 담아낸 것이라면, 후반부는 바다와 어머니와의 일체화가 서술의 핵심이다. 역시 시에 등장한 '어머니'라는 시어는 그가 앞서 「유모차」, 「메아리」, 「정원」과 같은 작품에서 보여주었던 어머니를 향한 그리움과 같은 선상에 놓여 있다.

이 시는 정독을 하다 보면 독특한 특징이 있다는 것을 알 수 있다. 즉, 기지가 넘친다는 것. 그것이 읽는 이에게 또 다른 시적 매력을 준다. 그리고 감동적으로 읽힌다. 물론, 기지 넘치는 표현이 단순히 언어 유희에만 그치지 않고 서정성을 담아내고 있어 예술적 가치가 더해진다. 그래서 마지막 부분 "바다여, 우리들이 쓰는 문자에서는 네 속에 어머니가 있다. 그리고 어머니여, 프랑스 사람의 말에는 당신 속에 바다가 있다."에 관심이 갈 수밖에 없다. 이 표현은 한자인 '바다 해(海)'자가 그 속에 '어미 모(母)'자를 포함하고 있고, 프랑스어는 어머니(mère)가 바다(mer)를 품고 있다는 뜻이다. 어머니를 그리워하는 마음과 언어를 자유자재로 구사하는 시인의 위트가 인상적인 것이다. 또한 "나비 같은 나의 향수!… 나비는 몇 개 울타리를 넘어, 오후의 거리에서 바다를 본다."는 것에서 알 수 있는 것처럼, '향수'라는 추상명사를 표현하기 위해 형태가 있는 나비를 빌려 오고, 또한 나비의 행위를 마치 사람의 행동인 것처럼 묘사한 것은 화자 자신이 그토록 하고 싶어 했던 행위가 아니었을까. 작품에 등장하는 나비는 실재하는 나비는 아니지만, 향수를 시각적 이미지로 표현하기 위해 빌린 것이라 할 수 있다. 즉, 나비를 통해 고향으로 날아간다는 발상이다. 이것이 시인의 시재(詩才)며, 여기에서 깊은 서정이 우러난다. 나비가 마지막으로 날아가는 곳은 다름 아닌 바다고, 그 바다를 어머니의 품과 같은 장소로 파악한 것이다. '바다(海)=어머니(母)'를 일본어와 프랑스어 두 나라의 언어 그리고 유사 이미지로 파악할 수 있는 것은 다쓰지이기에 가능했으리라. "다쓰지가 타고난 서정시인이라는 증거는 이 시를 봐도 분명하다."[20] 어머니를 그리워하는 마음과 언어를 자유자재로 구사하는 시인의 위트는 다쓰지 전체 작품에서 보면 그리 많은 것이 아니다. 따라서 '바다(海)=어머니(母)'를 일본어와 프랑스어의 두 나라 언어를 통해 유사 이미지로 파악할 수 있었던 것은 프랑스 문학과 출신인 다쓰지만의 장점이고 매력이다. "「유모차」, 「메아리」, 「정원」, 「향수」 등, 이 시인의 내적 욕구가 언제나 어머니를 향하는 점에, 이 시대를 살아간 다쓰지의 콤플렉스 심리를 엿볼 수 있을"[21]지도 모른다.

이처럼 네 편의 시 「유모차」, 「메아리」, 「정원」, 「향수」에는 공통적으로 어머니를 향한 고독한 시인 다쓰지의 그리움이 살아있었는데, 그 그리움이 향한 곳은 그가 유년 시절이나 청년기에 느껴보지 못했던 '가정'이라는 울타리였다.

20 　阪本越郎(1967), 「三好達治の抒情詩『測量船』と『花筐』」, 『本の手帖』 3, 4 合併号, p.88.

21 　伊藤信吉 外 3人 編(1975), 『三好達治 日本の詩歌22』, 中央公論社, p.34.

4. 소 결론

이 글은 첫 시집 『측량선』을 미요시 다쓰지가 시도한 '다양한 시적 실험'의 관점에서 파악한 것으로, 다채로운 시 양식의 개괄과 그 의미를 살피는 한편, 작품 「돌 위」와 「눈」을 중심으로 다쓰지의 서정시인으로서의 면모를 분석했다. 이어서 '어머니'와 '향수'를 핵심어로 「유모차」, 「메아리」, 「정원」, 「향수」에 내재된 의미 구조를 조명해 보았다. 그 결과, 다음과 같은 결론에 도달할 수 있었다.

우선, 시 양식의 다양성은 문어체, 구어체, 자유시형, 산문시형 등으로 구별되고, 산문시형은 다시 '스케치 스타일'과 '심상풍경을 구조화한 것'으로 나누는 등, 『측량선』에 실린 시 양식의 다양성을 확인하였다. 이것은 곧, 다쓰지가 시도한 시 양식의 시적 실험이었다.

또한, 초기 작품 「돌 위」와 「눈」을 살펴본 결과, 「돌 위」에는 일본적 아름다움을 풍경과 더불어 고요한 미로 그려낸 서정시다운 매력이 있었고, 「눈」에도 전통시와 현대시, 그 분기점에서의 시인의 실험 정신을 읽을 수 있었다. 이 두 작품 모두, 그가 처음 시를 쓸 때에는 서정시인으로서의 출발이었다는 사실과 함께, 그 뿌리에는 일본의 전통미가 깊이 자리하고 있었음을 알 수 있었다. 이는 시인의 시가 훗날 일본인들에게 사랑을 받게 되는 한 요인으로 작용한다. 그리고 네 편의 시 「유모차」, 「메아리」, 「정원」, 「향수」를 정독한 결과, 여기에는 모성(母性)을 향한 시인 다쓰지의 영원한 고독이나 그리움이 감지되었다. 그리고 그러한 인식의 바탕에는 그가 유년기나 청년기에 느껴보지 못했던 따뜻한 '가정'이 존재하고 있었음을 유추할 수 있었다. 이 시집 『측량선』을 가리켜 '어머니의 노래', '향수의 노래'로 규정하는 것은 바로 이러한 시들의 성격과 깊은 관련성을 맺고 있는 것이다.

4장

다양한 시적 실험

『측량선測量船』읽기 2

이 글은 『측량선』에 수록된 산문시를 중심으로 미요시 다쓰지가 왜 주지시인인가에 초점을 맞추고 쓰인다. 또한, 프랑스 시와 신산문시운동(新散文詩運動)이 다쓰지 시에 어떻게 영향을 주었으며, 이러한 영향의 산물로 그가 동인으로 참가하여 다수의 작품을 발표한 동인잡지 『시와 시론(詩と詩論)』과 『측량선』의 상관관계를 살핀다. 더하여, 그의 산문시에 나타난 작품들을 '존재의 고독'이라는 시각에서 살펴볼 것이다.[1]

---

1   이와 관련하여 다음의 글을 참고할 만하다.

1. 安田保雄(1973), 「三好達治における西洋―『測量船を中心に』」, 『解釈』, 教育出版センター, pp.25-28.

2. 渋谷孝(1973), 「三好達治『測量船』における「鴉」の位置」, 『文芸研究』 第74集, 日本文芸研究会, pp.1-9.

3. 石井昌光(1956), 「現代に於ける風流の文学」, 『宮城学院女子大学 研究論文集』 10巻, pp.88-110.

1. 프랑스 시의 영향

다쓰지가 『측량선』에 실은 39편 중에서 27편은 산문시다. 70% 가까이 차지한다. 이들 산문시는 주로 시집 후반부에 위치하고 있는데, 이때 쓰인 작품들은 프랑스 시인들의 영향을 보여준다. 이들의 영향과 함께 제기할 수 있는 의문은, 왜 그는 당시에 산문시 창작에 몰두했을까 하는 점이다. 이와 관련하여 당시 유행했던 신산문시운동(新散文詩運動) 및 다쓰지가 동인으로 참가해서 시작 활동을 했던 시 동인지 『아(亜)』와 『시와 시론(詩と詩論)』을 함께 살펴보는 작업은 유효하다.[2] 이 다작의 산문시 창작과 관련하여, 그의 시우(詩友)였으며 『아』와 『시와 시론』의 중심 멤버로 그 당시 신산문시운동의 제창자인 기타가와 후유히코(北川冬彦)의 다음과 같은 얘기는 의문을 풀어주는 열쇠가 된다.

다이쇼(大正) 말기, 자유시는 그 형식의 자유가 타락의 극에 달했고,

---

2   『아』는 기타가와 후유히코(北川冬彦), 안자이 후유에(安西冬衛) 등이 중심이 되어 1924년 11월부터 1927년 12월까지 발간한 동인잡지다. 전위적인 산문시나 단시를 탐구하였고, 일본에서는 모더니즘 시의 발전에 기여했다는 평가를 받는다. 여기에 다쓰지는 「추야농필(秋夜弄筆)」 등 3편의 시를 발표하였다. 『시와 시론(詩と詩論)』에 관해서는 별도로, '2절 『측량선』과 『시와 시론(詩と詩論)』'에서 살펴보기로 한다. 이 두 동인지가 다쓰지 시에 미친 영향 관계는 다음을 참고로 하기 바란다.
    1. 吳錫崙(2002), 「三好達治의 詩의 形成」, 『日本文化學報』 第13輯, 韓國日本文化學會.
    2. 오석윤(2008), 「미요시 다쓰지(三好達治)의 주지시 고찰」, 『日本學研究』 第26輯, 檀國大學校 日本學研究所 2008.

되는 대로 행을 나누는 것뿐인 시적 감동이 없는 시가 아닌 것이 시단을 덮고 있었지만, 그들 시 아닌 것을 청산하기 위해서 그 거짓의 행 나눔을 없애고 산문으로 쓸 것을 제창했다. 다시 말해서 시의 순화(純化)를 위해서 시를 산문으로 쓸 것을 주장한 것이다. (再川文庫, 『詩の話』)

『시와 시론』은 이른바 근대시와의 단절을 위해 각각 신시운동을 전개했지만, 공통된 테제(these)는 형식 혁명으로서의 신산문시운동을 수행하는 것이었다. 시 표현은 시 그 자체라고 생각하고, 시의 형식을 일단 '무(無)'로 돌아가는 것, 즉 산문 형식으로 시를 쓸 것, 이것이 신산문시운동의 방법론이었다. 신산문시는 종래에도 쓰이고 있었지만, 그것을 형식 혁명의 방법론으로 한 것은, 일본의 근대시상(近代詩上)에서 이때가 처음이며, 그것은 종래의 산문시와는 다르기 때문에 <신(新)>이라는 관(冠)이 붙었다.[3]

인용문은 『측량선』의 산문시들도 당시의 신산문시운동의 영향과 무관하지 않음을 나타내고 있다. 다쓰지가 산문시를 왕성하게 쓴 것도 시대의 흐름과 무관하지 않다는 추측을 해 볼 수 있는 것이다. 그의 왕성한 산문시 창작의 배경을 해명해줄 열쇠는 연보를 참조해 보면 잘 드러난다. 이 시기에 그는 "보들레르(1821-1867)의 산문시집인 『파리의 우울(パリの憂鬱)』을 번역하기 시작하는 외에, 이후 오로지 번역에 전념한다. 그 이후약 10년 동안의 번역작업은 약 2만 매에 달한다."[4]고 되어 있다. 또한 『시

---

3   那珂太郎(1983), 『詩のことば』, 小沢書店, p.24 재인용.

4   三好達治(1965), 『三好達治全集12』, 筑摩書房, p.643.

와 시론』 제3책에 보들레르의 산문시 8편을 번역하여 게재한 것도 이 무렵(1929년)이다. 이로 미루어 볼 때, 다쓰지는 프랑스 시인의 산문시에 대해 많은 애착을 가지고 있었던 것으로 보인다. 다른 하나의 열쇠는 다쓰지가 『측량선』을 회상한 글에서 찾을 수 있을 것 같다. 그는, "『측량선』은 내 탈출의 시도였다. 시도의 더듬거림이었다. 거기서 시도한 산문시도 물론 그 하나였다"[5]고 밝히고 있듯이, 프랑스 산문시 번역 과정에서 시적 모색을 시도한 결과가 왕성한 산문시 창작으로 이어졌음을 말해준다. 다쓰지 자신이 보들레르의 산문시집을 비롯한 프랑스 시인들의 작품을 번역하면서 산문시의 매력에 빠져 있었던 것은 아닐까 하는 추측을 해볼 만하다.

이런 점을 고려하여 다쓰지에게 영향을 미친 프랑스 시인을 살펴보자. 먼저, 제목부터 프랑스어인 「Enfance finie(앙팡스 피니)」가 눈에 띈다.

　　바다 멀리 섬이…, 비에 동백꽃이 떨어졌다. 새장에 봄이, 봄이 새
　가 없는 새장에.

　　약속은 모두 깨어졌군.

　　바다에는 구름이, 응, 구름에는 지구가, 비치고 있군.

　　하늘에는 계단이 있군.

5　三好達治(1965), 앞의 책, p.129.

오늘 기억의 깃발이 떨어지고, 커다란 강처럼, 나는 사람과 헤어지
자. 마루에 내 발자국이 발자국에 미세한 티끌이···, 아아 가련한 나여.

나는, 그래 나여, 나는 먼 여행길에 오르자.

「앙팡스 피니」 전문

海の遠くに島が…、 雨に椿の花が墮ちた。 鳥籠に春が、春が
鳥のゐない鳥籠に。

約束はみんな壞れたね。

海には雲が、ね、雲には地球が、 映つてゐるね。

空には階段があるね。

今日記憶の旗が落ちて、大きな川のやうに、私は人と訣れよ
う。床にわたしの足跡が、足跡に微かな塵が……、ああ哀れな
私よ。

僕は、さあ僕よ、僕は遠い旅に出ようね。

「Enfance finie」[6] 全文

---

6   三好達治(1965), 『三好達治全集1』, 筑摩書房, p.49.

우선 '지나간 유년 시절'이라는 뜻을 가진 'Enfance finie(앙팡스 피니)'는 당시의 일본인에게는 프랑스어 제목 자체부터 이채롭게 느껴졌을 것이다. 외형적으로 보면, 이 시가 프랑스 시의 영향, 좀 더 정확히 말해서 프랑스 산문시 취향의 신시정신에 따라서 창작되었다는 사실에 가장 가까워 보인다. 이 작품은 『시와 시론』 제4책(1929년 6월)에 발표한 것이었다.

　　시를 정독해보면, 화자는 어린 시절 자신이 겪었던 여러 경험에 대해서 많은 그리움과 아쉬움을 갖고 있었을 것이라는 추측을 갖게 한다. 1연에 등장하는 시어 "바다 멀리 섬", "동백꽃", "새장" 등은 과거를 회상하는 추억의 매개체로 보인다. 이와 관련하여 그의 연보를 참조해 보면, 이때 다쓰지는 하기와라 사쿠타로의 여동생 아이(あい)와의 약혼이 깨진 상태였다.[7] 따라서 1연, 2연의 "비에 동백꽃이 떨어졌다", "새가 없는 새장", "약속은 모두 깨어졌군" 등의 표현들은 사랑하는 여인과의 이별을 슬퍼하는 화자의 심경이 비교적 소상하게 드러난 경우다. 마지막 연 "나는 먼 여행길에 오르자"는 청유형 문장은 자전적인 시적 화자에게 과거의 가련한 상처를 잊게 하려는 다쓰지의 의지를 담은 것으로 보아도 그리 이상하지 않다.

　　그러나 이 작품은 프랑스의 천재 시인 랭보(Arthur Rimbaud, 1854-1891)의 시집 『일뤼미나시옹(Les Illumination)』에 수록된 「Enfance(앙팡스)」를 읽은 뒤 자신의 심경을 담아서 「앙팡스 피니」로 표현한 것으로 생각된다. 랭보

7　1928년, 다쓰지는 28세 때 하기와라 사쿠타로 어머니의 권유로 아루스사(アルス社)에 입사하지만, 곧 회사의 파산으로 퇴직하고 이후 문필생활로 들어간다. 이로 인해 그는 사랑했던 여인 하기와라 아이와의 결혼을 단념해야 하는 아픔을 겪는다(三好達治(1965), 『三好達治全集12』, 筑摩書房, p.643 참조).

86　　　　　　　　　　　　　　　미요시 다쓰지三好達治 시를 읽는다

의 시 「앙팡스」의 한 구절을 읽어보자. 한국어로 번역된 시의 제목은 「소년기」다.

숲에 한 마리 새가 있다. 그 노래가 당신을 멈추게 하고 당신 얼굴을 붉어지게 한다.

울리지 않는 큰 시계가 있다.

흰 동물들의 둥우리가 있는 늪지가 있다.

하강하는 대성당과 상승하는 호수가 있다.

잡목림 속에 버려진 한 대의 작은 마차가 있다. 혹은 리본으로 장식되어 오솔길을 달려 내려오는 한 대의 작은 마차가.

의상을 입은 작은 배우들의 일행이 있어, 숲의 가장자리를 지나가는 가로에 보인다.
마지막으로 허기와 갈증을 느낄 때 당신을 뒤쫓아 오는 누군가가 있다.

「소년기」[8] 일부

---

8   아르튀르 랭보 저(1990), 이준오 옮김, 『랭보 시선』, 책세상, pp.189-190.

인용 시에서 눈에 띄는 특징은 각 연이 '-있다'라는 말을 써서 나타냈지만, 서로를 연결하는 설명이 없다는 것이다. 눈에 비치는 사물의 모습을 단순히 나열하고 있다는 느낌이다. 각각의 영상(映像)을 제시하는 랭보의 기법은 다쓰지의 「앙팡스 피니」에서도 "바다 멀리 섬이", "새장에 봄이", "바다에는 구름이"라는 시구로 나타나고 있다. 따라서 이 작품이 랭보에게서 익힌 수법이라는 지적[9]은 어느 정도 설득력을 갖는다.

역시 외래어로 된 시 「아베마리아(アヴェ・マリア)」도 프랑스 시의 영향을 반영한다.

거울에 비치는, 이 새 여름 모자. 숲에 매미가 울고 있다. 나는 의자
에 앉는다. 내 신은 새것이다. 바다가 나를 기다리고 있다.

나는 기차를 타리라, 밤이 오면.
나는 산을 넘으리라, 동이 트면.

나는 무엇을 볼까.
그리고 나는, 무엇을 생각할까.

정말로 나는, 어디로 가는 걸까.

---

9   安田保雄(1973), 「三好達治における西洋─『測量船を中心に』」, 『解釈』, 教育出版
     センター, pp.27-28 참조.

창에 핀 달리아. 창에서 들어오는 나비. 내가 바라보고 있는 구름,
높은 구름.

　　구름은 바람의 배웅을 받으며
　　나는 계절의 배웅을 받으며,

나는 개를 부른다. 나는 휘파람을 불어, 나무 그늘에 늘어져 있는
개를 부른다. 나는 개와 악수를 한다. 자키여, 부부루여, -자, 이렇게,
매미는 어디에고 울고 있다.

　　나는 서둘러 성호를 그린다,
　　낙엽이 쌓인 가슴의, 작은 길 깊숙이.

　　아베마리아, 마리아 님,
　　밤이 오면 나는 기차를 탈 겁니다.
　　나는 어디로 갈 겁니다.

　　내 손수건은 새것.
　　게다가 내 눈물은 이미 오래된 것.

　　- 한 번 더 만날 날은 없을까.
　　- 한 번 더 만날 날은 없을 거야.

그리고 여행을 떠나면, 낯선 사람만 보고, 낯선 바닷소리를 들을 것이다. 그리고 이제는 아무와도 만나지 않을 것이다.

「아베마리아」 전문

鏡に映る、この新しい夏帽子。林に蟬が啼いてゐる。私は椅子に腰を下ろす。私の靴は新しい。海が私を待つてゐる。

　　私は汽車に乗るだらう、夜が來たら。
　　私は山を越えるだらう、夜が明けたら。

　　私は何を見るだらう。
　　そして私は、何を思ふだらう。

　　ほんとに私は、どこへ行くのだらう。

窓に咲いたダーリア。窓から入つて來る蝶。私の眺めてゐる雲、高い雲。

　　雲は風に送られ
　　私は季節に送られ、

私は犬を呼ぶ。私は口笛を吹いて、樹影に睡つてゐる犬を呼ぶ。私は犬の手を握る。ジャッキーよ、ブブルよ。──まあこん

なに、蟬はどこにも啼いてゐる。

　　私は急いで十字を切る、
　　落葉の積つた胸の、小徑の奥に。

　　アヴェ・マリア、マリアさま、
　　夜が來たら私は汽車に乗るのです、
　　私はどこへ行くのでせう。

　　私のハンカチは新しい。
　　それに私の涙はもう古い。

　　- もう一度會ふ日はないか。
　　- もう一度會ふ日はないだらう。

　そして旅に出れば、知らない人ばかりを見、知らない海の音
を聞くだらう。そしてもう誰にも會はないだらう。

「アヴェ・マリア」[10] 全文

　이 시를 읽으면서 느끼는 것은 감정적인 분위기가 비교적 억제되고
차가운 이성이 시 전체를 지배하고 있다는 사실이다. 또한, 작품의 흐름이

10　三好達治(1965), 『三好達治全集1』, 筑摩書房, p.50.

마치 영상처럼 시각적이라는 점이다. 이와 함께, 작품 전체에서 미지의 세계로 떠나려는 화자의 의도가 비교적 명료하게 읽히는 것은 이 작품의 매력으로 꼽을 만하다. 시는 『시와 시론』 제5책(1929년 9월)에 발표한 것이다.

무엇보다 시 양식에 눈길이 간다. 산문시 속에 운문시를 포함하고 있는 형태다. 이는 기존의 양식에서 벗어난 것이다. 즉, 처음 1연에서 산문시의 형식을 빌려 시작하다가, 다시 2, 3, 4연에서는 행 나눔 시로 바뀐다. 그리고는 다시 5연에서 산문시의 형식을 취하고, 6연에서는 행을 나누고, 7연에서는 또 산문시의 형식으로 돌아오고, 8, 9, 10, 11연에서는 다시 행을 나누는 형식이다. 마지막 12연은 처음 1연과 마찬가지로 산문체다. 의식적으로 연을 구성하고 있다. 이러한 새로운 시도는 이전에 그가 취해왔던 형태에서 탈피한 것으로, 산문시와 운문시라는 일정한 틀을 무너트리고 새로운 시도를 한 셈이다.

아마도 제목이 된 아베마리아는 본문에서 "아베마리아, 마리아 님"(9연)이라고 서술되는 정서를 감안하면, 가톨릭에서 말하는 '성모 마리아'로 해석하기보다는 화자의 애틋한 호소의 감정이 녹아 있는 것으로 파악하는 것이 좋을 듯하다. 즉, 다쓰지의 불안한 심리 반영이다. "거울에 비치는,"으로 시작하는 시가 "정말로 나는, 어디로 가는 걸까"(4연)로 이어지는 시적 전개는 21세기에 쓰인 시로 읽는다는 생각을 해도 전혀 이상하지 않다. 신선함이 있다는 뜻이다. 그가 이 작품 창작 불과 몇 해 전에 썼던 「돌위」나 「유모차」 같은 시와 비교하면 그것은 분명한 시적 성장을 위한 적극적인 시도고 변화다. "창에 핀 달리아. 창에서 들어오는 나비. 내가 바라보고 있는 구름, 높은 구름"(5연)과 "나는 개와 악수를 한다. 매미는 어디

에고 울고 있다"(6연)에서 보여주는 뚜렷한 시각적 형상화는 다쓰지가 성
숙한 시인의 길을 찾고 있는 모습으로 해석할 수 있는 요소다.

앞에서 거론한 「앙팡스 피니」, 「아베마리아」 외에 『측량선』에서 프랑
스 시의 영향 관계를 입증해 주는 또 하나의 작품은 「봄(春)」이다.

> 거위. ─많이 같이 있기 때문에, 자신을 잃지 않기 위해서 울고 있습니다.
> 도마뱀. ─어느 돌 위에 올라가 보아도 아직 내 배는 차갑다.
>
> 「봄」 전문

> 鵝鳥。─たくさんいつしょにゐるので、自分を見失はないた
> めに啼いてゐます。
> 蜥蜴。─どの石の上にのぼつてみても、まだ私の腹は冷たい。
>
> 「春」[11] 全文

봄이 되어 지상에서 살아있는 존재를 보는 것은 어느 계절보다도 남
다르게 느껴진다. 거위 한 마리가 거위 떼가 모인 공간에서 울고 있는데,
그 이유가 자신의 존재를 찾기 위한 것이라는 시각은 무척 재미있다. 긴
겨울잠에서 깨어나 어느 돌 위에 머물러도 지상의 기온이 아직 차갑다는
서술은 도마뱀의 고독을 대변한다. 이 양자의 대조는 독자에게 위트를 낳
는다. 그렇게 보면 앞의 거위나 도마뱀에는 어쩌면 화자의 존재에 대한
고독이 내재되어 있는지도 모른다. 거위와 도마뱀을 통한 화자의 고독감,

11　三好達治(1965), 앞의 책, p.13.

그것이 이 시의 주제다. 다쓰지는 봄에 느껴지는 고독감을 두 동물을 통해 시각적으로 또한 청각적으로 형상화한 것이다. 애틋한 감정이 자연스럽게 전달되었던 다쓰지의 서정시와 다소 이질적인 성격의 시가 첫 시집 『측량선』에도 수록되어 있음을 알 수 있다.

다쓰지가 위트를 표면에 내세운 시 창작의 모티프에는 자신의 존재에 대한 사고와 함께 당시 프랑스 시인인 쥘 르나르(Jules Renard, 1864-1910)의 명작 『포도밭의 포도 재배자』(1894)와 『박물지』(1896)의 영향이 작용하고 있다.[12] 특히 『박물지』는 곤충이나 동물에 관한 기지적인 시적 단장(詩的 短章)으로, 다이쇼 말기부터 쇼와 초기에 일본 시인들에게 많이 읽힌 시집이다. 이 시집은 곤충이나 동물에 관한 기지 넘치는 시들을 수록하고 있는데, 「봄」이 이 책의 영향을 받았다[13]는 것은 동물에 대한 세심한 관찰과 이를 위트 있는 표현으로 기술하는 특징에서도 잘 나타난다.

이처럼 세 편의 시 「앙팡스 피니」, 「아베마리아」, 「봄」은 프랑스 시의 영향을 반영한다. 프랑스 시인에게서 받은 영향과 프랑스 문학 번역가로서의 번역작업 등을 바탕으로 그는 첫 시집 『측량선』에 적지 않은 산문

---

12 앞서 언급한 것처럼, 『측량선』 출간의 해인 1930년을 전후해 다쓰지는 프랑스 문학 번역에 열중하고 있었다. 보들레르(1821-1867)의 산문시집 『파리의 우울』(완역의 발표는 1929년 12월)과 파브르(1823-1915)의 『곤충기』(1930), 프랑시스 잠(1868-1938)의 산문시집 『밤의 노래』(1936) 등이 그것이다(三好達治(1965), 『三好達治全集12』, 筑摩書房, pp.643-646 참조).
이들 번역은 당시에 시인이 옮긴 명역으로 평가받는다. 이러한 프랑스 문학의 번역은 초기 다쓰지의 시풍, 특히 주지시 계열의 시에 커다란 영향으로 작용한다.

13 村上菊一郎 編(1959), 『三好達治·草野心平』, 「近代文学鑑賞講座 20」, 角川書店, p.23 참조.

시를 수록할 수 있었다. 물론 이들 작품에도 당시를 살아가는 다쓰지만의 목소리가 녹아 있었다.

2. 『측량선』과 『시와 시론詩と詩論』

여기서 우리가 『측량선』을 읽으면서 관심을 가져야 할 또 하나의 사실이 있다. 시집에 실린 산문시의 다수가 다쓰지가 시 동인지에 발표한 작품이라는 것이다. 그것도 『시와 시론』에 발표한 산문시가 많다. 이는 그가 훗날 주지시인, 혹은 모더니스트로서의 이미지를 가지는 데 적지 않은 요소로 작용한다. 그가 『시와 시론』에 발표한 작품을 보면, 앞서 인용한 「앙팡스 피니」, 「아베마리아」 외에 「풀 위(草の上)」, 「꿩(雉)」, 「낙엽(落葉)」, 「나는(僕は)」, 「까마귀(鴉)」, 「새소리(鳥語)」, 「사슴(鹿)」, 「낮(晝)」, 「제비(燕)」 등이다. 「풀 위」는 연작시로 행 나눔 시지만, 다른 작품은 모두 산문시다. 여기에 더하여, 보들레르의 산문시 『파리의 우울』을 초역(抄譯)한 것도, 프랑스 시인 폴 제랄디(Paul Géraldy, 1885-1960)의 시를 번역 소개한 것도, 이 동인지에서였다. 즉, 다쓰지는 『시와 시론』에서 왕성한 동인 활동을 했다는 뜻이다. 이를 통해 그는 결과적으로 쇼와 시단에 빨리 적응해 가는 계기를 마련하였다. 이는 이 글에서 이 잡지를 살펴봐야 할 중요한 이유가 되는 것이다.

『시와 시론』은 어떤 잡지였을까. 다쓰지가 당시의 시단을 대표하는 시인들인 하루야마 유키오(春山行夫), 기타가와 후유히코(北川冬彦), 우에다

토시오(上田敏雄), 안자이 후유에(安西冬衛) 등과 쇼와 3년(1928년) 9월에 창간호를 냈는데, 쇼와 6년(1931년) 12월까지 계속되었다. 종간 때까지 모두 15책을 발간하였다. 편집자인 하루야마가, 그 후기에서 이 잡지의 성격에 대해서, "구 시단(舊 詩壇)의 무시학적(無詩学的) 독재를 타파하고, 오늘날의 시를 정당하게 나타내고자 했다."[14]고 밝히고 있는 것처럼, 『시와 시론』은 구 시단에 비판을 가하는 한편, 자콥, 브루통, T·S 엘리엇, 조이스와 같은 서구의 20세기 문학을 소개하고 번역하여 쇼와(昭和) 문학의 형성에 커다란 역할을 하였다.[15] 그가 말하는 구 시단은 물론 민중시파(民衆詩派)와 거기에 대립하던 하기와라 사쿠타로(萩原朔太郎), 무로 사이세이(室生犀星)와 같은 시인들의 감정시파(感淸詩派) 양쪽을 가리킨다. 이는 곧 일본 시가 근대화를 개척하는 기능으로 작용하는 데 공헌하였다는 뜻이다. '신시정신(新詩精神, 에스프리 누보)'은 잡지의 근간을 이루며 그 중심에 있었던 것이다. "결론의 중시, 지적 구성의 존중, 감각의 참신한 비약, 추상적 이미지의 시각적 형상화에 크게 기여했다."[16]는 점은 간과할 수 없는 사실이었다.

이처럼 지성을 중시하는 성격의 동인지를 거쳐 간 시인의 한 사람인

---

14   小田切進 編(1992), 『現代日本文芸総覧』中巻, 大空社, p.117.

15   예를 들면, 모더니스트였던 하루야마는 「일본 근대주의 시의 종언—하기와라 사쿠타로, 사토 이치에이 양 씨의 상징주의시를 검토한다(日本近代主義詩の終焉—萩原朔太郎,佐藤一英の兩氏の象徴主義詩を檢討す)」를 발표하면서 구 시단에 대한 강한 반발을 나타냈고, 니시와키 준자부로(西脇順三郎)는 「초자연시학파(超自然詩学派)」를, 기타가와 후유히코는 「막스 자콥의 산문시론(マックッス ジャコブの散文詩論)」을 발표하는 등, 확실한 다이쇼 시(大正詩)와의 차별을 보여준다.

16   小田切進 編(1992), 앞의 책, p.27.

다쓰지는『시와 시론』에서 어떻게 자신의 시 세계를 펼쳤을까. 이것은
『측량선』과 관련하여 우리들에게 지적 호기심을 불러일으킬 뿐만 아니
라, 동시에 다쓰지의 시적 업적을 살피는 데도 좋은 길잡이가 된다. 다쓰
지가 그때까지도 보수적 스타일의 시를 써왔다는 사실이나 그가 후년에
보여주었던 시풍과도 다소 거리감이 있기 때문이다. 다음에 소개하는 시
「풀 위」는 그가『시와 시론』제1책과 제3책, 두 번에 걸쳐 발표한 연작시
였다. 시를 보자.

들판에 나가 앉아 있으면,
나는 당신을 기다리고 있다.
그것은 그렇지 않은 것이지만,

확실한 약속이라도 한 것처럼,
나는 당신을 기다리고 있다.
그것은 그렇지 않은 것이지만,

들판에 나가 앉아 있으면,
나는 당신을 기다리고 있다.
그렇게 해가 옮기는 것이지만-

＊

쓰르라미는 어디에서 울고 있을까?
숲속에서, 안개 속에서

달리아는 내 허리에
해바라기는 어깨 위에

절에서 종이 울린다.
거지가 지나간다.

쓰르라미는 어디에서 울고 있을까?
저쪽에서, 이쪽에서.

                    *

거위는 좁은 길을 달린다.
그녀의 그림자도 좁은 길을 달린다.

거위는 잔디밭을 달린다.
그녀의 그림자도 잔디밭을 달린다.

하얀 거위와 그녀의 그림자
달린다 달린다-달린다

아아, 거위는 물에 몸을 던진다!

                                        「풀 위」 일부

野原に出て座つてゐると、

私はあなたを待つてゐる。
それはさうではないのだが、

たしかな約束でもしたやうに、
私はあなたを待つてゐる。
それはさうではないのだが、

野原に出て座つてゐると、
私はあなたを待つてゐる。
さうして日影は移るのだが―

*

かなかなはどこで啼いてゐる？
林の中で、霧の中で

ダリアは私の腰に
向日葵は肩の上に

お寺で鐘が鳴る。
乞食が通る。

かなかなはどこで啼いてゐる？
あちらの方で、こちらの方で。

鵠鳥は小徑を走る。

彼女の影も小徑を走る。

鵠鳥は芝生を走る。

彼女の影も芝生を走る。

白い鵠鳥と彼女の影と

走る走る—走る

ああ、鵠鳥は水に身を投げる!

「草の上」[17] 一部

「풀 위」라는 제목으로 된 연작시는 모두 네 편이다. 그중에서 세 편을
인용했다. 앞의 두 편은 『시와 시론』 제1책에 발표한 것이고, 뒤의 한 편
은 제3책에 발표한 것. 연작시라는 측면에서 보면 이것 또한 기존의 시적
양식에서 탈피한 것이다.

첫 번째 작품에서 화자는 들판에 나가 풀 위에 앉으면, 자신이 기다리
는 사람(당신)을 기다리고 있는 듯한 기분에 젖어 든다. 분명한 약속을 했
기에 그 기다림은 지루하지 않아 보인다. 마지막 연의 3행 "그렇게 해가
옮기는 것이지만-"은 들판에 앉아 있는 시간이 제법 지났음을 알려주는

---

17   三好達治(1965), 앞의 책, pp.38-41.

표현이다. 전체적으로 눈에 띄는 것은 감정의 절제다. 이러한 절제미가 이 시에서는 반복의 효과를 동반하는 구성적 요소와 결합해 있다. "나는 당신을 기다리고 있다"가 1연, 2연, 3연에 걸쳐 반복된다. 1연 1행과 2행, 3연 1행과 2행의 반복 및 1연, 2연, 3연의 마지막 행의 네 글자(일본어는 세 글자 のだが)인 "것이지만"의 되풀이도 시의 구성적 특징을 엿보게 한다. 서정시와의 구별을 보여주는 명료한 감정의 절제가 배어 있다. 인용된 나머지 작품도 예외는 아니다.

두 번째 작품에서 화자는 풀 위에 앉아 쓰르라미 소리를 듣고 있다. 쓰르라미는 여름부터 가을에 걸쳐 볼 수 있는 매밋과의 곤충이다. '쓰르람 쓰르람'하고 우는 수컷 쓰르라미 소리를 들으면서, 소리의 진원지를 '숲 속'과 '안개 속', '저쪽'과 '이쪽'으로 제시하고 있다. 그러나 구체적인 공간을 찾으려는 의도는 없어 보인다. 오히려 쓰르라미가 여기저기 많다는 의도로 읽힌다. 추측하건대, 화자의 주변에는 달리아와 해바라기가 있었을 것이다. "달리아는 내 허리에 / 해바라기는 어깨 위에"(두 번째 인용 작품 2연)는 그들의 높이가 화자의 허리쯤이고 어깨 정도였음을 알려준다. "쓰르라미는 어디에서 울고 있을까?"(1연과 4연)에서 보여주는 반복 또한 시인의 지적 구성을 의식한 데서 비롯된 것으로 보인다.

세 번째 작품에서는 '거위'와 '거위의 그림자'를 의인화시킨 점이 재미있다. 풀 위에 앉아 거위가 달려가는 모습을 보고, 그 그림자도 당연히 달려가는 것으로 파악한다. 일곱 번에 걸쳐 반복적으로 나오는 "달린다"는 거위의 그림자를 시각적으로 형상화시키는 중심적인 동사가 되고 있을 뿐 아니라 역시 시인의 지적 구성에 크게 기여하는 역할을 한다.

'지적 구성'과 뚜렷한 '감정의 절제' 등은 기존 시와의 차별성을 의식한 시인의 의도로 읽을 수 있을 것이다. 다음의 인용 시도 『시와 시론』에 발표한 것인데, 여기에서는 다쓰지의 어떤 지적 작용이 이루어지고 있는 지를 살펴보자.

이별하는 마음은 차라리 사랑의 만남 때처럼, 어수선하고 아련하게 쓰리다. 가는 사람은 신명이 나서 일시적인 용기를 갖추고, 머무는 사람은 어쩔 수 없이 담배를 피우면서, 문득 무언가 자신이 어리석음을 깨닫는다.

그녀를 태운 승합마차가, 풍경의 먼 쪽으로 일직선으로, 그녀와 그녀의 작은 손가방과, 두 개의 보자기 꾸러미를 갖고 간다. 그 연둣빛 커튼에 나뭇잎 사이로 햇빛이 미끄러져 흐르고, 그 속을 말편자가 번갈아 가며 은어처럼 빛난다. 문득, 마치 마부도 말도 모두가, 믿을 수 없는 새의 운명처럼 생각된다. 안녕, 안녕, 그녀의 방에 있는 물빛 창은, 조용히 남아 열려 있다. (…중략…)

「낮」 일부

別離の心は反つて不思議に戀の逢瀬に似て、あわただしくほのかに苦がい。行くものはいそいそとして假そめの勇氣を整へ、とどまる者はせんなく煙草を燻ゆらせる束の間に、ふと何かその身の愚かさを知る。

彼女を乘せた乘合馬車が、風景の遠くの方へ一直線に、彼女と彼女の小さな手携げ行李と、二つの風呂敷包みとを伴れてゆく。それの淺葱のカーテンにさらさらと木洩れ日が流れて滑

미요시 다쓰지三好達治 시를 읽는다

り、その中を蹄鉄がかはるがはる鮎のやうに光る。ふつと、ま
るでみんなが、馭者も馬も、たよりない鳥のやうな運命に思は
れる。さやうなら、さやうなら、彼女の部屋の水色の窓は、静
かに殘されて開いてゐる。(中略)

「畫」[18] 一部

　「낮」은『시와 시론』제3책에 발표한 것으로 역시 산문시다. 한낮의 밝
은 풍경 속으로 길을 떠나는 자의 모습을 지켜보며 비교적 차분하게 사랑
의 감정을 노래한다. 인용한 곳은 전체 3행 중, 1행과 2행이다. 누구에게
나 이별은 쓰라린 경험이다. 이별 후에 찾아오는 공허함과 슬픔을 시에서
는 담담하게 그림을 그리듯이 펼쳐내고 있다. 이별이라는 추상적이고 무
형적인 이미지에 대해, 시인은 시간의 경과에 따른 시각적 형상화를 통
해 구체적으로 그려내고 있다.　주목이 가는 표현은 떠나는 자와 떠나보
내는 자에 대한 이미지 묘사다. "신명이 나서 일시적인 용기를 갖추고"(1
행), "마부도 말도 모두가, 믿을 수 없는 새의 운명처럼 생각된다."(2행)는
떠나는 자의 이미지 묘사로 보이고, "어쩔 수 없이 담배를 피우면서, 문득
무언가 자신이 어리석음을 깨닫는다."(1행)는 떠나보내는 자의 심정을 노
래한 것으로 생각된다. 화자가 사랑하는 대상인 그녀의 체취가 느껴지는
'작은 손가방'과 '두 개의 보자기 꾸러미'를 실은 승합마차를 묘사하는 부
분인, "그 연둣빛 커튼에 나뭇잎 사이로 햇빛이 미끄러져 흐르고, 그 속을
말편자가 번갈아 가며 은어처럼 빛난다."(2행)는 이별의 상황을 연출하는

18　三好達治(1965), 앞의 책, pp.47-48.

아름다운 영화의 한 장면을 보는 것 같아 감동적이다.

이처럼 『시와 시론』에 발표한 「풀 위」와 「낮」, 그리고 「앙팡스 피니」, 「아베마리아」 등을 살펴보았듯이, 다쓰지는 이 잡지에서의 왕성한 활동을 통해 훗날, 시단적(詩壇的)으로도 문단적(文壇的)으로도 가장 알찬 결실을 맺었다는 평가를 받는다. 그것은 『측량선』의 세평에도 적지 않은 기여를 한다. 이런 점을 고려하면 그가 『시와 시론』에 참가한 의의는 충분한 것이었다. 따라서 "당시의 그는 오히려 전위적인 시인으로 여겨지고 있었으며, 일본 시의 근대적 혁명의 선수였고, 당시 청년들의 눈에는 분명 그러한 존재로서 다쓰지의 이름이 비치고 있었다"[19]는 평가에도 주목해야 할 것이다.

3. │ 주지적 기법과 존재의 고독

앞서 여러 작품을 읽은 것처럼, 『측량선』에 수록된 산문시를 정독해 보면, 이른바 스케치풍이나 심상풍경에 관한 것이 주류를 이룬다. 그것은 곧, 다쓰지의 작품을 그림 그리듯이 따라 그릴 수 있으며, 또한 시에 나타난 어떤 대상이나 사물을 우리가 실제로 보지 않고도 그들의 모습이나 느낌의 풍경을 마음속에 그려 볼 수 있다는 의미다. 다음의 시를 보자.

---

19   小田切進 編(1992), 앞의 책, p.92.

사슴은 뿔에 삼끈이 묶인 채, 어두운 헛간 오두막집에 넣어 있었다. 아무것도 보이지 않는 곳에서, 그 파란 눈은 맑고, 말쑥이 고상하게 앉아 있었다. 감자가 하나 구르고 있었다.

밖에서는 벚꽃이 지고, 산 쪽에서 한 줄기 벚꽃을 자전거가 짓이기고 갔다. 등을 보이며, 소녀는 수풀을 바라보고 있었다. 하오리(羽織)의 어깨에 검은 리본을 달고.

「마을(村)」 전문

鹿は角に麻繩をしばられて、暗い物置小屋にいれられてゐた。何も見えないところで、その靑い眼はすみ、きちんと風雅に坐つてゐた。芋が一つころがつてゐた。

そとでは櫻の花が散り、山の方から、ひとすぢそれを自轉車がしいていつた。背中を見せて、少女は籔を眺めてゐた。羽織の肩に、黒いリボンをとめて。

「村」[20] 全文

「마을」 전문이다. 역시 자연스럽게 그림이 그려진다. 작품의 분위기는 전체적으로 싸늘하다. 1연의 폐쇄적인 실내 묘사와 2연의 바깥 풍경이 대비되는 것을 유심히 살펴보자. 1연의 "사슴은 뿔에 삼끈이 묶인 채"에서

---

20 三好達治(1965), 앞의 책, p.13.

는 죽음을 기다리는 사슴의 운명 같은 것이 느껴지지만, "사슴은 말쑥이 고상하게 앉아 있었다."에서는 아무런 저항 없이 죽음을 받아들이고자 하는 사슴의 자세가 읽힌다. 거기에 "감자가 하나" 굴러서 공기는 더 싸늘해진다. 2연에서의 풍경 묘사는 1연과 비교했을 때 분위기 반전 같은 것은 보이지 않는다. 마찬가지로 '검은 리본'이나 '자전거가 벚꽃을 짓이기고 간 모습'에서 싸늘한 공기가 더해질 뿐이다. 고상하게 보이는 사슴이 곧 죽음을 기다리는 상황이다. 따스한 봄날에 아름답게 피어 있던 벚꽃이 져 버렸으며, 또한 그 꽃잎을 짓이기고 간 자전거로 인해 소녀의 하오리와 그 어깨에 달린 검은색 리본은 자연스러운지도 모른다.

많은 동물 중에서도 사슴은 그 이미지가 고고하다. 한국인에게나 일본인에게 사슴은 초연하게 살아가는 동물 이미지로 인식되어 있다. 그 사슴을 택한 시인의 심안(心眼)이 돋보인다. 다쓰지는 이 시에 관한 「자작(自作)에 대해서」라는 글을 통해, "거의 시작 의도가 없는 스케치로, 가벼운 산문시를 쓸 작정으로, 당시의 이른바 산문시와는 다른 취향으로 쓸 생각이었다. 취향 같은 것이 없는 것, 그것이 본인의 취향이었다. 가장 간단한 상황을 가장 단순한 언어로 하나둘씩 나열한 것뿐이었다"[21]고 얘기하고 있으나, 앞서 지적한 시어들을 보면 단순한 나열은 아니다. 이 시는 시인의 의도와는 달리 자신의 고독감이나 젊은 시절에 느껴야 했던 슬픔 같은 것이 싸늘한 분위기를 형성하고 있기 때문이다.

한편, 사슴 이미지는 같은 제목의 또 다른 작품인 「마을(村)」에서는 죽

---

21 萬田 務(1975), 「三好達治『測量船』, 『花筐』」, 『国文学 解釈と鑑賞』第4卷 4号, p.148 재인용.

음의 모습으로 나타난다.

　　공포에 질린, 그 눈을 활짝 뜬 채, 이미 사슴은 죽어 있었다. 과묵한, 말 고집이 센 청년과 같은 얼굴로, 나무 쌓아 놓은 창고의 처마에서, 저녁 보슬비에 젖어 있었다. (그 사슴을 개가 물어 죽인 것이다.) 쪽빛을 머금은 옅은 검은 색 털이 가지런한 대퇴골 부근의 상처가, 동백꽃보다도 붉다. 지팡이 같은 다리를 펴고, 엉덩이 언저리 선명한 흰털이 물을 머금고, 수줍어하고 있었다.

　　어디에선가, 파 냄새가 한 줄기 흐르고 있었다.

　　삼지닥나무 꽃이 피고, 창고의 물레방아가 크게 돌고 있었다.

「마을」 전문

　　恐怖に澄んだ。その眼をぱつちりと見ひらいたまま、もう鹿は死んでゐた。無口な、理窟ぽい靑年のやうな顔をして、木挽小屋(こひきごや)の軒(のき)で、夕暮の糠雨(ぬかあめ)に霑(ぬ)れてゐた。(その鹿を犬が嚙み殺したのだ。) 藍を含むだ淡墨いろの毛なみの、大腿骨のあたりの傷が、椿の花よりも紅い。ステッキのやうな脚をのばして、尻のあたりのぽつと白い毛が水を含むで、はぢらつてゐた。

　　どこからか、葱(ねぎ)の香りがひとすぢ流れてゐた。

　　三椏(みつまた)の花が咲き、小屋の水車が大きく廻つてゐた。

「村」[22] 全文

22　　三好達治(1965), 앞의 책, p.14.

이 작품을 통해 다쓰지는 바깥에 내버려진 사슴의 주검을 들여다보고 있다. 2행, 3행에서는 1행과 다른 곳으로 시야를 돌린 듯하지만, 냉철한 지성이 두드러진다. 그래서 "지팡이 같은 다리를 펴고, 엉덩이 언저리 선명한 흰털이 물을 머금고, 수줍어하고 있었다"(1행)라는 표현에 관심이 쏠린다. 이는 의인화 수법으로 죽은 사슴을 표현한 것이다. 이 정경은 "삼지닥나무 꽃이 피고 창고의 물레방아가 크게 돌고 있었다"(마지막 3행)는 사슴의 비극을 냉철하게 관찰하는 화자의 자세에서 연유한다. 이 태도는 '삶에 대한 순응'의 면모로 읽힌다. 이 작품도 앞서 언급했던 시 「마을」과 마찬가지로 사슴의 죽음을 바라보는 화자의 공허함과 비극을 함축한다. 사슴의 죽음은 화자 자신의 처연한 심정을 나타내는 것이다.

산문시 「사슴(鹿)」에서도 사슴 이미지는 존재의 비극이 증폭되는 양상으로 전개된다.

저녁 무렵, 사냥감이 고개를 내려온다. 사냥꾼 대여섯 명, 개가 예닐곱 마리. ―그들 행렬이 내려오는 뒤쪽, 어느 사이엔가 완전히 색이 바뀐 하늘길에, 낮부터 떠 있던 하얀 달.

겨울이라 해도 사람 눈에 띄지 않는 어딘가에 드문드문 동백꽃이 피어 있는, 또 밭에선 여름 밀감이나 왕귤나무 그 파란 열매가 휠 정도로 가지에 머물러 쉬고 있는, 이 먼 거리를 따라서, 마을 우체국, 그 벽에 있는 우체통 쇠 장식을, 손가락 끝에서 조금 차갑게 생각했던 그 후에, 그곳을 나가자, 나는 내 앞을 지나가는 아까의 사냥감인, 사슴 세 마리와 마주쳤다.

막대기에 묶여 매달려 가는 이 고상한 사냥감은, 마치 동화 속의 불행한 왕자처럼 얌전하고, 아픈 총탄의 상처는 보이지 않았지만, 위엄 있는 뿔 달린 목이 이상한 곳에 끼인 채, 등을 둥글게 하고, 흔들리면서, 그것은 묘한 형태의 책상다리로 앉아 있는 우아한 짐승의 모습이었다. 생기를 잃고 끝이 좀 잘게 갈라진 털은, 아직도 촉촉하게, 저 산에 숨겨진 숲과 계곡의, 그윽하고 조용한, 차가운 그림자와 공기에 젖어 있었다.

　- 야 많이 잡혔네.
　- 아니 얼마 안 돼. 겨우 세 마리 정도야.
　- 어떨까 올해는?
　- 있기는 있지만. 오늘은 많이 놓쳐 버렸어.

쓸쓸한 바람이 불고 있었다.

그날 밤, 나는 이 마을에 와 있는 그 여류 소설가한테 놀러 갔다. 마테를링크[23]의 「침묵」은 왠지 무섭고 싫어요. —그런 이야길 하면서, 책상 위의 경대를 옮겨, 나는 그녀의 눈썹을 그렸다, 주의 깊게. 그리고 그녀는, 이 경대 서랍에서 작은 물건을 꺼내, 이것이 밤에 쓰는 푸른 빛 도는 분, 이것이 델리카부로,[24] 그거 이런, 하고 뚜껑을 잡고, 그

23　'마테를링크(Maurice Maeterlinck, 1862-1949)'는 상징주의를 대표하는 벨기에의 시인이자 극작가, 수필가다. 침묵과 죽음 및 불안의 극작가로 불리기도 하는 인물이다. 1911년 노벨상을 수상하였다.

24　'델리카부로'는 그 의미를 찾기가 쉽지 않았다. 다만, 내용 면에서 보면, 분(粉)의 고

들 우아한 그림물감을 나에게 가르쳐 주었다. 그래서 문득 나도, 저녁 무렵 본 그 무언가 마음에 남는, 불행한 왕자가 길거리로 운반되어 간 얘기를 했다.

- 어머 정말, 총을 갖고 싶어.
- ······.
- 응, 총을 갖고 싶지 않아.
- 예. 그래요···. 총도 갖고 싶어요.

쓸쓸한 바람이 불고 있었다. 나는, 무언가 갑자기 멀리에 있는 사람 곁으로 돌아가고 싶어졌다.

「사슴」 전문

夕暮れ、狩の獲物が峠を下りてくる。獵師が五六人、犬が六七頭。——それらの列の下りてくる背ろの、いつとは知らない間にすつかり色の變つた空路そらぢに、晝まから浮んでゐた白い月。

冬といつても人眼にふれないどこかにちらりほらり椿の花の咲いてゐる、また畑の中に立つた夏蜜柑や朱欒のその靑い實のたわわに枝に憩むでゐる、この遠い街道に沿つた、村の郵便局

유명사로 추측된다. '델리카'는 delicacy(섬세함, 우미함)에서 따왔고, '부로'는 blow(불다)에서 가져온 말로, 드라이어나 빗을 사용해 머리 형태를 가지런히 한다는 뜻이다. 이 두 단어를 합성하여 일본인이 만든 외래어 상품명이 아닐까 하는 생각이 든다.

　　　　　미요시 다쓰지三好達治 시를 읽는다

の、壁にあるポストの金具を、ちよいと指さきに冷めたく思つたそのあとで、そこを出ると、私は私の前を通るさつきの獲物の、鹿の三頭に行き會つた。

　棒に縛られて昇がれてゆくこの高雅な山の幸さちは、まるで童話の中の不仕合せな王子のやうに愼ましく、痛ましい彈傷まきずは見えなかつたけれど、いかめしい角のある首が變なところへ挾まつたまま、背中をまるくして、搖られながら、それは妙な形に胡坐を組むでゐる優しい獸の姿であつた。生氣を喪つて少しささくれた毛竝は、まだしつとりと、あの山に隱れた森と谿間の、幽邃な、冷めたい影や空氣に濡れてゐた。

　- いよう獲れただね。
　- いやすくなかつただ、たつた三つしきや。
　- どうだらう今年は？
　- ゐるにはゐるがね。今日はだいぶ逃がしちまつたよ。

　淋しい風が吹いてゐた。

　その夜、私はこの村に來てゐるあの女小説家のところへ遊びにいつた。メーテルリンクの「沈默」は何だか怖ろしくて厭やですね、――そんなことを云ひながら、机の上の鏡臺をのけて、私は彼女の眉を描ひた、注意深く。それから彼女は、その鏡臺の抽出しから小さな品物をとり出して、これが夜の綠の白粉、

これがデリカ・ブロウ、それこんなの、と蓋をとつて、それら
の優しい繪具を私に敎へた。そこでふと私も、夕暮れ見たあの
何か心に殘る、不仕合せな王子の街道を運ばれていつた話を
した。

　　　- あらほんと、鐵砲が欲しいわね。

　　　- …………

　　　- ね、鐵砲が欲しくない？

　　　- ええ、さう……、鐵砲も欲しいですね。

　　淋しい風が吹いてゐた。私は、何か不意に遠くにゐる母の許
　へ歸りたくなつた。

「鹿」[25] 全文

　「사슴」 전문이다. 스토리가 있는 한 편의 소설을 압축해 놓은 듯하다.
죽은 사슴이 등장하여, 자신의 과거를 상상하는 모습을 보여주며 일본의
풍경을 느끼게 해준다. 동시에, 작품에서는 '마테를링크'와 '델리카부로'와
같은 프랑스 시의 영향을 반영하는 시어가 등장하여 서로 조화를 이룬다.
　시적 분위기는 죽은 사슴이 사람들에게 끌려가는 장면으로 인하여 사
슴의 슬픔이 심화해가는 방향으로 전개된다. 그래서 사슴을 "마치 동화
속의 불행한 왕자처럼 얌전하고, 아픈 총탄의 상처는 보이지 않았지만, 위

25　　三好達治(1965), 앞의 책, p.45.

엄 있는 뿔 달린 목이 이상한 곳에 끼인 채, 등을 둥글게 하고, 흔들리면서, 그것은 묘한 형태의 책상다리로 앉아 있는 우아한 짐승의 모습"(1연 3행)으로 그려낸 곳이나, "저 산에 숨겨진 숲과 계곡의, 그윽하고 조용한, 차가운 그림자와 공기에 젖어 있었다"(1연 3행)라는 대목이 관심을 끌기에 충분하다. 사슴의 과거 상상과 "막대기에 묶여 매달려 가는"(1연 3행) 모습은 인간에게 짓밟히는 모습의 부각이다. 존재의 비극을 증폭시키고 있는 셈이다.

이 작품이 프랑스 시의 영향을 받은 『측량선』의 다른 산문시와 다른 느낌을 주는 부분은 마지막 연 때문이리라. "쓸쓸한 바람이 불고 있었다. 나는 무언가 갑자기 멀리에 있는 사람 곁으로 돌아가고 싶어졌다"라는 구절은, 냉철함을 유지하던 그가 마지막에서 서정시를 향한 일종의 그리움을 피력한 것은 아닐까. 선명하고 확실한 시적 영상, 그것을 보여주고 난 후의 이 애틋한 표현은 다른 산문시와의 차별되는 특징이라 할 수 있다.

이 시에서도 다쓰지는 지나간 시절의 아픔을 대신하는 것으로 '사슴' 이미지를 택했으며, 그 아픔의 끝을 헤쳐 나가고자 하는 도달점을 "멀리에 있는 사람 곁"이라고 지칭하였다. 이 시가 프랑스 시의 영향을 바탕으로 하고는 있지만, 서정을 향한 그의 태도가 담겨 있다. 즉, 그것은 『측량선』이라는 시집의 성격과 일맥상통한 면을 보여준다. 서정의 미, 그리고 프랑스 시의 영향을 반영하는 주지시, 이 양자의 결합을 보여주는 좋은 본보기가 된다.

「마을」두 편과 「사슴」에서 보여주었던 '사슴'의 모습이 시 「까마귀(鴉)」에서는 어떤 형태를 띠고 있을까.

(…전략…)—날아라!

그러나 왠지 기이한, 뜻밖의 말이리라. 나는 자신의 손발을 돌아보았다. 손은 긴 날개가 되어 양 겨드랑이에 접고, 비늘을 나란히 세운 발은 세 발가락으로 돌을 딛고 있었다. 내 마음은 또 복종할 준비를 했다.

- 날아라!

나는 재촉에 땅을 박찼다. 내 마음은 갑자기 노여움에 가득 차, 날카로운 비애로 일관된 채, 단지 이 굴욕의 땅을 뒤로, 정처 없이 일직선으로 날아갔다. 감정이 감정에 채찍질하고, 의지가 의지를 채찍질하면서ㅡ. 나는 오랜 시간을 날아가고 있었다. 그리고 어느새 지금, 저 비참한 패배로부터는 멀리 날아가, 날개에는 피로를 느끼고, 내 패배의 축복이 될 희망찬 하늘을 꿈꾸고 있었다. 그런데도, 아아! 또 그때 내 귀 가까이 들린 것은, 저 집요한 명령의 소리가 아니었던가. (…중략…)

- 아아, 아아, 아아, 아아
- 아아, 아아, 아아, 아아

바람이 불고 있었다. 그 바람에 가을이 나뭇잎을 뿌리듯이 나는 말(言)을 뿌리고 있었다. 차가운 것이 자꾸만 뺨을 흘러내리고 있었다.

「까마귀」 일부

(前略)―飛べ!

しかし何といふ奇異な、思ひがけない言葉であらう。私は自分の手足を顧みた。手は長い翼になつて兩腋に疊まれ、鱗をならべた足は三本の指で石ころを踏んでゐた。私の心はまた服從の用意をした。

- 飛べ!

私は促されて土を蹴つた。私の心は急に怒りに滿ち溢れ、鋭い悲哀に貫かれて、ただひたすらにこの屈辱の地をあとに、あてもなく一直線に翔つていつた。感情が感情に鞭うち、意志が意志に鞭うちながら―。私は永い時間を飛んでゐた。そしてもはや今、あの慘めな敗北からは遠く飛び去つて、翼には疲勞を感じ、私の敗北の祝福さるべき希望の空を夢みてゐた。それだのに、ああ!なほその時私の耳に近く聞えたのは、あの執拗な命令の聲ではなかつたか。(中略)

- ああ、ああ、ああ、ああ、
- ああ、ああ、ああ、ああ、

風が吹いてゐた。その風に秋が木葉をまくやうに私は言葉を

撒いてゐた。冷めたいものがしきりに頬を流れてゐた。

「鴉」²⁶ 一部

시는「까마귀」일부로 전체 17연 중 8연, 9연, 10연, 11연과 16연, 17연에 해당한다. 우선은 다쓰지가 이미 까마귀가 되어 있다는 인상을 준다. "나는 자신의 손발을 돌아보았다. 손은 긴 날개가 되어 양 겨드랑이에 접고, 비늘을 나란히 세운 발은 세 발가락으로 돌을 딛고 있었다. 내 마음은 또 복종할 준비를 했다"는 슬픈 기억을 가진 까마귀의 암시다. 까마귀는 또한 패배와 피로, 복종과 굴욕을 느끼고 있다. 집요한 명령의 소리에 휩싸여 있다. 마지막에서 표현한 "차가운 것이 자꾸만 뺨을 흘러내리고 있었다"에서 차가운 것은 눈물로 읽힌다. 자신이 살아온 과거의 삶이 스펙트럼처럼 펼쳐졌을 것이다. 그러나 울고 있는 시의 화자는 가슴 아프고 쓰라린 고통의 시간을 탈출하려는 의욕도 품고 있다. "내 패배의 축복이 될 희망찬 하늘을 꿈꾸고 있었다"에서 시의 화자가 날아가고 싶은 곳이 어디인지 명확하지는 않아도 자신의 탈출구를 찾으려는 의지는 포기하지 않는다.

「까마귀」의 의의는 대략 세 가지로 정리해 볼 수 있다. 첫째는, 일본의 파시즘화(化)에 대한 불안을 예감하는 젊은이의 의식을 그리고 있다는 견해다. 둘째는, 어린 시절부터 자신의 의지와는 관계없이 오사카육군유년학교(大阪陸軍幼年学校)와 육군사관학교(陸軍士官学校) 입학 등, 군국주의적인 군대의 명령에 따라서 살아야 했던 약 7년간에 걸친 군인 교육으로

---

26   三好達治(1965), 앞의 책, p.25.

인한 다쓰지의 젊은 날의 방황을 그리고 있다는 의견[27]이다. 셋째는, 「까마귀」를 통해서 그가 젊은 시절 이모의 지배하에 놓였던 굴욕의 슬픔을 엿볼 수 있다는 것이다. 다음의 인용문을 보자.

> 그의 이모는 고베 후쿠하라 유곽(神戸福原遊廓)의 「후지이로(藤井楼)」를 경영하며 금융업에 손을 댈 정도의 유복한 생활을 하고 있었으며, 열렬한 일련종(日蓮宗) 신자이기도 했다. 그런데 이모는 이 종교에 대해서 맹신하고 있었으나, 다쓰지는 그러한 것이 이모의 이익 신앙이라는 것을 알아차리게 된다. 그리하여 이모로부터 학비나 생활비를 받는 대상(代償)으로서 강한 정신적 속박을 받으며 살아야 했기에 젊은 날의 다쓰지는 「까마귀」를 쓸 수밖에 없었다.[28]

이러한 논리를 펴지만, 세 번째 의견은 현실성이 떨어져 보인다. 오히려 이 의견을 반박한 다음의 글이 설득력 있게 들린다.

> 다쓰지는 이 무렵 아버지와의 불화로 인해 집을 나와서 이모인 후

---

27 이러한 의견을 제시하고 있는 자료로는 다음과 같은 것을 들 수 있다.
    1. 村上菊一郎(1959), 『三好達治·草野心平』, 「近代文学鑑賞講座 第20巻」, 角川書店, pp.32-33.
    2. 伊藤信吉 外 4人(1969), 『現代の抒情 現代詩篇Ⅳ』, 「現代詩鑑賞講座 第10巻」, 角川書店, p.23.
    3. 澁谷孝(1973), 「三好達治『測量船』における「鴉」の位置」, 『文芸研究』 第74集, 日本文芸研究会, pp.1-9.
28 桝井壽郎(1975), 「達治における詩と現実」, 『解釈と鑑賞』 3月号, pp.80-81.

지이가(藤井家)에 몸을 의지한다고 되어 있다. 이때 그는 멕시코로의 이민을 진지하게 생각했다고 하는 기록도 나오나, 결국은 집안사람들의 반대로 뜻을 이루지 못하였다. 그러나 이때야말로 그가 세속의 모든 것을 버리고 새로운 인생을 걸고자 결의한 시점이기도 하다. 다쓰지는 이모부 후지이 씨(藤井 氏)의 원조를 받아 고교 입학시험 준비를 한다. 이 무렵 가업은 도산하고 아버지 세이키치(政吉)는 집을 나갔다. 이모부 후지이 씨는 이 불행하고 영리한 청년에게 다시 한번 삶을 살 기회를 주고 싶었을 것이다.[29]

시에 쓰인 여러 시어들을 검토해 보면 두 번째 의견으로 무게 중심이 기운다. 그럼, 이 작품 외에 까마귀에 젊은 날의 자신의 모습을 투영했다고 판단되는 시를 한 편 더 살펴보자.

태양은 아직 어두운 창고에 가려져, 서리가 맺힌 정원은 보랏빛으로 널찍하고도 차가운 그림자의 바닥에 있었다. 그날 아침, 내가 주운 것은 얼어 죽은 한 마리 까마귀였다. 딱딱한 날개를 방추형으로 접고서, 잿빛 눈꺼풀을 감고 있었다. 그것을 던져 보니, 말라버린 잔디에 떨어져 맥없는 소리를 냈다. 가까이 다가가 보니, 조용히 피를 흘리고 있었다.

날이 맑아지는 하늘 어딘가에서, 또 까마귀 우는 소리가 들렸다.

「정원(庭)」 전문

---

29   小川和佑(1976), 『三好達治研究』, 教育出版センター, p.50 참조.

太陽はまだ暗い倉庫に遮られて、霜のおいた庭は紫いろにひ
ろびろと冷めたい影の底にあった。その朝私の拾つたものは凍
死した一羽の鴉であつた.かたくなな翼を絏の形にたたむで、灰
色の瞼をとぢてゐた。それを抛げてみると、枯れた芝生に落ち
てあつけない音をたてた。近づいて見ると、しづかに血を流し
てゐた.晴れてゆく空のどこかから、また鴉の啼くのが聞えた。

「庭」[30] 全文

이 시에서 '까마귀' 이미지는 시인의 자전적인 모습이 투영된 앞의 시
「까마귀」와 유사성을 가진다. 그래서 관심이 가는 것도 이미 죽어버린 까
마귀를 줍는 행위와 까마귀를 내던지는 행위다. 그로 인해 흐르는 피는
시의 화자가 갖는 쓰라린 기억과 함께하고 있는 듯하다. 여기에는 군인
교육을 받고서 군의 명령에 복종해야 했던 기억만이 아니라, 젊은 날의
방황이 담겨 있는 것은 아닐까. 역시 마지막 행에서 보여주는 "날이 맑아
지는 하늘 어딘가에서, 또 까마귀 우는 소리가 들렸다"는 희망의 메시지
로, 고통에서 해방되려는 간절한 욕망이자 탈출의 의지로 읽힌다. 이처럼
「까마귀」와 「정원」에는 까마귀를 통해 존재의 비애감을 자전적으로 그
리고자 했던 암울한 분위기가 작품 전반에 흐르지만, 다른 한편으로는 그
비애에서 해방되려는 의지 또한 담고 있다.

---

30 三好達治(1965), 앞의 책, p.28.

「사자(獅子)」라는 시는 또 어떻게 읽힐까.

　그(彼), 사자는 보았다, 쾌적(快適)의 오후 끝에, ―그는 거기에 씻겨, 심연(深淵)의 오후에, 또 달처럼 떠오른 백자의 접시였다, ―살짝 열린 속눈썹 사이에, 악취로 가득 찬 인식이 찢기 어려운 이 약속, 콘크리트 왕좌 위에 팔짱을 낀 철책의 이 공간, 그의 초수(楚囚)의 왕국을, 지금 거기에 잠시 명료(明瞭)한 구지(舊知)의 우리(檻)를, 그는 본 것이다. ―정교하고 치밀하게 번쩍이면서, 세상에 가장 경쾌한, 가장 분방한 작은 한 마리 천사가, 날갯짓하면서 거기를 지나가는 것을. (…중략…)

「사자」 일부

　彼れ、獅子は見た、快適の午睡の果てに、――彼はそこに洗はれて、深淵の午後に、また月のやうに浮び上つた白磁の皿であつた、――微かに見開いた睫毛の間に、汚臭に滿された認識の裂きがたいこの約束、コンクリートの王座の上に腕を組む鐵柵のこの空間、彼の楚囚の王國を、今そこに漸く明瞭する舊知の檻を、彼は見たのである、……巧緻に閃めきながら、世に最も輕快な、最も奔放な小さい一羽の天使が、羽ばたきながらそこを漂ひ過ぎさるのを。(中略)

「獅子」[31] 一部

31　三好達治(1965), 앞의 책, p.58.

역시 이 작품에서도 관심이 가는 곳은 '철책'이라는 공간에 갇힌 사자의 시선이다. "초수(楚囚)의 왕국"에서 '초수'는 초나라에 붙잡힌 사람이라는 뜻이다. 즉, 포로나 죄수 따위를 가리키는 말로 역경에 빠져 어찌할 수 없는 사람을 비유적으로 일컫는다. 시에서는 사자가 '콘크리트'와 '철책'에 에워싸인 곳, 그곳이 바로 '초수의 왕국'이다. 그러한 공간에 "정교하고 치밀하게 번쩍이면서, 세상에 가장 경쾌한, 가장 분방한 작은 한 마리 천사"로 날고 있는 나비는 자유로운 존재다. 사자와 나비를 동시에 등장시킴으로써 폐쇄와 자유라는 대조적인 제시가 시적 생명력을 확보한다. 이 시에서 폐쇄적인 사자의 굴절된 심경을 시인 자신의 것으로 볼 수 있다는 시각[32]과 함께, 이 무렵 "다쓰지가 프랑스 근대문학을 번역하고 있었던 터라, 그 문체나 시어에 영향을 주었을 것"[33]이라는 평가가 시를 통해 고스란히 전달되는 느낌을 지울 수 없다. 다쓰지에게 시에 등장한 나비는 폐쇄된 공간을 벗어나려는 희망의 존재로 읽히기도 한다. 장시로 이루어진 「사자」는 그가 『시·현실』 창간호(1930)에 발표한 작품이다.

이처럼 『측량선』의 산문시에는 「마을」 두 편에 등장하는 사슴과 「사슴」에 나오는 사슴, 그리고 「까마귀」와 「정원」의 까마귀, 「사자」의 사자 등에서 본 것처럼, 다양한 동물들이 등장한다. 등장하는 동물들의 이미지 또한 대부분 가련하고 차가운 모습, 혹은 폐쇄된 공간에 존재하는 것으로 묘사되고 있다는 점에 특히 주목해볼 필요가 있다. 그는 동물들을 시의 중심 이미지로 채택하여 유년과 젊은 날의 기억에 담긴 비애나 고통 등을

---

32   米倉 嚴(1997), 『「四季」派 詩人の詩想と樣式』, おうふう, p.33.

33   伊藤信吉 外 3人 編(1975), 『三好達治 日本の詩歌22』, 中央公論社, p.67.

자전적으로 노래했던 것이다. 이러한 특징은 '자기 객관화'의 시각으로 읽히는 동시에 '존재의 고독'이라는 시인 자신의 내면적 고통과 서로 이어져 있다고 보인다.

4. 소 결론

이 글에서 살펴본 것처럼, 미요시 다쓰지는 서정시인이며 동시에 주지시인이기도 하다. 『측량선』에 나타난 다수의 산문시가 그를 주지시인으로 인식하게 하는 계기로 작용하였는데, 그러한 배경에는 프랑스 시와 신산문시운동(新散文詩運動)의 영향이 자리 잡고 있었다는 것을 확인하였다.

이러한 영향의 산물로 그가 동인으로 참가하여 다수의 작품을 발표한 『시와 시론(詩と詩論)』은 그가 쇼와 시단에서 알찬 결실을 맺는 시인으로 평가받는 데 중요한 역할을 하였다. 「풀 위」, 「낮」, 「앙팡스 피니」, 「아베 마리아」 같은 작품은 「돌 위」, 「눈」, 「유모차」 같은 『측량선』 초기 작품에서 느껴졌던 서정성과는 확연한 차이를 보여주는 주지적 성격의 시편들이었다.

또한 「마을」 두 편, 「사슴」, 「까마귀」, 「정원」, 「사자」를 정독하였더니, 이들 작품에 등장하는 사슴, 까마귀, 사자 등은 대부분 가련하거나 혹은 폐쇄된 공간 속의 동물로 묘사되는 특징을 가지고 있다는 것을 읽을 수 있었다. 즉, 다쓰지는 동물들을 시의 중심 이미지로 선택하여 유년기와 청년기에 겪었던 비애나 고통 등을 자전적으로 노래하고 있었던 것이다. 이러한 특징은 시인의 '자기 객관화'를 통한 '존재의 고독'으로 해석할 수 있는 부분이다. 그렇지만 동시에 이들 작품에서는 슬픔에서 벗어나려는 다쓰지의 의지도 감지할 수 있었다.

이처럼 『측량선』에는 작품에 내재된 슬픔과 불안감을 균형 잡힌 자신만의 시어로 소화해낸 다쓰지의 미의식이 존재하고 있었다. 이것이 『측량선』이 출간 당시뿐만 아니라 현재까지도 일본인들이 사랑하는 시집으로 자리매김한 중요한 요인이다.

5장

사행시집과 시 세계의 확장

『남창집南窗集』,
『한화집閒花集』,
『산과집山果集』
읽기

미요시 다쓰지(三好達治)는 『측량선』 출간 이후 1932년부터 1935년에 걸쳐서 『남창집(南窗集)』(1932년 8월, 추목사(椎の木社)),[1] 『한화집(閒花集)』(1934년 7월, 사계사(四季社)), 『산과집(山果集)』(1935년 11월, 사계사)을 각각 간행한다. 그는 이 세 권의 시집에서 『측량선』과는 전혀 다른 변화를 보여준다. 그것은 시 한 편을 네 개의 행으로 구성하는 사행시(四行詩) 중심이라는 점이다. 이 시기를 다쓰지 전체 시업에서 '사행시 시대'라고 부르는 것은 그러한 시 양식의 특징에서 연유한다.

이 글에서는 그의 사행시 형식의 채택이 지닌 의미와 영향 관계를 살피는 한편, 작품의 의미 구조를 '현실 응시와 우주적 동경', '기지(機智)와 연상', '과거의 포옹과 현실 긍정'이라는 핵심어를 중심으로 풀어낼 것이다.[2]

---

1   추목(椎木)은 '메밀잣밤나무'를 가리킨다.
2   이와 관련하여 다음의 글을 참고할 만하다.
     1. 渋谷孝(1974), 「三好達治 「南窗集」, 「閒花集」, 「山果集」 について一「測量船」の作風の投影を中心に一」, 『秋田文學』 第4号, pp.1-8.
     2. 森亮(1982), 「三好達治の口語四行詩」, 『三好達治 立原道造』, 「鑑賞日本現代文学」19, 角川書店, pp.121-128.
     3. 安田保雄(1952), 「達治の詩の意図するもの」, 『国文学 解釈と鑑賞』, 至文堂,

1. 시의 양식적 특질

먼저, 이 세 시집을 검토하기 전에 시집 탄생의 과정부터 살펴보자. 다쓰지는 사행시집 세 권 중에서 첫 번째 시집인 『남창집』이 나오던 해인 1932년, 각혈로 입원하였을 뿐 아니라 문학 동료였던 가지이 모토지로(梶井基次郎)[3]를 잃는다. 이 시집에는 그를 추도하는 「친구를 잃다 4장」(「友を喪ふ 四章」, 1932년 『문예춘추(文芸春秋)』 5월호에 발표)이 수록되어 있다. 이 시는 「길 떠남(首途)」, 「성묘(展墓)」, 「길 위(路上)」, 「복상(服喪)」[4]의 4부작으로 이루어져 있는데, 그중의 한 편인 「성묘」를 보면 문학의 벗을 잃은 슬픔이 잘 나타나 있다.

> 가지이(梶井) 군 지금 내가 이렇게 창에서 바라보고 있는 병원 뜰에
>
> 어미 염소 아기 염소 울고 있다 신록의 우듬지를 구름이 날아 지나간다
>
> 그 나무 숲 맞은편에 새장 속의 종달새가 노래하고 있다
>
> 나는 생각한다 여기를 퇴원하면 자네의 묘를 찾을 거라고
>
> 「성묘」 전문

---

pp.36-39.

3   가지이와 다쓰지와의 우정은 그들이 같은 고교(京都 三高) 출신이라는 점에서부터 시작된다. 그러나 그들은 고교 시절에는 만나지 못하다가 삼고(三高) 출신 도쿄대(東京大) 재학생이 주축이 되어 만든 잡지 『청공』에서 만난다. 이들의 만남은 다쓰지의 문학적 생애를 생각해 볼 때 매우 중요한 의미를 지닌다. 다쓰지는 그의 문학정신에 빠짐으로써 인간적인 우정도 깊어진다.

4   복상은 '상(喪)을 입는다'는 뜻이다.

梶井君 今僕のかうして窓から眺めてゐる 病院の庭に
山羊の親仔が鳴いてゐる 新緑の梢を雲が飛びすぎる
その樹立の向うに 籠の雲雀が歌ってゐる
僕は考へる　ここを退院したなら 君の墓に詣らうと

「展墓」[5] 全文

　화자는 자신도 병원 신세를 지고 있는 몸으로 친구를 애도하며 그 슬픔을, 울고 있는 어미 염소와 아기 염소를 바라보는 심정에 담고 있다. 거기에다 새장(籠)에 갇힌 종달새의 노래조차 안타까움으로 표현하고 있다. 화자의 눈에는 신록의 가지 너머로 흘러가는 구름조차 평화롭지 않아 보인다. 이처럼 화자의 심정은 친구의 죽음을 애도하며 자신도 병원에 누운 몸이 되어버린 안타까움으로 가득 차 있다. 그래서일까. 마지막 행에서는 병원을 퇴원한 뒤 친구의 무덤을 찾겠다고 표현한다.

　친구의 죽음에 대한 애절함은 『남창집』에 맨 먼저 등장하는 시 「길 떠남」에서도 감지된다.

한밤중에 격납고를 나온 비행선은

한바탕 기침을 하고 장미꽃 같은 피를 토하고

가지이군 자네는 그대로 하늘로 올라갔다

친구여 아아 잠시 잠깐의 이별이다… 머지않아 나부터 찾을 것이다!

「길 떠남」 전문

5　　三好達治(1965), 『三好達治全集1』, 筑摩書房, p.141.

眞夜中に 格納庫を出た 飛行船は

ひとしきり咳をして 薔薇の花ほど 血を吐いて

梶井君 君はそのまま 昇天した

友よ ああ暫らくのお別れだ… おつつけ僕から訪ねよう!

「首途」[6] 全文

작품에 나오는 "한바탕 기침"이나 "장미꽃 같은 피를 토"한다는 시구는 가지이의 사인인 폐결핵 증상을 명료하게 보여준다. 또한 마지막 행에서, "잠시 잠깐의 이별이다… 머지않아 나부터 찾을 것이다!"라고 절규한다. 그 애절함은 친구의 죽음을 가리키는 것이기도 하지만, 동시에 화자자신의 건강 상태도 짐작하게 한다. 그것은 당시 다쓰지도 가지이와 같은 증세로 입원했다는 사실과 일치한다. 따라서 이 서술은 다쓰지 자신에게 죽음이 가까워지고 있다는 암시로 읽힌다.

이처럼 두 작품은 친구에 대한 안타까움과 그리움으로 가득하다. 슬픔을 주조로 삼고 있다. 또한 2년 뒤 출간한 『한화집』의 서두에서, "이 작은 시집을 가지이군(梶井君)의 묘 앞에 바친다"는 헌사를 쓰고 있을 뿐만 아니라, 같은 시집에 수록된 「레몬(檸檬)의 저자(檸檬の著者)」에서도 같은 심경을 지속적으로 나타내고 있다.

계곡을 사이에 둔 산속 여관의 내 방

그 창 새장에 커튼 자락이 걸려 있다

---

6   三好達治(1965), 앞의 책, p.141.

하얀 미닫이문에 그림자를 비추며 여자가 홀로 복도를 지나간다

아아 이런 날이었다 가지이군 자네와 시골에서 지냈던 것도

「레몬의 저자」 전문

谿を隔てた 山の旅籠の私の部屋

その窓の鳥籠に 窓掛けの裾がかかってゐる

白い障子に影をうつして 女が 一人 廊下を通る

ああこのやうな日であった 梶井君君と田舍で暮したのも

「檸檬の著者」[7] 全文

　인용 시는 다쓰지가 가지이와 나누었던 생전의 추억을 회상한 것이다. 제목 '레몬의 저자'는 다름 아닌 가지이다. 여기에서 '레몬(檸檬)'은 그의 대표적인 단편소설 제목을 가리킨다. 동인지 『청공(靑空)』 창간호(1925년 1월)에 실려 있다. 1931년 5월 무장야서원(武藏野書院)에서 출간된 『레몬(檸檬)』에도 수록되어 있다. 두 사람은 동인지 『청공』을 창간할 때 같은 동인으로 활동했다. 또한 『산과집 습유(山果集 拾遺)』에도 「레몬기(檸檬忌)」라는 작품이 있어 세 권의 시집 모두 친구의 죽음을 애도하는 다쓰지의 마음을 반영하고 있다.

　이 시집들은 형식적으로 사행시를 표방하고 있지만, 이들 사행시는 다쓰지가 일본에서는 처음으로 시도한 것이다. 그가 사행시를 처음으로 썼다는 것도 중요하지만, 보다 중요한 것은 이 사행시 속에서 다쓰지가 자

7　三好達治(1965), 앞의 책, p.174.

신만의 시 세계를 찾고자 노력한 점이다. 그는 이 사행시라는 틀에서 의도적으로 각 행의 길이나 음수에서 5음 또는 7음[8]을 사용하고자 했는데, 그것은 곧 일본 전통시가에서 자주 사용된 음수를 사행시에 적용하고자 한 다쓰지의 의도로 읽히는 대목이다. 그러한 주장의 적절한 예를 보여주는 시 한 편을 읽어보자.

회색빛 하늘 아래 멀지 않은 바다 냄새

넓디넓은 강어귀의 썰물 때를

집오리 한 마리가 흘러간다

오른쪽을 바라보며 왼쪽을 바라보며

「집오리(家鴨)」 전문

にび色の空のもとほど近い海の匂ひ

汪洋とした川口の引き潮どきを

家鴨が一羽流れてゆく

右を眺め 左を眺め

「家鴨」全文[9]

『남창집』에 수록된 「집오리」는 시의 공간적 배경이 어느 강가였을 것

8   5음과 7음은 일본의 전통시가에 자주 사용되는 글자 수로, 한국인에게는 3음과 4음에 해당되는 것이라고 보면 된다.

9   三好達治(1965), 앞의 책, p.139.

이다. 그것도 바다와는 그리 멀리 떨어져 있지 않은 곳. 바다 냄새도 맡을 수 있는 공간이었으리라. 썰물 때에 그곳에서 헤엄쳐 가는 집오리를 관찰하면서, 제1행은 글자 수를 5/5/5/6, 제2행은 7/5/7, 제3행은 7/6, 제4행은 6/7로 작품을 꾸렸다.

또한 『한화집』의 「공장지대(工場地帶)」도 일정한 음수율로 읽히는 작품이다.

> 저녁나절의 수로에 어렴풋이 내린 겨울 안개
>
> 움직이려 하지 않아도 움직이는 배 한 척, 그 노 젓는 삐걱거림
>
> ······뱃사람의 움직임
>
> 강가에 우뚝 선 굴뚝에서 여기저기 연기가 너울거리고
>
> 「공장지대」 전문

> 夕暮れの堀割に ほのかに降りた冬の霧
>
> 移るともなく移って行く 一つの船の艪の軋み
>
> ······船夫の動き
>
> 岸邊にたった煙突の をちこちの煙のなびき
>
> 「工場地帶」[10] 全文

이 시도 저녁 무렵, 어느 강가에서 본 풍경을 노래한 것이다. 눈에 띄는 장면은 그 강가에서 생업에 종사하는 사람으로 보이는 뱃사람의 움직

---

10 三好達治(1965), 앞의 책, p.155.

임이다. "노 젓는 삐걱거림"에서는 산업화에 밀려나는 어부의 미래가 느껴진다. "강가에 우뚝 선 굴뚝에서 여기저기 연기가 너울거리고"(4행)는 이곳이 공장지대임을 알려주는 구체적 서술이다. 어부와 공장지대가 동시에 나옴으로써 어부의 생업과 산업화가 대비된다. 시적 공간은 아마도 다쓰지의 고향인 오사카 공장지대의 어느 한 곳이 아니었을까 하는 추측을 하게 한다. 역시 제1행이 5/5/7/5, 제2행이 7/6/7/7, 제3행이 6, 제4행이 7/5/5/7로 되어 있어 5음과 7음이 주된 글자 수다.

앞 장의 『측량선』에 수록된 「돌 위」, 「유모차」와 같은 작품에서 보았듯이, 다쓰지의 초기 시 가운데 특히 문어시는 내용 못지않게 음악적 감각의 운율이 있다. 이는 다쓰지의 문어시뿐만 아니라, 문어시 자체가 갖는 속성이라 할 수 있다. 이러한 운율의 형식을 다쓰지는 뜻밖에도 그의 사행시에서 살리고 있다. 이 점은 주목할 필요가 있다. 5음이나 7음을 기본으로 하는 시는 그의 스승이었던 하기와라 사쿠타로(萩原朔太郎)가 수작이라고 언급해준[11] 『한화집』에 수록된 「멧새(頰白)」에서도 확인된다.

> 해가 진다 이 갈림길을 썰매는 떠났다…
> 역참(驛站) 뒤에 멧새가 울고 있다 노래하고 있다
> 그림자가 늘어난다 눈(雪) 위에 그것은 울고 있다 노래하고 있다
> 고목의 가지에 아아 그것은 불이 켜지고 있다 하나의 노래 하나의 생명
>
> 「멧새」 전문

---

11   伊藤信吉 外 4人(1969), 『現代の抒情 現代詩篇Ⅳ』, 「現代詩鑑賞講座 第10卷」, 角川書店, p.34 참조.

日が暮れる この岐れ路を 橇は發った……

立場の裏に 頬白が 啼いてゐる 歌ってゐる

影がます 雪の上に それは啼いてゐる 歌ってゐる

枯木の枝に ああそれは灯っている 一つの歌 一つの生命

「頬白」[12] 全文

시에는 이별하는 마음이 그려져 있다. 썰매가 갈림길에서 점점 멀어지고 있지 않은가. 그래서 시적 분위기는 쓸쓸하다. "그림자가 늘어난다"(3행)는 이미 해가 지고 난 다음, 밤이 깊어지고 있다는 시간적 경과에 대한 서술이다. 그 시각에 울고 있는 멧새의 고독감에 고목의 가지에서 불이 켜지는 장면이 더해져, "하나의 노래 하나의 생명"(4연)은 이별을 체험하고 있는 화자, 즉, 다쓰지가 부르는 노래로 들린다. 역참(驛站)은 역마(驛馬)를 갈아타던 곳으로 여기에서는 이별의 이미지에 일조하고 있다. 이 시는 1행이 5/8/6, 2행이 7/5/5/6, 3행이 5/6/3/5/6, 4행이 7/5/5/6/7로, 역시 5음과 7음을 기본 음수율로 하고 있다.

물론, 일본의 전통시가에서 주로 사용된 5음이나 7음이 사용되고 있다는 것은 어느 정도의 설득력을 가지나, 그렇다고 세 권의 시집 전체에 적용되는 것은 아니다. 왜냐하면, 시의 형식 면에서 음수를 고려하지 않은 산문시 같은 경우는 이러한 설명이나 논리가 적절하지 않기 때문이다.

즉, 이들 시집에는 5음, 7음 위주의 운율이 깃든 작품, 그리고 이러한 운율에 구속받지 않는 자유로운 구어 산문시 형태의 작품, 두 부류의 형

---

12   三好達治(1965), 앞의 책, p.172.

태가 존재하고 있는 셈이다. 이러한 특징은 다쓰지의 시 세계가 일본 고유의 운율과 현대 자유시의 형식을 함께 운용하고 있다는 의미로 해석할 수 있는 부분이다. 이 두 가지 양식의 활용은 그가 세 시집에서 사행시 양식을 새롭게 개척하고 있다는 생각을 거부감 없이 받아들이게 해준다. 따라서 『측량선』에서 보여주었던 산문시, 운문시, 단가나 문어시, 구어시 등, 복잡하고 다양한 시적 실험에서 벗어나 구어체 시를 창작했다는 점, 그리고 자신만의 특색을 보여주는 양식인 사행시를 선택했다는 점은 다쓰지의 또 다른 시적 성취의 결과물이다.

2. | 프랑시스 잠과 한시의 영향

다쓰지는 당시 프랑스 시인들의 시를 번역하면서 프랑스 문학에 깊이 심취해 있었다. 사행시집들은 대체적으로 프랑스 시인 프랑시스 잠(Francis Jammes, 1868-1938)의 영향이라고 보는 시각이 우세하다.[13] 여기에는 다쓰지가 잠의 산문시집 『밤의 노래』나 그의 사행시를 번역하기도 한 사실이 중요하게 작용한다. 우리나라에서도 윤동주 시인이 그의 작품을 좋아했

13　여기에 관한 자료로는 다음의 것을 참고 바람.
　　1. 小川和佑(1976), 『三好達治研究』, 教育出版センター, p.231.
　　2. 石井昌光(1956), 「現代に於ける風流の文学」, 『宮城学院女子大学』 研究論文集 10, p.91.

다고 알려져 있으며, 2017년에는 잠의 시집이 번역 출간되기도 하였다.[14] 잠은 『밤의 노래(夜の歌)』 제1권에서 제4권까지 모두 4권을 1923년부터 1925년에 걸쳐 간행하였다.

우선, 잠과 다쓰지는 서로 유사한 환경에서 시작(詩作)을 했다. 주지하다시피, 잠은 전원에 묻혀 살면서 퇴폐적인 상징시파와 절연한 채, 자연 속 사물이나 동식물을 대상으로 시를 쓴 시인이었다. 잠의 시적 취향은 다쓰지가 사행시에 담은 취향과 내적 연관을 갖는다. 이 시기의 다쓰지는 문학적 결실을 보게 되는 동인지 『시와 시론』을 떠나 신슈(信州)의 산속에서 요양 중이었다. 요양 중에 다쓰지가 잠의 사행시를 애독하고 또한 번역까지 했다는 사실은 다쓰지와 잠 사이의 연관을 말해준다.

게다가 시의 소재나 시의 형태 면에서도 많은 공통점이 발견된다. 잠의 시는 사행시 형태를 유지했으며, 시의 소재는 당나귀, 벌, 장미, 염소와 같은 동식물에서부터 오래된 난로나 시계와 같은 일상적이고 친숙한 소품들이었다. 이런 측면에서 다쓰지가 그의 영향 속에 세 시집을 간행했다는 표현이 성립한다.

사행시집 세 권에 수록된 작품 수는 모두 128편이다. 그중 90% 정도가 새나 당나귀 같은 동물이나 식물이 시의 소재다. 시의 제목만 보아도 대자연을 표현했다고 할 정도다. 시재(詩材)와 시 양식에서, 다쓰지가 잠의 영향을 살필 수 있는 대목은 세 시집들에서 마치 화가가 눈 앞에 펼쳐진 자연의 풍경이나 동물을 스케치하듯 그리고 있다는 인상에서 비롯된다.

또 하나, 이 세 시집들의 특징으로 간과할 수 없는 사실은 이때 선보인

---

14   프랑시스 잠 저, 윤동주100년 포럼 역(2017), 『프랑시스 잠 시집』, 스타북스.

사행시집에 대한 시인의 집착이 서구 스타일의 모방을 넘어서 한시(漢詩)나 절구(絶句)와도 연관을 맺고 있다는 점이다. 그가 시에서 즐겨 쓰는 한자의 범주는 다른 시인들의 한자 사용 범위를 훨씬 능가한다.[15] 단적으로 사행시집에는 한시의 절구를 연상시키는 작품도 있다. 『산과집』에 실린 「붕어(鮒)」는 한시의 세계가 투영된 그 구체적인 예의 하나다.

> 땅을 파서 독을 묻고
>
> 물을 채워 붕어를 풀었다
>
> 창 밑 가을 파초의 그늘에 때때로 그들은 소리를 낸다
>
> 어쩌다 나는 팽택령(彭沢令)의 도연명처럼 되어 등불을 끄고 달을
>
> 대한다
>
> 「붕어」 전문

---

15 다쓰지의 한문이나 한자 선호는 단지 사행시집에서뿐만 아니라, 그의 시작 전체에서 나타나는 현상이다. 우선, 시집 제목에서 나타나는 한자 차용의 예를 보면, 사행시집 세 권인 『남창집』, 『한화집』, 『산과집』을 비롯해, 『기려십세(羈旅十歳)』, 『한탁(寒柝)』, 『초천리(艸千里)』 등을 들 수 있다. 『초천리』의 '초(艸)'와 『한화집』의 '한(閑)'도 일반적으로 쓰는 '초(草)'와 '한(閑)'을 쓰지 않은 경우로, 이는 시인의 의도에서 비롯되었을 것이다.

시의 제목에서도 이러한 취향은 얼마든지 나타난다. 「추야농필(秋夜弄筆)」(『측량선』), 「침상구점(枕上口占)」(『초천리』), 「계림구송(鶏林口誦)」(『일점종』), 「구상음(丘上吟)」(『일점종』), 「노방음(路傍吟)」(『일점종』), 「초침(艸枕)」(『고향의 꽃(故郷の花)』), 「황천박모(荒天薄暮)」(『고향의 꽃』), 「횡적(横笛)」(『고향의 꽃』), 「한인단장(閑人断章)」(『낙타의 혹에 올라타고(駱駝の瘤にまたがって)』, 이하 동일), 「촌주잡영(村酒雑詠)」, 「수광미망(水光微茫)」, 「벽락희시(碧落戯詩)」, 「서국찰소(西國札所)」, 「천상대풍(天上大風)」, 「만주사화(蔓珠沙華)」 등이 그러한 예의 하나다. '척령'(鶺鴒, 할미새), '실솔'(蟋蟀, 귀뚜라미)과 같은 시어도 그러한 경향을 반영하는 것으로 볼 수 있다.

土を掘って 甕を埋め

水に滿たし 鮒を放った

窓下の秋 芭蕉の蔭に 時たま彼らは音をたてる

假りに私は彭澤の令 燈火を消して 月に對す

「鮒」¹⁶ 全文

시에 그려진 소박한 풍경은 다쓰지가 꿈꾸는 유유자적한 삶의 한 형
태였을 것이다. 가을밤에 달빛 아래에서 붕어 소리를 들으면 어떨까. 그것
도 중국의 전원시인 도연명처럼 말이다. 관심이 가는 것은 시의 앞 두 행
이 한시를 연상시킬 만큼 대구를 이루고 있다는 점이다. 두 행을 풀어 보
면, 굴토매옹 만수방부(堀土埋甕 滿水放鮒: 땅을 파서 독을 묻고 물을 채우고 붕
어를 풀다, 이하 한시는 필자 번역)다. 물론 시에 등장하는 팽택령(彭沢令)은 도
연명(陶淵明, 365-427)을 가리킨다. 그가 한때 팽택현의 현령을 지냈기 때
문에 붙여진 별칭이다. 도연명은 육조시대(六朝時代)의 동진(東晉) 말에서
남북(南北)의 송초(宋初)시대를 살았던 시인이다. 그는 현령을 그만두고
고향으로 돌아오면서 그 유명한 「귀거래사(歸去來辭)」를 썼다. 이를 염두
에 두고 다시 「붕어」를 대해 보면, 도연명의 안빈낙도(安貧樂道)와 유유자
적(悠悠自適)한 삶을 동경했던 다쓰지의 심경이 읽힌다. 이 또한 고전미를
추구한 다쓰지의 취향과도 서로 이어져 있다. 그는 이러한 자신의 한시에
대한 공부와 관심을 바탕으로, 중국 문학자인 요시카와 고지로(吉川幸次
郎, 1904-1980)와 함께 『신당시선(新唐詩選)』(1952년, 岩波新書)을 간행하기

---

16 三好達治(1965), 앞의 책, p.185.

도 하였다. 주요 당나라 시인의 시 독해와 그 감상법을 설명한 이 책은 간행 후 오랜 시간이 지나도 중판되었을 만큼 많은 독자들에게 읽혔다.

한편, 다쓰지의 한시에 대한 관심은 시집 제목에서도 느낄 수 있다. 『남창집』은 「귀거래사」의 '의남창이기오'(倚南窓以寄傲, 남창에 기대어 느긋하게 바라본다)에서 빌린 것이다. 또한 『한화집』도 후기에서 밝히고 있듯이, "야초한화(野草閒花, 들판의 풀과 조용히 핀 꽃) 꺾어 그의 묘 앞에 바친다"는 심전기(沈佺期)의 「선악지정시연시(仙萼池亭侍宴詩)」의 '한화개석죽유엽토장미(閒花開石竹 幽葉吐薔薇, 한가로운 꽃은 돌 틈 대나무 사이에 피었고, 그윽한 잎은 장미를 토해 낸다)'라는 구절에서 차용했다.[17] 심전기는 칠언율시(七言律詩)에 뛰어난 재주를 보인 중국 초당(初唐)의 궁정 시인이다. 다쓰지의 이러한 한시에 대한 깊은 조예는 앞서 보았던 프랑스 문학에 대한 관심이나 취향과는 또 다른 시적 원천이었다.

이처럼 『남창집』, 『한화집』, 『산과집』에는 다쓰지가 자신만의 시적 성취를 이루는 과정에 프랑스 시인 프랑시스 잠의 작품과 중국 한시에 대한 관심이 그 바탕으로 작용하고 있음을 알 수 있다. 다음 절에서는 이들 사행시집에 실린 작품들의 의미 구조를 풀어헤쳐 볼 것이다.

---

17   安藤靖彦 編(1982), 『三好達治·立原道造』, 「鑑賞日本現代文学 19」, 角川書店, p.46 참조.

3. 현실 응시와 우주적 동경

앞에서 언급한 것처럼, 『남창집』, 『한화집』, 『산과집』에는 사물이나 작은 동식물, 조류 등에 대한 다쓰지 특유의 각별한 관심과 애정이 담겨 있다. 우선 『산과집』에 실린 「석류(石榴)」를 인용한다.

바람에 하늘거린

달콤한 시큼한 가을의 꿈 석류

하늘에 부풀어 터진

붉은 보석의 화약고

「석류」 전문

風に動く

甘い酸っぱい秋の夢　石榴^{ざくろ}

空にはぢけた

紅宝玉の 火藥庫

「石榴」[18] 全文

다쓰지는 이 작품에서 시가 무엇인지에 답하고 있다. 앞서 인용한 「공장지대」, 「붕어」와 같은 작품이 정태적(情態的) 이미지를 포착했다면 「석

18　三好達治(1965), 『三好達治全集1』, 筑摩書房, p.187.

류」는 동태적(動態的)이다. 석류가 화자의 눈에 들어오면 "바람에 하늘거린"다. 순간의 포착은 "달콤한 시큼한"이라는 구체적 표현으로 마무리되는 듯하지만, "가을의 꿈"이라는 은유로 다시 전환된다. 날카로운 관찰력과 상상력은 "하늘에 부풀어 터진"이라는 표현과 함께 찰나를 우주에 대한 동경으로 확장시킨다. 이것은 이미지를 은유로 처리하는 동시에 확보한 의미의 확장이다. "붉은 보석의 화약고"라는 비유는 자연에서 얻어낸 단순한 상상력 차원이 아니라 도발적으로까지 보인다. 『남창집』의 「길 떠남」에서도 "격납고", "비행선"이라는 군대에서나 쓰이는 시어를 읽은 적이 있기에, 이러한 표현은 그의 삶과도 무관하지 않게 다가온다.

이는 그가 15세 때 오사카육군유년학교에 입학하여 21세 때 육군사관학교를 중퇴하기까지 7년간의 군인 교육을 받았다는 점을 감안하면 자전적 요소와 연관을 가지고 있다. 바람에 하늘거리는 석류를 보는 것은 누구라도 볼 수 있는 작은 현상이다. 그러나 시인은 눈에 보이는 단순한 현실로부터 의미를 확장시켜 우주의 신비한 질서를 상상하고 예측하는 일을 한다. 이 작업이 시인이 자기 언어를 구축하는 과정이고 이미지화하는 과정에 담긴 노고라면, 다쓰지의 경우 이미지들은 자전적인 체험과 결부된 우주적 상상력을 보여준다고 할 것이다.

그러한 능력은 『남창집』의 「흑 개미(黑蟻)」에서 우주에 대한 자신과의 동일시(同一視)로 나타나고 있다.

> 질풍이 모래를 움직인다
> 세상살이 어려워 세상살이 어려워 개미는 멈추어 서고
> 개미는 풀뿌리에 달라붙는다 질풍이 개미를 굴린다

구르면서 달리면서 개미여 그대들이 철아령으로 보인다

「흑 개미」 전문

疾風が砂を動かす

行路難行路難 蟻は立ちどまり

蟻は草の根にしがみつく 疾風が蟻をころがす

轉がりながら 走りながら 蟻よ 君らが銕亞鈴に見えてくる

「黑蟻」[19] 全文

개미 같은 나약한 존재가 거대한 질풍을 만났을 때, 평범한 사람들에게는 죽음과 같은 절망적인 좌절로 비추어진다. 그러나 다쓰지 시에서 개미는 우주적 차원에서 조망된다. 화자에게 개미는 결코 멈춰 서 있지 않은 존재, 세상 살아가는 것이 힘들지만 또 다른 약진을 위해 잠시 휴식하고 있는 모습으로 비추어질 뿐이다. 그리하여 화자는 마지막 행에서 개미를 "구르면서 달리"는 "철아령"으로 보인다고 발언한다. 개미를 풀뿌리에 달라붙는 "철아령"으로 비유하는 것은 우선은 형태적인 면에서 개미가 철아령과 같은 모양을 하고 있기 때문이다. 또한, 질풍과 관련지어 볼 때는, 우주에 살아남기 위해 끊임없는 노력과 의지를 가진 존재로 판단한 것이다. 한편, 이를 자신 역시 그러한 존재이기를 바라는 간절한 염원을 담고 있는 것으로 해석할 수 있다.

개미라는 존재는 『남창집』에 실린 「흙(土)」에서도 동일한 시상으로 그

---

19   三好達治(1965), 앞의 책, p.147.

려져 있다.

> 개미가
> 나비의 날개를 끌고 간다
> 아아
> 요트 같다
>
> 「흙」 전문

> 蟻が
> 蝶の羽をひいて行く
> ああ
> ヨットのやうだ
>
> 「土」[20] 全文

질풍 때문에 위기에 빠진 개미가 "세상살이 어려워 세상살이 어려워" 하며 풀뿌리에 매달려 있던 이미지는 인용 작품에서는 흙더미를 넘으며 "나비의 날개를 끌고 가는" 모습으로 등장하고 있다. 자신보다 몇 배 더 큰 덩치의 먹이에 괴력에 가깝도록 힘을 발휘하는 광경을 본 화자는 바다를 떠올린다. "요트 같다"는 직유는 사유의 흐름을 비틀어 전혀 다른 차원과 결합시킴으로써 가능한 예의 하나다.[21] 다쓰지는 세상에 살아있기

---

20 三好達治(1965), 앞의 책, p.145.

21 이 시에 대해서 오가와 가즈스케(小川和佑)는, 이 시의 문학적인 평가보다도 그 시

에 이 광경을 즐길 수 있지 않을까. 개미와 같은 미물의 동작 하나도 지상을 떠나 어디론가 길을 떠나는 간절한 몸짓으로 표현되는 것은 앞서 거론했던 「석류」에서 석류를 "하늘에 부풀어 터진 / 붉은 보석의 화약고"라고 표현한 기발함과 같은 궤도에 놓인다.

『한화집』의 「폭포(瀧)」는 또 어떤 매력으로 읽힐까.

> 저편의 높다란 한 능선에서 숯 굽는 연기가 올라간다…
> 귀가 울릴 정도의 계곡의 소리 장작을 패는 깊고도 어두운 메아리
> 한 마리 검정 방울새가 날며 지나가는 골짜기 안 절벽에
> 다섯 치 정도로 춤을 추고 있는 폭포
>
> 　　　　　　　　　　　　　　　　　　　　「폭포」 전문

> それの向うの　一つの尾根の高みから　炭燒きの煙が揚る…
> 耳鳴りほどの谿谷(たに)の聲　薪を割る杳かな木魂
> 一羽の鵯(ひは)の飛びすぎる　狹間(はざま)の奧の絶壁に
> 五寸ばかりに躍ってゐる　瀧
>
> 　　　　　　　　　　　　　　　　　　　　「瀧」[22] 全文

석류 열매나 개미 같은 미물에서 화자의 시선은 힘의 상징인 폭포로

각적이고 영상적인 선명함으로, 훗날 대부분의 초등학교, 중학교 교과서에 교재로 채택되어 많은 독자들에게 다가섬으로써 새로운 고전과 같은 위치를 얻었다는 평가를 한다(小川和佑(1976), 『三好達治研究』, 敎育出版センター, p.233 참조).
22　三好達治(1965), 앞의 책, p.170.

향한다. 특히 이 작품은 다쓰지의 우주적 탐구가 이루어지고 있다는 점에서 주목해 볼 가치가 충분하다. 먼발치에서 바라보는 폭포는 "저편의 높다란 한 능선에서 숯 굽는 연기가 올라"(1행)가는 것처럼 유연한 흐름을 가지고 있다. 하강의 이미지를 상승의 이미지로 비틀면서 화자는 "계곡의 소리"가 "장작을 패는 깊고도 어두운 메아리"(2행)로 울린다고 표현하고 있다. 1행과 2행에 나타나는 발상의 개성은 마치 폭포가 잘 짜인 그물 같다는 느낌을 갖게 한다. 화자는 폭포의 힘찬 하강의 그물 안에서 "한 마리 검정 방울새가 날며 지나가는 골짜기 안 절벽"(3행)을 발견한다. 자로 잰 듯이 "다섯 치 정도로 춤을 추고 있는 폭포"(4행)에서 보게 되는 것은 관찰의 섬세함이다. 이처럼 인용 작품에서는 다쓰지의 독창적 이미지와 유연한 상상력을 동시에 엿볼 수 있다.

일상의 소품이든 미물에 가까운 동식물이든 간에 다쓰지는 시의 서두에 사소한 일상이나 하찮은 현상을 제시한 뒤 남들이 생각하지 못하는 특유의 발상으로 공간의 우주적 확장, 시간의 소급이나 미래로의 비약 등으로 시적 국면을 전환시킨다. 이러한 다쓰지만의 사유는 은유나 직유로 공감이나 감탄을 환기하는 천부적인 시적 자질과 연계되어 나타난다고 볼 수 있다.

4. | 기지機智와 연상

다쓰지의 사행시를 마치 그림을 그리듯이 읽어보는 것은 그의 작품을 이해하기 위한 가장 편안한 방법의 하나일 것이다. 더불어 그 속에 빛나는 시인의 기지를 찾는 재미 또한 쏠쏠하다. 앞의 「흙」과 「흑개미」에서 느낄 수 있었던 다쓰지의 기지(機智)는 많은 작품에서 감지되는 시적 특징의 하나다. 우선, 『남창집』에 실린 「신호(信號)」에는 어떤 기지가 발휘되고 있는지 '신호'를 따라가듯 읽어보자.

오두막집의 물레방아 덤불 옆 한 그루 동백

새로운 바퀴 자국에 나비가 내려앉는다 그것은 방향을 바꾸면서

조용한 날개의 억양(抑揚)에 내 걸음을 막는다

「건널목이어라 여기는……」나는 멈추어 선다

「신호」 전문

小舎の水車　薮かげに一株の椿

新らしい轍に蝶が下りる　それは向きをかへながら

靜かな翼の抑揚に　私の歩みを押しとどめる

「踏切りよ　ここは……」私は立ちどまる

「信號」[23] 全文

시 속의 화자는 촉촉하게 젖은 마을 길을 걷다가 그 길에 곱게 도려내어 진 차바퀴를 보았을 것이다. 시골길을 가던 짐차 정도였으리라. 그 짐차의 바퀴 자국, 거기에서 화자의 시선이 머문 것은 한 마리 나비가 상하

23　三好達治(1965), 『三好達治全集1』, 筑摩書房, p.137.

로 움직이는 아름다운 날갯짓이었다. 차바퀴가 레일이 되어 도톰하게 솟아올랐던 것이다.

시인의 기지가 빛나고 시적 연상이 빛을 발휘하는 것은 바로 이 순간이다. "「건널목이어라 여기는……」"(4행)은 자연스럽게 걸음을 멈추고 나비의 다음 수신호를 기다릴 수밖에 없는 상황을 제시한 것이다. 나비가 그 레일 같은 흔적 위에서 아래위로 날갯짓하는 모습은 화자에게는 건널목의 신호다. 그 풍경에 갇힌 화자는 '나비'라는 존재를 건널목에서 기차가 오면 수신호를 하는 역의 역무원으로 생각한 것이다. 다쓰지는 이 광경에서 영화의 한 장면처럼 반전을 시도했다. 이 시의 매력은 여기에 있다. "그것은 방향을 바꾸면서"(2행)는 '여기가 건널목'이라는 표현을 하기 위한 시적 장치다. "오두막집의 물레방아 덤불 옆 한 그루 동백"(1행)은 시의 공간적 배경을 제공해준 것이다.

나비가 등장하는 또 한 편의 시 「늦여름(晩夏)」에서도 시인의 이러한 자질은 빛을 발한다.

두 날개를 하나로 합쳐
풀잎에 쉬는 작은 나비
그대 이름은 바지락나비 바지락을 닮았기에
내 뜰의 무희 가는 여름 스소모요(裾模樣)

「늦여름」 전문

二枚の羽を一枚に合して
草の葉に憩ふ　小さな蝶

君の名は蜆蝶　蜆に似てゐるから

わが庭の踊子　ゆく夏の裾模樣

「晩夏」[24] 全文

이 시는 『한화집』에 실린 것이다. 시에 나오는 '스소모요'는 일본 여성들이 입는 예복 따위의 단에 넣는 무늬, 또는 옷단에 무늬가 있는 옷을 가리키는 말이다. 다쓰지는 늦여름에 본 나비를 '스소모요'로 본 것이다. "내 뜰의 무희 가는 여름 스소모요(裾模樣)"(4행)는 나비를 스소모요를 입고 춤을 추는 여인에 비유한 표현이다. 그 연상이 특이하다. 또한, 나비의 모양을 바지락을 닮았다고 하여 '바지락나비'로 부른 것도 재미있게 읽히지만, 이 시인의 기지는 나비가 풀잎에 앉아 쉬는 행위를 "두 날개를 하나로 합쳐 / 풀잎에 쉬는" 것으로 포착한 데에 있다.

이러한 다쓰지의 시적 특성과 관련하여 다음의 글은 공감이 간다.

원래 미요시 다쓰지(三好達治)에게는 기지적인 '비유'의 취향이 있다. 예를 들면, 『측량선』의 「제비(燕)」라는 작품은, 부제로, 「저기 전선(戰線)에 저 제비가 도레미파솔라시도여(あそこの電線にあれ燕がドレミハソラシドよ)」라는 비유를 내걸고 있고, 「향수」에 있어서의 '바다'와 '어머니'의 결합도 그러한 것이었다. 이러한 취향은 이미 지적한 것처럼, 르나르의 『박물지(博物誌)』나 아포리넬의 『동물시집(動物

24　三好達治(1965), 앞의 책, p.165.

詩集)』으로부터 얻은 힌트도 있겠지만, 미요시 다쓰지 자신의 성향이, 이러한 성격의 기지(機智)를 사랑했기 때문이라는 것은 말할 것도 없다. 이것은 중학교부터 육군사관학교로 진학하는 10대 중반 무렵, 「호토토기스(ホトトギス)」를 애독하고, 스스로 하이쿠 시작(詩作)에 빠졌고 평생 하이쿠에 대한 사랑과 관심을 줄곧 놓지 않았던 이 시인의 자질과 분리해서 생각할 수 없는 것이다. 다만 그는, 그러한 전통 시에 대한 친근함을 나타내면서도, 풍류운사(風流韻事)에 빠지지 않고, 근대적인 지성의 렌즈를 통해서, 눈에 띄는 풍물을 생생하게 기지의 시 세계로 약동시키는 날카로운 감성을 갖고 있었다.[25]

인용문은 다쓰지가 남긴 모더니즘 시에 대해 그 영향과 다쓰지의 근본적 성향을 잘 요약해서 설명하고 있다. 즉, 그의 주지시 시작(詩作)은 프랑스 시인인 르나르와 아포리넬(Guillaume, Apollinaire, 1880-1918) 등의 시집에서 얻은 힌트도 중요한 요소의 하나겠지만, 근본적으로는 기지적 표현을 사랑하는 시인의 자질에서 생성된 것이라는 의견을 피력하고 있다. 기지적 표현이 주를 이루고 있는 사행시집에 수록된 작품 외에도 『측량선』에 실린 작품 「제비」와 「향수」를 사례로 들고 있어, 그의 초기 시에 나타난 모더니즘 시의 유형을 잘 제시해주고 있다.[26] 다쓰지는 10대 중반 무렵

---

25 吉田精一·大岡信 編(1969), 『現代詩評釈』, 学灯社, p.243.

26 초기 작품 중에서 『측량선』과 사행시집 외에 다쓰지의 주지시를 볼 수 있는 예는 『측량선 습유(測量船 拾遺)』에 수록된 「어느 날(ある日)」, 「매화 열매(梅の實)」 등이다. 이들 작품은 1927년 잡지 『추목』에 수록된 것으로, 소년 시절의 감미로운 회상을 다루고 있다. 감각적이고 미시적(微視的)으로 바깥 풍경을 파악하여 묘사하고 있다.

에 하이쿠 전문 잡지인 「호토토기스」를 애독하고 하이쿠 시작을 하는 등, 평생 일본의 전통성에 대한 열정을 나타내기도 했지만, 그가 가진 모더니즘적 시각은 프랑스 시풍의 영향을 극복하고 일본 전통시가의 친근함과는 또 다른 감각을 나타낼 수 있는 것이었기에, 그를 주지시인이라고 부르는 중요한 인자가 되는 것이다.

시인의 기지적 표현은 「향수」와 「신호」에 나타난 나비 외에도 조류와 식물에도 미치고 있는데, 작품 「하늘 높이 날아오른 종달새(揚げ雲雀)」와 「튤립(チューリップ)」을 읽으면서 그 매력을 들여다보자.

> 종달새의 우물은 하늘에 있다…… 저기 저기
>
> 저렇게 종달새는 부랴부랴 물을 긷고자 날아올라간다
>
> 아득히 맑은 푸른 하늘 여기저기에
>
> 들어라 우물의 문지도리가 울리고 있다
>
> 「하늘 높이 날아오른 종달새」 전문

> 雲雀の井戸は天にある……　あれあれ
>
> あんなに雲雀はいそいそと　水を汲みに舞ひ上る
>
> 杳かに澄んだ靑空の　あちらこちらに
>
> おきき　井戸の樞がなつてゐる
>
> 「揚げ雲雀」[27] 全文

27　三好達治(1965), 앞의 책, p.157.

벌의 날갯소리가

튤립 꽃으로 사라진다

산들바람 속에 고요히

손님을 맞은 빨간 방

「튤립」 전문

蜂の羽音が

チューリップの花に消える

微風の中にひっそりと

客を迎へた赤い部屋

「チューリップ」[28] 全文

『한화집』에 실린 이 두 편의 시 또한 그 발상이 무척 재미있다. 그 발상의 재미는 '봄 하늘을 날고 있는 종달새 먹을 물이 하늘에 있다'고 보는 시각과 튤립을 '빨간 방'이라고 보는 연상과 이어져 있기 때문이다.

평범한 사람들은 종달새가 목을 축이는 우물이 하늘에 있다는 발상을 하는 것이 쉽지 않다. 우리는 종달새가 이른 봄에 부지런히 지저귀며 허공을 향해 수직으로 올라가고 수직으로 내려가는 모습을 보게 된다. 이시의 신선미는 이러한 종달새의 비행을 하늘에 물을 긷고자 가는 모습으로 포착하고, 종달새의 지저귐을 우물의 문지도리 소리로 간파하고 있는 점에 있다. 문지도리는 문짝을 여닫을 때 문짝이 달려있게 하는 물건

---

28   三好達治(1965), 앞의 책, p.159.

을 가리키는 말인데, 여기서는 우물 도르래의 굴대(회전축)다. 종달새가 비행하는 공간, 즉, 물을 긷고자 가는 곳은 "아득히 맑은 푸른 하늘 여기저기"(3행)다. 종달새가 물을 먹을 수 있는 우물이 하늘 여기저기 많다는 의미로 해석하면, "들어라 우물의 문지도리가 울리고 있다"(4행)는 종달새의 지저귐에 비견된다. "들어라"는 동사 '듣다'의 명령형이다. 이처럼 이 작품의 장점은 시각적 효과와 청각적 효과가 서로 조화를 이루고 있다는 점이다. 둘 중에 하나라도 빠져 있다면, 시인의 기지는 그 효과가 반감될 것이다.

뒤의 인용 시 「튤립」에서는 벌이 손님이 되어 튤립 속으로 누군가를 찾으러 가는 표현에 관심이 간다. 이러한 설정은 이 시인의 뛰어난 연상에서 비롯된 것이다. 시를 둘러싼 공간을 생각하면 꽃을 중심으로 고요하게 부는 산들바람이 느껴진다. 또한 시인의 위트가 돋보이는 것은 벌이 튤립 속으로 들어가는 것이 아니라, 벌의 날갯소리가 꽃 속으로 사라진다는 서술이다. 벌이라는 곤충의 시각적 이미지를 떠올리던 독자에게 벌의 날갯소리는 청각적 이미지와의 결합처럼 다가온다. 읽는 이에게 한 폭의 그림과 그림에서 울려 나오는 소리를 동시에 제공해준다.

이처럼 다쓰지는 나비와 개미, 종달새, 튤립 같은 작은 동물이나 조류 및 식물의 미세한 움직임을 주시하여 범상치 않게 순간적인 포착 능력을 발휘하면서, 마치 화가의 그림을 보는 것처럼 시에 선명한 영상을 제공하였을 뿐만 아니라, 시인 특유의 기지가 결합하여 자신만의 개성이 돋보이는 사행시를 창작했던 것이다.

5. 과거 회귀와 현실 긍정

앞에서 다쓰지의 기지가 빛나는 작품을 소개하여 그의 시인으로서의
또 다른 매력을 확인하였다. 그러나 『산과집』에 그려진 시상의 특징 하나
는 시인의 병마와 관련해 과거를 회상하는 시가 적지 않게 등장하는 점
을 들 수 있다. 그러한 작품을 들여다보자. 먼저, 「동박새(目白)」를 읽기로
한다.

> 나비가 한 마리 새로운 창 미닫이에 한나절 무릎을 꿇고
> 기도하는 모양을 하고 있었지만 이미 죽었다
> 그리고 여기에 오늘 붙잡힌 동박새의 눈
> 겨울 겨울이다 벽시계를 감는 소리도
>
> 「동박새」 전문

> 蝶が一匹 新らしい窓の障子に 半日 跪づき
> 祈祷のさまをしてゐたが 已に仆れた
> さうしてここに 今日囚はれた 目じろの眼
> 冬 冬である 柱時計を捲く音も
>
> 「目白」[29] 全文

---

29   三好達治(1965), 앞의 책, p.188.

시에 등장하는 죽은 나비 한 마리는 과거의 사실을 회상하는 다쓰지 특유의 시적 표현이다.[30] 화자는 죽은 나비를 통해서 아픈 기억을 슬며시 내비치는 듯하다. 죽은 나비의 주검에서 찾아낸 삶에 대한 강한 애착은 "무릎을 꿇고 기도하는 모양"에서 찾는다. 그것은 생명에 대한 숙연한 염원을 죽은 나비에서 읽어낸 것이다. 또한, 화자는 오늘 다시 "창 미닫이에" 붙잡혀 죽은 "동박새"를 보고 있다. 화자의 이러한 시선에 담긴 것은 죽음에 대한 연민이며 안타까움일 것이다.

「동박새」를 좀 더 깊이 이해하기 위해서는 『남창집』의 「병상(病床)」을 살펴보아야 한다. 「동박새」와 함께 다쓰지의 병약함과 그로 인한 슬픔이 부각되고 있다는 공통점을 가지고 있기 때문이다. 세 시집 중 첫 번째인 『남창집』이 나왔을 때 다쓰지는 병석에 있었다. 「병상」은 그 당시의 내면이 잘 나타나 있다.

> 회백색 구름 벽에 작은 새들이 가라앉는다 아아 먼
>
> 신록의 우듬지가 흔들리고 내 창의 커튼이 흔들린다
>
> 따분한 한때 가미시바이(紙芝居)[31]의 북소리도 들린다

---

30   이 세 시집들에서 자주 접하는 작은 새, 동식물은 다쓰지가 감정을 직접 자연의 풍물에 가탁했다는 견해가 있다. 그러한 시각을 보여주는 자료로는 다음을 들 수 있다.

　　　1. 竹中 郁(1936), 「最近二詩集」, 『四季』 第15号, pp.48-49.

　　　2. 安藤靖彦 編(1982), 『三好達治·立原道造』, 「鑑賞日本現代文学 19」, 角川書店, p.47 참조.

　　　3. 渋谷孝(1974), 「三好達治『南窓集』, 『閒花集』, 『山果集』 について」, 『秋田語文』 第4号, p.7 참조.

31   가미시바이(かみしばい)는 대사나 설명에 맞추어 순서대로 그림을 보게 하고 얘기

전구에 내 병상이 비치고 있다

「병상」 전문

灰白い雲の壁に 小鳥の群れが沈んでゆく ああ遠い
新緑の梢が搖れ 私の窓のカーテンが搖れる
所在ないひと時 紙芝居の太鼓も聞える
電球に私の病床が映ってゐる

「病床」[32] 全文

시에서는 병상에 있는 화자의 심리를 접할 수 있다. "작은 새들이 가라 앉는다", "신록의 우듬지가 흔들리고"에서 느껴지는 감정은 쓸쓸함이다. 구름, 작은 새와 신록의 우듬지, 창의 커튼, 북소리, 전구는 모두 병상을 향하고 있다. 그것은 병렬된 사물들이 모두 자신의 병상과 대비되는 활력을 담고 있다. 즉, 대조적인 이미지를 갖고 있는 것이다. 그만큼 심리적 현실은 외부의 사물들이 보여주는 싱싱함과 활력, 화려함과 같은 빛나는 어감과는 차이를 드러낸다. 『남창집』에 수록된 작품들은 요양 시기에 쓰였지만, 「병상」은 그 제목에서 느껴지는 것처럼, 병상에서 바라본 풍경과 대비되는 육체적, 정신적 상태를 대비시킨 수작으로 읽힌다.

「동박새」가 수록된 『산과집』이 나온 것은 「병상」이 실려 있는 『남창집』보다 3년 뒤의 일이다. 「동박새」에는 겉으로 드러나 있지는 않지만, 병

를 전개시키는 것으로, 아이들에게 적합한 연예(演藝)를 가리키는 말이다.

32   三好達治(1965), 앞의 책, p.148.

석의 체취가 느껴지는 공간이 감지된다. 의미의 단서는 4행의 벽시계에서 찾을 수 있다. 벽시계는 무정물(無情物)이다. 그러나 화자에게는 벽시계가 자신의 오랜 요양으로 무감각해진 계절의 변화와 추이를 지켜보는 존재다. 봄인지 여름인지 알 수 없는 화자에게 시계는 한 번 감는 태엽으로 그 수명이 다시 연장될 뿐 아니라, 겨울이 왔음을 느끼게도 한다. 그런 까닭에 화자는 동박새에게서 자신의 모습을 보는 것이다. 시의 분위기는 어둡다. 하지만 생명에 대한 사색과 발상의 특이함이 느껴진다. 태엽을 다시 감는 행위는 자기 삶에 대한 방관이 아니라 순응이고 적응이다. 과거를 차분하게 회상하면서 앞으로 살아가야 할 삶에 적응하려는 긍정적인 태도가 엿보인다.

「병상」에서 드러나는 삶을 향한 긍정적인 태도의 시상은 『남창집』에 수록된 「고요한 밤(静夜)」에서도 확인할 수 있다.

> 벽시계 똑딱똑딱 아아 시간의 제비들이
> 산을 넘는다 바다를 넘는다 어쩌면 저렇게 고요할까
> 숲 속에서 올빼미가 북을 친다 가까스로 요즘
> 나는 밤을 대할 수 있었다 벽을 바라보며 손을 바라보며
>
> 「고요한 밤」 전문

> 柱時計のチクタク ああ時間の燕らが
> 山を越える 海を越える 何という静けさだらう
> 森の中で 梟が鼓をうつ やっとこの日頃

私は夜に對し得た 壁を眺め 手を眺め

「靜夜」[33] 全文

이 작품에서 우선 눈에 띄는 것은 「동박새」와 마찬가지로 벽시계를 등장시키고 있다는 점이다. 그러나 여기에서 시계는 화자에게 상상의 공간적 확장, 그 도구가 된다. 화자는 시계 소리를 시간을 가로지르는 "제비"의 재빠른 모습으로 포착한다. 과거로 거슬러 오르는 화자의 내면은 "시간의 제비"가 산 넘고 바다 건너 날아가는 아득한 공간으로 향하고 있다. 그런 의미에서 시계 소리는 화자의 내면을 아득한 공간 너머로 향하게 하는 기능을 한다. 3행에서는 고요한 밤의 올빼미 울음소리를 북소리로 나타낸다. 제비와 올빼미는 화자의 시계 소리를 들으며 상상의 날개를 펼치는 비상과 독려의 존재다. 시각과 청각을 반영한다. 이러한 시간적, 공간적 비약과 함께 화자는 건강했던 과거로의 여행을 회상하다가 벽과 손을 바라보며 현재로 회귀한다. 그것을 "나는 밤을 대할 수 있었다 벽을 바라보며 손을 바라보며"(4행)라고 본다면, 벽과 자신의 손을 바라보는 것은 지금의 병약해진 자기 응시가 아닐까. 그래서 어둠 속에 놓인 자신을 "바라보며", "밤을 대할 수 있"는 것이다. 그것은 곧 다쓰지가 자신만의 언어 표현으로 과거를 회상하며 현재의 삶을 긍정하는 한편, 미래에 대한 희망도 포기하지 않고 있음을 보여준다.

이처럼 「동박새」, 「병상」, 「고요한 밤」에는 비록 시인 자신이 병마와 관련하여 과거와 추억을 살피며 그 슬픔을 드러내고는 있지만, 동시에 앞

---

33   三好達治(1965), 앞의 책, p.136.

으로 살아가야 할 삶에 적응하려는 긍정적인 시각도 내재되어 있었다. 이 점도 『측량선』과 마찬가지로 사행시집에서 찾아볼 수 있는 다쓰지의 시적 특성으로 거론할 만하다.

6. 소 결론

이 글은 다쓰지의 사행시집 『남창집』, 『한화집』, 『산과집』에 담긴 시 세계를 두 방향에서 살핀 것으로, 하나는, 이 시집들의 시 양식의 특질 및 시집들의 형성에 영향을 준 프랑시스 잠과 한시의 영향을 검토하는 것이었고, 또 하나는 시의 의미 구조 분석이었다.

먼저, 시 양식의 특질과 프랑스 시 및 한시의 영향을 살펴본 결과, 「성묘」, 「길 떠남」, 「레몬의 저자」에서 보았듯이, 세 시집의 바탕에는 다쓰지의 문학적 벗이었던 가지이 모토지로의 요절에 대한 슬픔이 내재 되어 있었다. 또한, 다쓰지는 음수율에서 일본 전통시가에서 자주 사용되어온 5음과 7음을 많이 구사한 작품과 함께 다수의 산문 자유시로 구성하여 이 시집들을 꾸렸다. 그런 의미에서 보면, 앞의 시집인 『측량선』에서 보여주었던 복잡하고 다양한 시적 실험이 지양되고 단순화되었다고 볼 수 있다. 비록 시 양식은 단순화되었지만, 다쓰지는 자신만의 사행시를 창작하여 독특한 시 세계를 개척하였다. 물론, 이들 사행시에는 유사한 환경에서 사행시를 썼던 프랑스 시인 프랑시스 잠의 영향과 더불어 「붕어」와 같은 시편에서 확인한 바, 한시 절구에 대한 시인의 관심도 시집의 중요한 뼈대를 이루고 있다는 것을 알 수 있었다.

다음으로, 시의 의미 구조를 분석한 결과, 「석류」, 「흑개미」, 「흙」, 「폭포」에서 느낄 수 있었던 것처럼, 다쓰지는 시의 서두에 동식물이나 미물의 평범한 일상이나 움직임을 제시한 뒤 남들이 생각하지 못하는 특유의 발상으로 공간의 우주적 확장, 시간의 소급 및 미래로의 비약을 통해 시적 국면을 전환시키는 천부적인 시적 자질을 발휘하였다. 나비와 개미, 종달새, 튤립 등의 미세한 움직임을 주시하여 범상치 않은 시인 특유의 기지와 연상을 작품에 담아냈다. 그러한 시각으로 읽은 작품이 「신호」, 「늦여름」, 「하늘 높이 날아오른 종달새」, 「튤립」이었다. 그리고 「동박새」, 「병상」, 「고요한 밤」을 통해, 아픈 과거를 포옹하며 현재의 삶을 긍정하고 동시에 미래에 대한 희망을 포기하지 않는 다쓰지만의 의지를 살필 수도 있었다. 다쓰지 전체 시업에서 보면, 이 시기에 쓰인 작품들은 주지시인으로서의 면모가 뚜렷하게 감지되는 양상을 보였다고 할 수 있다.

6장

존재와 시간의 사색

『초천리艸千里』,
『일점종一點鐘』
읽기

미요시 다쓰지(三好達治)는 긴 요양 생활을 마치고 가나가와켄(神奈川県) 오다하라시(小田原市)에서 태평양전쟁 말기까지 거주한다. 약 5년간이다. 이때 그는 자신의 다섯 번째 시집 『초천리(艸千里)』(사계사(四季社), 1939.7)와 여섯 번째 시집 『일점종(一點鐘)』(창원사(創元社), 1941.10)을 간행한다. 시력으로 보면, 문단에 나온 뒤 시인의 명망을 확고히 다지고 13년에서 15년이 지난 시점이었다. 그의 나이는 39세, 41세에 해당한다. 바깥으로 눈을 돌리면, 이때를 전후로 '중일전쟁(1937)'과 '태평양전쟁(1941)'이라는 전쟁의 시기와 겹친다.

이 무렵, 두 시집을 중심으로 전개된 다쓰지의 시 세계는 영탄을 주조(主調)로 하는 서정시의 성향을 보여준다. 이에 이 시인의 작품에 대한 주제론적 연구들의 대부분도 각 시집 속의 작품을 개별적으로 다루는 것들이 주류를 이룬다.[1] 즉, 지금까지 이들 두 시집을 한꺼번에 묶어 그 의미

---

1   그러한 평가를 보여주는 기존 평자들의 대표적인 사례는 다음의 것이 있다.

   1. 安藤靖彦 編(1982), 『三好達治·立原道造』, 「鑑賞日本現代文学 19」, 角川書店, pp.44-45.

   2. 伊藤信吉 外 4人(1969), 『現代の抒情 現代詩篇Ⅳ』, 「現代詩鑑賞講座 第10巻」, 角川書店, pp.61-77.

구조를 분석한 연구 사례를 찾아보기가 쉽지 않다는 것이다. 이 글은 이 점을 고려하여 『초천리』,『일점종』을 다쓰지의 중기 시업의 대표적 텍스트로 보고, 양 시집의 내재적 가치를 도출해내는 데 중점을 둔다.

그리하여, 이 글은 먼저 두 시집에 수록된 시의 양식적 특질을 살펴보는 데서 시작하여, '고원(高原)과 바다'에 나타난 '시의 공간과 의식'을 조명한 다음, 시의 중요한 제재이면서 제목으로도 나오는 '갈매기'를 통해 다쓰지만의 존재의식이 어떻게 조형되고 있는지 들여다본다. 또한, 다쓰지의 아들과 가정을 제재로 쓴 작품만을 별도로 인용하여 시에 나타난 '생명의 무한성과 시간의 사색'을 확인할 것이다.

다만, 이 시기의 다쓰지의 시적 성과에서 빼놓을 수 없는 것은 그가 한국을 노래한 작품을 다수 남기고 있다는 점인데, 이에 관련한 글은 원고의 양과 중요성을 고려하여 '9장 미요시 다쓰지 시(詩)와 한국'에서 별도로 다루기로 한다.

3. 田中克己(1939),「艸千里について」,『四季 9月号』第49号, pp.53-55.

4. 小川和佑(1976),『三好達治研究』, 教育出版センター, pp.54-57.

5. 饗庭孝南(1983),「三好達治—狂風者のうた」,『夢想の解説(近代詩人論)』, 美術公論社, pp.146-148.

6. 村上菊一郎 編(1959),『三好達治·草野心平』,「近代文学鑑賞講座 20」, 角川書店, p.66-68.

7. 分銅惇作(1975),「中也·靜雄·達治 その抒情の質」,『解釈と鑑賞』, 至文堂, pp.27-34.

8. 木村幸雄(1975),「言語感覚の厳しさ」,『解釈と鑑賞』, 至文堂, pp.86-91.

1. 시의 양식적 특질

다쓰지의 전체 시 세계에서 보면 시집 『초천리』와 『일점종』은 중기 시 세계를 대표한다. 우선 시집 제목에서 눈에 띄는 특징의 하나는 다쓰지의 한자 기호와 고전 취향의 반영이다. 왜 다쓰지가 자신의 시에서 한자를 애용했는지를 설명할만한 뚜렷한 근거는 보이지 않는다.[2] 『초천리(艸千里)』에서 '초(草)'를 '초(艸)'로 표기하는 방식은 단어 선택의 섬세함과 자신의 선별 감각을 드러내는 독특한 고전 취향을 일러준다. 또한 『일점종』에서 '점종(點鐘)'이란 말은 누각(漏刻) 즉, 물시계의 때를 알려주는 종을 가리키는 것이며, 일각(一刻)은 지금의 2시간에 해당하는데, 그것을 4분의 1로 나눈 것이 '일점'이다. 그때 울리는 종이 바로 '일점종'이다. 그러니까 '일점'이라는 말에는 청각과 시간 의식이 반영되어 있다고 볼 수 있다. 이처럼, 그다지 사용되지 않는 한자나 오래된 물건을 빌려와 시집의 제목으로 삼은 것은 언어에 대한 취향, 곧 한자를 선호하는 고전 취향과 함께 그자신만의 시간 의식을 반영한 어휘 선택이다.

2　이와 관련, 다쓰지와 중국 및 중국 문학과의 관련성을 찾고자 그의 연보를 보면, 중국을 여행했다는 기록은 보이지 않는다. 다만, 1937년 10월, 잡지 『개조(改造)』 및 『문예(文藝)』 두 잡지의 특파원으로 당시 중일전쟁의 전장지였던 상하이로 건너가 현지의 보도를 담당했다는 문장이 보인다. 그러나 이 전쟁에 파견된 특파원으로서의 체험을 바탕으로 시를 썼다거나 다른 장르의 글을 남겼다는 언급은 보이지 않는다. 다만, 학습을 통해서 중국 한시를 많이 접했을 것이다. 그 대표적 사례가 중국문학자인 요시카와 고지로(吉川幸次郞, 1904-1980)와 함께 1952년 암파서점(岩波書店)에서 출간한 『신당시선(新唐詩選)』이다.

그리고 두 시집에 수록된 시의 양식을 보면, 초기 시에서 보여준 '시적 실험'과 단절된다. 이 점은 주목할 만하다. 『측량선』에서 행했던 시 형식의 다채로운 실험, 『남창집』, 『한화집』, 『산과집』의 사행시 경향이 중기 시 세계에서는 자유시형으로 바뀌고 있기 때문이다. 즉, 다쓰지는 『초천리』를 기점으로 '영탄(詠歎)'의 세계를 펼쳐 보인다. 이것은 『일점종』에서도 마찬가지다. 이 같은 영탄의 시 세계는 초기 작품에서 함께 보여주었던 서정시인과 주지시인의 이미지에서 벗어나 서정시인의 면모가 짙어지고 있음을 의미한다. 초창기 시집에서 활용해온 프랑스어나 프랑스 시인의 영향을 보여주는 시들은 서서히 자취를 감추는 것이다.[3] 관심을 끄는 또 하나의 사실은, 그의 자유시형 선택이 장시 선호 현상으로 나타난다는 점이다. 물론 『측량선』에서도 시인은 실험 정신의 일환으로 산문시 성향의 장시를 많이 창작하기는 했으나, 그것은 구어체를 활용한 것이었다. 고어를 사용하지 않고 현대문으로 쓴 작품이라는 뜻이다. 그러나 중기 시 세계에서는 그때와는 달리 호흡이 긴, 문어시 및 자유시 형태 등의 시 창작 경향이 두드러진다. 특히 이 시기의 장시는 회상의 형식과 무관하지 않다. 신슈(信州)에서 요양하던 시절 사행시를 다작했다면, 건강을 회복한 뒤의 시인은 많은 장시를 창작하는 대조적인 면모를 보여준다. 장시 선호 경향은 더욱 의욕적인 시작 욕구에서 비롯된 새로운 현상으로 해석할 수

3　물론 그 후의 시집들, 특히 『화광(花筐)』에서는 사행시라는 틀을 빌려서 시를 쓴다. 하지만 그 내용 면에서 보면 프랑스 시풍을 반영하는 시와는 성격을 달리한다. 자신의 사랑을 형상화했다는 점에서 보면 확연한 서정시다. 그 후의 시집에서도 사행시를 선보이고는 있지만, 프랑스 시의 영향을 반영하는 모습은 자취를 감춘다. 『초천리』도 『일점종』도 프랑스풍 작품에서 크게 벗어나 있다.

있는 대목이다. 우선, 문어 운율체로 된 장시의 대표적인 작품의 예를 보자.

(…전략…) 하나뿐인 조국을 위해

하나뿐인 생명뿐 아니라

처도 아이도 가족도 버리고

전지에 나가신 병사의

징표뿐인 뼈만 돌아오셨노라 (…중략…)

「영혼을 고향의 산에 맞이한다」 일부

(前略) ふたつなき祖國のためと

ふたつなき命のみかは

妻も子もうからもすてて

いでまししかのつはものの

しるしばかりの おん骨はかへりたまひぬ (中略)

「おんたまを故山に迎ふ」[4] 一部

　　인용 부분은 문어 운율체(文語韻律体) 형식으로 된 7연 53행의 비교적
길이가 긴 작품에서 마지막 연(7연)에 해당한다. 1938년『문학계』9월호에
발표할 당시에는 「영혼을 고향 산의 가을바람 속에 맞이한다(靈魂を故山の
秋風裡に迎ふ)」라는 제목이었지만, 시집『초천리』에 수록할 때는 현재 전해
지는 「영혼을 고향의 산에 맞이한다(おんたまを故山に迎ふ)」로 바뀌었다.

4　　三好達治(1965),『三好達治全集』1, 筑摩書房, p.360.

주지하다시피 작품이 발표된 시기인 1938년 무렵은 중일전쟁이 치열하게 전개되던 시기였다. 이 작품이 쓰인 공간적, 시간적 배경은 가을바람이 부는 해변의 쓸쓸한 도시 오다하라시(小田原市)의 밤이다. 당시 전사한 일본군 장병의 유골들이 하얀 나무상자에 담겨 고향 마을에 오면 마을 사람들은 유족의 집까지 도열하여 유골을 맞이했다. 다쓰지는 종종 오다하라시에서 이러한 현장을 접하곤 했다.[5] 시 속에 등장하는 병사는 일본을 위해 싸운 이름 없는 병사들이다. 시인은 그러한 죽음들을 생각하며 시를 지었다. 이 시에는 그러한 시대적 배경이 내재되어 있다. 그때까지 다쓰지가 써 온 시들과는 다소 이질적인 성향의 작품이다.[6] 이 시는 이 시집의 성격과는 조금 다르다고 할 수 있지만, 시집의 시 양식의 특질과 당시의 일본 상황을 엿볼 수 있는 작품이라 인용했다.

다쓰지 중기 시의 양식적 특질에서 주목해야 할 점은 고어를 혼용하는 문어 사용이 『초천리』나 『일점종』에서 영탄의 수단으로 쓰인다는 것

5　伊藤信吉 外 4人(1969),『現代の抒情 現代詩篇IV』,「現代詩鑑賞講座」第10卷, 角川書店, p.48 참조.
　　한편, 한국의 시인 김광림은 이와 관련하여 다음과 같은 글을 남기고 있다. "그러나 그것은 거짓이었다. 흰 천으로 싼 상자를 감히 열어볼 엄두를 못 내는 데서 거짓이 이루어진 것이다. 시인 안자이 킹(安西均)은 동생의 유골상자를 열어본 것이다. 그 속에는 유골 대신 이름을 써 붙인 조잡한 목찰(木札)이 들어 있었다. 그것을 일부러 불안정하게 상자 밑바닥에 붙여서 달그락 소리가 나게 했다고 한다. 이 사실을 미요시가 알았더라면 과연 이런 시를 썼을까 싶다."(金光林(2001),「三好達治(미요시 다쓰지)의 서정성—일본 전통시가 새롭게 정립」,『日本現代詩人論』, 국학자료원, p.98 참조).
6　木原孝一(1965)는「戦争詩の断面」(『本の手帖』, 昭森社, pp.516-524)이라는 논문에서, "이 시는 넓은 의미에서 뛰어난 진혼가(鎮魂歌)"라고 평가하고 있다.

이다. 그러한 예의 대표적인 작품들을 들면, 『초천리』에서는 「구사센리하마(艸千里濱)」, 「잇꽃 한 송이(紅花一輪)」, 「새 눈(新雪)」, 「폐원(廢園)」, 「남쪽 바다(南の海)」 등이며, 『일점종』에서는 「어느 다리 위에서(ある橋上にて)」, 「물결(波)」, 「이미 갈매기는(既に鷗は)」, 「여름 풀(夏艸)」, 「이 아침(この朝)」 등이다. 문어 사용이 다쓰지 시에서 수행하는 역할과 관련하여 이시이 마사미쓰(石井昌光)의 다음의 글은 적확하게 읽힌다.

구어니 문어니 하는 것은 단순한 형식상의 문제지 본질적인 시 정신에는 영향이 없다는 사고가 일부에서는 행해지고 있다. 그러나 구어를 유일한 시어로서 그것을 훌륭하게 완성시킨 하기와라 사쿠타로(萩原朔太郎)도 만년의 시집 『빙도(氷島)』에서 문어를 전면적으로 사용한다. 그리고 시집의 자서(自序)에서 "분노와 증오와 쓸쓸함과 부정과 회의, 그 모든 격렬한 감정을 나타내기 위한 절규 그 이외에는 없었다"고 하면서, "이 절규를 나타내기에는 일상 구어는 왠지 부적합해서"라는 말도 덧붙인다. (…중략…) 순수하고 정열적인 감정을 표현하는 영탄, 그것을 소박하게 또한 직접적으로 나타내기 위해서는 구어보다도 문어가 적절했다고 생각한다.

『초천리』의 작품 「남쪽 바다」는 지적 처리를 느끼기보다는 인생에 대한 작자의 영탄의 정이 보다 강하게 느껴지는 것은 아닐까. (…중략…) 「잇꽃 한 송이」에서도 오히려 영탄의 정이 느껴진다고 말하는 편이 좋겠다.[7]

---

7   石井昌光(1956), 「現代に於ける風流の文学」, 『宮城学院女子大学』 研究論文集10,

인용문 전반부는 하기와라 사쿠타로의 시집 『빙도』에서 사용한 문어시에 관한 언급이고, 후반부는 다쓰지의 『초천리』의 문어시에 관한 서술이다. 이 글에서 지적한 것처럼, 문어 사용이 갖는 문제는 시적 효과와 그에 따른 시의 성격, 두 가지로 정리된다. 다쓰지 시에 사용된 문어체를 두고 말한다면, 두 가지 사실을 모두 생각할 수 있다. 하나는, 그가 의식적으로 회상이나 영탄의 시 창작을 위해 문어시를 사용했다는 것이고, 다른 하나는 『측량선』의 문어시와 『초천리』의 문어시, 양자 사이의 차이점을 어떻게 설명해야 할 것인가 하는 점이 의문으로 남는다는 것이다. 그러나 두 시집 간의 차이점은 『초천리』의 문어시는 『측량선』의 작품들처럼 실험적 기법과 의도를 보여주지 않는다는 사실이다. 『측량선』은 문어를 활용하면서도 새로운 시적 발상과 전통을 잘 조화시키고 있다고 보는 것이 타당하다.[8] 즉, 『측량선』의 문어시가 시적 실험에 더 많은 비중을 두고 있다는 문학사적 의의를 가진다면, 『초천리』와 『일점종』의 문어시는 보다 확실한 영역, 즉 회상과 영탄이 큰 줄기를 형성하고 있다는 뜻이다. 다쓰지 시의 회고적 취향에는 문어체가 사용된다는 주장[9]도 같은 맥락에서 이해해볼 수 있다.

그러나 중기를 대표하는 두 시집에서 구어체로 쓰인 시들도 영탄이라

---

pp.95-102 참조.

사쿠타로(朔太郎)의 문어 사용에 관한 언급은 小西甚一(1992), 『日本文藝史 V』, 講談社, p.705를 참고하기 바람.

8   石井昌光(1956), 앞의 논문 pp.96-102 참조.

9   ドナルド・キーン 著, 德岡孝夫 訳(1992), 『日本文学史 近代·現代篇 七』, 中央公論社, p.242 참조.

는 큰 흐름에서 벗어나 있지는 않다. 구어체 시들은 영탄적 요소와 함께 사상(事象)에 대한 보다 사색적이고 관찰자적인 입장을 보여준다. 보는 시각에 따라서는 두 시집의 구어체 시들이 시의 영역을 넓게 확보하려는 시인의 의도를 담은 결과로 볼 수도 있다. 이 글도 이런 점에 착안하여 시의 의미 구조를 분석할 것이다.

두 시집의 문어시와 구어시의 비중을 살펴보면, 『초천리』는 문어시 15편, 구어시 8편이며, 『일점종』은 문어시 22편, 구어시 13편이다. 이 두 시집을 합해 보면, 전체 58편에서 문어시는 37편이고 구어시는 21편이다. 문어시가 거의 배에 가깝다. 문어시가 압도적으로 많음에도 불구하고 두 시집은 시인의 '영탄과 사색' 그리고 '관찰'이라는 공통의 요소를 갖고 있다. 이렇게 보면, 문어체 혹은 구어체 시형 선택은 다쓰지의 시 창작 의도와 적지 않은 관계를 맺고 있다고 할 것이다. 이와 관련한 것은 다음 절에서 상론한다.

2. │ 시의 공간과 의식

두 시집에 실린 시의 대부분은 시적 표현방법의 하나인 영탄을 중심으로 시의 이미지를 풀어내는 양상을 보인다. 『초천리』를 대표하는 시 「구사센리하마(艸千里濱)」[10]도 그러한 예에 속하는 작품의 하나다.

---

10 '초천리'는 일본어로 읽으면 '구사센리'다. 번역상 시집 제목은 초천리로, 시는 지명

나 일찍이 이 지방을 여행했던 적 있노라

새벽녘의 이 산 위에 나 일찍이 섰던 적 있노라

히노쿠니(肥の国)의 오아소산(大阿蘇山)

들판에는 푸른 풀 무성하고

산꼭대기에 연기 나부끼는 산의 모습은

그 옛날과도 변함없고

둥그런 모습의 외륜산(外輪山)은

오늘 또한

추억의 남빛에 그늘져 있나니

꿈인 듯 꿈이 아닌 경치로구나

그렇긴 하지만

젊은 날의 나의 희망과

스무 해의 세월과 벗과

나를 두고서 어디메로 갔느뇨

그 옛날의 그리던 사람과

가는 봄의 이 흐린 날이여

나 혼자 나이 먹어

아득히 여행을 또 왔노라

을 살려 '구사센리하마'라고 하였다. 여기서 시의 제목이 된 '구사센리하마(艸千里濱)'는 아소산(阿蘇山) 중앙화구(中央火口)의 기시마아쿠(杵島岳)와 에보시아쿠(烏帽子岳)의 중간쯤에 펼쳐진 물결 모양의 고원지대를 가리키는 지명이다. 아소산은 일본의 규슈(九州) 중앙부, 구마모토현 아소지방(熊本県 阿蘇地方)에 위치하고 있다. 활화산이다.

미요시 다쓰지三好達治 시를 읽는다

지팡이에 의지해 사방을 바라보노니

히노쿠니의 오아소산

망아지 노니는 고원의 방목장

이름도 구슬픈 구사센리하마(艸千里濱)

「구사센리하마」 전문

われ嘗てこの國を旅せしことあり

昧爽^{あけがた}のこの山上に われ嘗て立ちしことあり

肥^ひの國の大阿蘇^{おほあそ}の山

裾野には靑艸しげり

尾上^{をのへ}には煙なびかふ 山の姿は

そのかみの日にもかはらず

環^{たまき}なす外輪山^{そとがきやま}は

今日もかも

思出の藍にかげろふ

うつつなき眺めなるかな

しかはあれ

若き日のわれの希望^{のぞみ}と

二十年^{はたとせ}の月日と 友と

われをおきていづちゆきけむ

そのかみの思はれ人と

ゆく春のこの曇り日や

われひとり齡かたむき

はるばると旅をまた來つ

杖により四方をし眺む

肥の國の大阿蘇の山

駒あそぶ高原_{たかはら}の牧_{まき}

名もかなし艸千里濱

「艸千里濱」[11] 全文

시에서 화자는 아소산의 빼어난 경관을 통해 그 옛날 자신이 품었던 꿈과 친구, 그리고 사랑하는 여인의 행방을 묻는다. 더불어, 홀로 여행길에 오른 현재의 자아를 살핀다. "새벽녘 이슬에 젖은 채, 직선 코스로 아소에 올라갔고, 직선 코스로 내려왔으며, 다음날도 또한 그것을 되풀이했다"[12]는 다쓰지의 얘기를 참고로 하면, 이곳은 소년 시절 그가 여행했던 곳 중 한 곳이었다. 1936년 9월, 잡지 『무라사키(むらさき)』에 발표한 작품이다.

소년이었던 그날로부터 20여 년의 세월은 흘렀지만, 그 옛날과 그다지 변하지 않은 경치는 화자에게 아쉬움과 쓸쓸함을 느끼게 하는 요소로 작용한다. 시의 여러 행에 걸쳐 나오는 서술적 어미에 눈길이 가는 것은 그 때문이다. '있노라(あり)', '경치로구나(眺めなるかな)', '갔느뇨(ゆきけむ)', '왔노라(来つ)' 등이 그것이다. 고전 문장의 문어시 어감이 전해진다. 그것은 곧 시의 영탄적 요소로 작용한다. 화자가 과거에 이미 여기에 와 본 적이 있다는 사실을 독백처럼 들려주는 도입부인, "나 일찍이 이 지방을 여

---

11   三好達治(1965), 앞의 책, p.341.

12   石原八束(1979), 『三好達治』, 筑摩書房, p.222 재인용.

행한 적이 있노라 / 새벽녘의 이 산 위에 일찍이 섰던 적 있노라"(1행, 2행)를 비롯하여, 다시 찾은 감회를 읊조리는 "그 옛날과도 변함없고"(6행)와 "꿈인 듯 꿈이 아닌 경치로구나"(10행)에 이르면, 영탄은 짙어져 과거와 현실의 교차에서 느껴지는 화자의 심경이 읽는 이에게 고스란히 전이된다. 그리하여 현재로 돌아온 화자가 "젊은 날의 나의 희망과 / 스무 해의 세월과 벗과 / 나를 두고서 어디 메로 갔느뇨"(12, 13, 14행) 하며 청년기와 단절된 현재의 자신에 대한 감상을 토로하는 대목에 이르면, 화자의 고독은 더 깊어지는 양상을 띤다. 아쉽고 불행했던 과거의 추억이 쉽게 가시지 않고 있다는 것을 유추해 볼 수 있다. 그러한 이미지는 시야에 들어온 경치를 노래하는, "사방을 바라보노니 / 히노쿠니의 오아소산 / 망아지 노니는 고원의 방목장"(19행, 20행, 21행)이라는 시의 말미까지 계속된다.

이처럼 『초천리』를 대표하는 이 시는 눈 앞에 펼쳐진 풍경을 묘사하며 지나간 옛날을 떠올리는 다쓰지 자신의 쓸쓸한 존재의식을 드러낸 작품이다. "넓게 펼쳐진 경치에 감회를 의탁(依託)"[13]한 전형적인 서정시다. 다음에 인용하는 글은 다쓰지의 시적 변화를 설명하는 문장이다.

당시 사행 단시의 세계에 빠져 있던 미요시(三好)가 하기와라 사쿠타로(萩原朔太郎)의 『향토망경시(鄕土望景詩)』를 본떠서, 그 격조를 스스로의 시업(詩業) 속에 획득함으로써 다시 장시를 계속 쓸 수 있었다.[14]

13　村上菊一郎 編(1959), 앞의 책, p.72.

14　石原八束(1979), 앞의 책, p.223.

지금까지의 프랑스 풍(風) 에스프리(esprit)의 경묘(輕妙)함이 약해지고, 일본의 전통시적 영탄의 시경(詩境)으로 기울어지는 성격을 나타내기 시작했다. (…중략…) 시적 기교의 원숙함과 함께, 시는 더욱더 평이해지고, 조금도 난해한 흔적을 남기지 않지만, 시인의 심경은 침통함을 더해, 때로는 실의의 울림마저 느끼게 한다. 시인이 젊을 때부터 품어 왔던 고독감은 더욱더 깊어지고, "고독한 고독한 너의 주거(住居)를 준비하라"고 중얼거리지만, 그와 함께 일체의 허식(虛飾)을 뿌리치고, 스스로의 소질에 가장 적절한 편안하고 결실이 풍부한 예술의 경지를 쌓고자 하는 심원(心願)이 느껴진다.[15]

두 개의 인용문을 종합해 보면 크게 두 가지로 요약할 수 있다. 하나는 시형상의 변화를 감지할 수 있다는 것이며, 또 하나는 시의 유형적 특질로 설명될 수 있는 시인의 존재에 대한 고독이 시어를 통해 나타나고 있다는 것이다. 전자는 이 시집보다 앞서 출간된 다쓰지의 사행시집에서 보여준 단조로운 사행 단시의 형태를 탈피하여, 자유시형으로 복귀했다는 것과 함께 문어체 시와 호흡이 길어지는 장시 경향의 시적 태도를 가리킨다. 후자는 이 시기에 접어들면서 『측량선』이나 사행시집과 같은 초기 시집에서 보여주었던 다쓰지 자신만의 고뇌와 고독이 더욱더 깊어지는 양상을 보인다는 뜻이다.

다쓰지 시에 대한 문어시와 구어시의 성격에 대해, "일반적으로 회고적인 시에는 문어시가, 관찰적인 혹은 사색적인 시에는 구어체가 사용되

---

15   伊藤信吉 外 4人(1969), 앞의 책, p.43.

고 있다"[16]는 지적과 관련지어 보면, 이 시도 그러한 일반적인 인식에서 크게 벗어나지 않는다. 창작 시기가 불혹으로 접어드는 나이임을 감안하면, 다쓰지의 존재에 대한 고독은 젊은 시절의 고독과는 또 다른 맥락을 갖는다. 즉, 『측량선』이나 사행시집에서 보였던 존재에 대한 고독이 유·소년기나 청년기를 살아오면서 경험했던 가난과 병으로 인한 것이 주조를 이룬다면, 이 무렵에 이르러서는, 지나간 시절을 회상하는 형태를 취한다는 것이다. 과거보다 별로 나아진 것이 없는 자신의 현실적 존재에 대한 고독이 주된 목소리다.

이미 독자들은 『측량선』과 『남창집』[17]에 수록된 일련의 작품을 통해 다쓰지의 존재에 대한 고독을 읽었던 터라, 현실의 자아를 감싸고 있는 고독 혹은 상실감이 그리 낯설지 않을지도 모른다. 그러나 다쓰지가 자신

---

16 ドナルド·キーン 著, 德岡孝夫 訳(1992), 앞의 책, p.242.

17 '5장 사행시집과 시 세계의 확장—『남창집(南窓集)』, 『한화집(閑花集)』, 『산과집(山果集)』 읽기'에서 그와 관련한 시편들을 살펴보았지만, 『남창집』에 실린 「까마귀」라는 작품에서도 다쓰지의 불안한 심리가 읽혀 인용한다. 작품의 전문은 다음과 같다. "조용한 마을 길에 대나무 홈통이 가로로 걸쳐 있다 / 거기에 까마귀가 한 마리 앉아 나뭇잎 사이로 비치는 햇빛 속에 / 하늘을 우러르고 땅을 바라보며 내가 그 아래로 지나갈 때 / 어떤 미묘한 균형 위에 날개를 움츠리고 천평칭(天平秤)처럼 흔들리고 있었다"(「까마귀」 전문).
静かな村の街道を 筧が横に越えてゐる / それに一羽の鴉がとまって 木洩れ陽の中に / 空を仰ぎ 地を眺め 私がその下を通るとき / ある微妙な均衡の上に 翼を戢めて秤のやうに揺れてゐた(「鴉」 全文, 三好達治(1965), 『三好達治全集1』, 筑摩書房, p.135).
이 시의 마지막 행을 주목하면, 앞의 행에서 묘사된 안정된 균형이 무너지는 듯하다. 이 미묘한 균형은 까마귀가 날개를 움츠리면서 그 불안감이 더해지는데, 그래서 이 불안한 까마귀 역시 시인 다쓰지의 모습과도 상당 부분 거리를 좁힌 듯한 인상을 준다.

을 감싸고 있는 고독을 자신에게 맞는 예술 형태로 창작해 간다는 점에서 시적 깊이는 확보된다. 다시 말해서, 시인은 이 작품을 통해 '문어시'와 '장시', '영탄'이라는 삼자(三者)를 바탕으로 끝없이 펼쳐지는 듯한 자신의 고독을 조화롭게 형상화해 냈다는 뜻이다.

한편, 물결 모양의 고원을 배경으로 했던 「구사센리하마」에 그려진 시적 이미지는 다음의 작품에서도 비슷한 양상을 보인다.

난바다에는 언제나
잿빛 갈매기의 무리와
하얗게 부서지는 벼 이삭(穗) 모양의 물머리

도리와
내 근심이
끊어지는 날이 없는 것도

「파도」 전문

沖にはいつも
灰色の鷗の群れと
白くくづれる波の穗がしら

ことわりや
われがうれひの

미요시 다쓰지三好達治 시를 읽는다

絶ゆる日なきも

「波」¹⁸ 全文

어젯밤 내내
부드럽고 달콤한 죽음의 노래를
부르고 있던 바다

그러나 여기에 남겨진
오늘 아침의
이들 조가비

「조가비」 전문

昨夜ひと夜
やさしくあまい死の歌を
うたつてゐた海

しかしてここに殘されし
今朝の砂上の
これら貝殻

「貝殻」¹⁹ 全文

---

18 三好達治(1965), 앞의 책, p.391.
19 三好達治(1965), 앞의 책, p.391.

이미 갈매기는 멀리 어딘가로 날아갔다

어제의 내 시처럼

날개 있는 것은 행복한……

나중에는 바다가 남겨졌다

오늘의 내 마음처럼

무언가 불평을 중얼거리고 있다……

「이미 갈매기는」 전문

既に鷗は遠くどこかへ飛び去つた

昨日の私の詩のやうに

翼あるものはさいはひな……

あとには海がのこされた

今日の私の心のやうに

何かぶつくさ呟いてゐる……

「既に鷗は」[20] 全文

　세 편의 인용 시는 1941년 『부인공론(婦人公論)』 6월호에 「바다 3장(海三章)」으로 발표한 작품들이다. 다쓰지의 전집에는 『일점종』의 「바다 6장(海六章)」에 실려 있다. 여섯 편 중의 3편이다. '파도'와 '갈매기' 그리고

20　三好達治(1965), 앞의 책, p.392.

'조가비'를 통해 화자의 심경이 전달되는 느낌이다. 그것은 곧, 과거의 추억이나 회상을 바탕으로 현재의 자아를 살피는 과정에서 나타나는 존재에 대한 고독이나 상실감의 토로다. 이들에 공통적으로 내장된 시인의 슬픔이 여전히 유효하다는 것을 의미한다.

먼저, 「파도(波)」를 보자. 시에 등장하는 난바다에는 언제나 갈매기와 하얀 벼 이삭 모양의 물머리가 존재한다. 그래서인지 이들 존재의 의미를, 끊이지 않는 자신의 슬픔과 연계시킨 "내 근심이 / 끊어지는 날이 없는 것도"(2연 2행, 3행)라는 표현에 눈길이 간다. 이 과정에서 하얗게 부서지는 파도의 물거품을 "벼 이삭(穗) 모양의 물머리"(1연 3행)로 표현해내는 시인의 시적 자질이 부상한다. '수(穗)'는 벼 이삭을 나타내는 글자다. 파도의 물거품을 벼 이삭 모양에 비유하는 시인의 상상력은 바다와 육지의 의미를 조합시킨 것이다. 그 벼 이삭이 언젠가는 성장하여 우리들에게 양식으로 전해질 날이 오겠지만, 시인에게 있어 그 물거품은 쉴 새 없이 육지 쪽으로 몰려오는 슬픔을 품은 것이다. 이러한 파도를 끊임없이 생산해내는 바다는 결국 죽음의 노래를 부르는 곳으로 인식되기에 이르러, 「조가비(貝殼)」에서는 「파도」에서 그려진 슬픔의 이미지보다 좀 더 심화된 형태를 내장한 '조가비'로 나타난다. 즉, 바다에서 파도 소리를 하룻밤 내내 들은 조가비가 다음 날 아침, 모래 위에 슬픔의 노래를 저장한 형태로 나타나는 것이다.

「바다 3장」에서의 바다는 슬픈 노래를 생산하는 기능을 담당한다. 「이미 갈매기는(既に鴎は)」에도 바다는 슬프게 남게 된 존재로 인식된다. 화자는 날아가 버린 갈매기의 존재를 과거의 것으로 회상한다. 갈매기에게 날개가 있었던 시절을 행복했던 날로 떠올리고 싶어 하는 화자는 갈매기

가 떠난 후의 바다 이미지를 자신의 마음처럼 "불평을 중얼거리고 있"(6행)는 존재로 받아들인다. 과거의 추억에 대한 상실감과 현재 모습에 대한 불안이 공존하지만, 동시에 시인의 현실 탈출에 대한 의지를 살필 수 있다. 시인에게 주어진 현실은 홀로 남게 된 바다에 유심한 언어들을 부여하는 서정시 본령의 모습으로 형상화되고 있는 것이다.

이 세 작품에는 시인 다쓰지의 심경이 '파도'와 '갈매기' 그리고 '조가비'의 이미지와 연계되고 있다. 또한, 그 과정에서 이들을 생산하는 원천으로서의 바다는 시인 자신과 아무런 관계가 없는 존재가 아니라, 자신의 우수가 담긴 기능을 하고 있다.

이처럼 다쓰지는 「구사센리하마」에서 눈 앞에 펼쳐진 고원의 풍경에 쓸쓸한 자신의 존재의식을 드러낸 것처럼, 「바다 3장」에서도 홀로 남겨진 자신의 혼이 여전히 고독과 상실감에서 벗어나지 못하고 있다는 자의식(自意識)을 바다라는 공간에 토로하고 있었다.

3. │ '갈매기'와 존재의식

이 무렵 쓰인 다쓰지 시의 이미지는 「바다 3장」 외에 '갈매기'를 제목으로 하는 다른 작품이나 '갈매기'를 제재로 하는 시를 통해 좀 더 명확성을 띠고 나타난다. 『일점종』의 「갈매기(鷗どり)」를 읽어보자.

아아 저 열풍(烈風)이 휘몰아치는

모래언덕의 하늘에 나는 갈매기

먼 바닷가를 건너는 배도 없는 쓸쓸한 해변의

이 모래언덕에 날고 있는 갈매기

(일찍이 나도 그들과 같은 존재였다)

검은 파도가 일어났다 누웠다 하는

아아 이 슬픈 지방의 끝

계절보다 이른 열풍에 밀리고 밀려

무엇을 찾고자 날아가는 갈매기

(일찍이 나도 그들과 같은 존재였다)

파도는 모래언덕을 뒤흔들고

무수히도 아득히 물보라를 치더니 그 울려 퍼지는 소리도

이윽고 덧없이 사라져간다

이른 봄날에 우는 갈매기

(일찍이 나도 그들과 같은 존재였다)

아아 이 슬픈 바다를 희롱하며

짧은 목소리로 우는 갈매기

목소리는 순식간에 열풍에 빼앗기지만

또 이 해변에 간간이 사람의 이름을 부르는 갈매기

(일찍이 나도 그들과 같은 존재였다)

「갈매기」 전문

ああかの烈風のふきすさぶ

砂丘の空にとぶ鷗

沖べをわたる船もないさみしい浦の

この砂濱にとぶ鷗

(かつて私も彼らのやうなものであつた)

かぐろい波の起き伏しする

ああこのさみしい國のはて

季節にはやい烈風にもまれもまれて

何をもとめてとぶ鷗

(かつて私も彼らのやうなものであつた)

波は砂丘をゆるがして

あまたたび彼方にあがる潮煙り その轟きも

やがてむなしく消えてゆく

春まだき日をなく鷗

(かつて私も彼らのやうなものであつた)

ああこのさみしい海をもてあそび

短い聲でなく鷗

聲はたちまち烈風にとられてゆけど

なほこの浦にたえだえに人の名を呼ぶ鷗どり

(かつて私も彼らのやうなものであつた)

「鷗どり」[21] 全文

1941년『개조(改造)』4월호에 발표된 이 작품에서 우선 눈에 띄는 외형상 특징은 괄호 속에 똑같이 열거된 "일찍이 나도 그들과 같은 존재였다"의 반복이다. 또한 영탄의 의미로 다가오는 반복적 수법은 시의 중심 이미지와 연결되어 있다. '열풍'은 세차게 부는 바람이다. 갈매기는 이러한 열풍이 일고 있는 쓸쓸한 해변의 하늘을 날고 있는 약한 존재에 지나지 않지만, 희망이 있는 곳을 향해 날아가려는 의지를 갖고 있다. 물론 그 의지는 결국에는 열풍에 제 고유의 모습을 상실하지만, 나름대로 희망의 끈을 놓지 않으려는 심경이 전해진다. "열풍에 밀리고 밀려 / 무엇을 찾고자 날아가는 갈매기"(2연의 3행, 4행)와 "목소리는 순식간에 열풍에 빼앗기지만 / 또 이 해변에 간간이 사람의 이름을 부르는 갈매기"(4연 3행, 4행)는 구체적으로 갈매기의 의지를 보여주는 표현들이다. "사람의 이름"(4연 4행)은 구체적인 사람의 이름일 수도 있고 그렇지 않을 수도 있다.[22] 그러나 여기에는 분명 지난날의 추억이나 의미를 되새기려는 뜻이 내재해 있다.

만약 그렇다고 한다면, 시인은 지나간 시간 속에 존재했던 자신의 모습을 드러내기 위하여 갈매기를 차용했다고 할 수 있다. 이는 「이미 갈매기는」에 나타난 '갈매기'와 의미상 유사하다. 즉, 지나간 시절에 대한 상실감은 여전하다는 것이다. 그러나 「이미 갈매기는」에서 표현되었던 '갈

21   三好達治(1965), 앞의 책, p.394.

22   伊藤信吉 外 3人 編(1975),『三好達治 日本の詩歌22』, 中央公論社, p.188 참조.

매기'보다는 희망적인 존재로 그려진다는 점은 분명하다. 다만, 공통적으로 지나간 시절을 회고하면서 현재의 자아를 살피는 시인의 사색이 그리 밝지 못하다는 유추는 가능하다고 본다. 이러한 유추는 또 한 편의 동일한 제목의 시 「갈매기(鷗どり)」에서도 마찬가지다.

먼 날
10년 너무나도 먼 날에
나는 무엇을 잃었는가
그리운 이즈(伊豆)의 해변에
갈매기 떠돈다
보고 있으면서 바로 지금도 깨닫지 못하는
나는 무엇을 잃었는가

「갈매기」 전문

遠き日
十とせあまり遠き日に
われはも何をうしなひし
なつかしき伊豆の浜べに
鴎どりうかびただよふ
見つつゐて今しさとりぬ
われはも何をうしなひし

「鷗どり」[23] 全文

『초천리』에 수록된 것으로, 1938년 『문예(文藝)』 8월호에 발표한 이 작

품 역시 영탄의 의미가 강하다. "나는 무엇을 잃었는가"(3행, 7행)의 반복은, 이 시도 영탄과 회고를 바탕으로 하는 두 시집의 공통된 성격에서 크게 벗어나지 않는다는 것을 보여준다. 이즈(伊豆)의 해변에서 갈매기가 떠돌고 있는 모습을 보면서, 화자에게서 느껴지는 지배적인 분위기는 상실감이다. 지나간 날을 추억하며 지금의 모습을 돌아보고 있는 다쓰지는 자신의 존재를 사색하면서, 적지 않은 상실감을 감추지 않는다. "10년 너무나도 먼 날에"(2행)를 통해서 우리는 『일점종』 출간의 시점에서 10여 년전에 펴낸 『측량선』의 「봄의 곶(春の岬)」에서 읽었던 '갈매기'의 이미지와 적잖이 닮았다는 것을 느끼게 된다.

> 봄의 곶 여행 끝난 갈매기
> 떠 있으면서 아득히 멀어졌구나
>
> 「봄의 곶」 전문

> 春の岬　旅のをはりの鷗どり
> 浮きつつ遠くなりにけるかも
>
> 「春の岬」[24] 全文

이 작품은 시인의 친구인 가지이 모토지로(梶井基次郎)가 이즈의 유가시마(湯ヶ島)에서 결핵으로 요양을 하고 있었을 때, 그곳에 문병을 가서 지은 것이다. 1927년의 일이다. 이 시를 통해 다쓰지는 자신에게 펼쳐질

24　三好達治(1965), 앞의 책, p.7.

앞으로의 인생이 갈매기처럼 떠돌아다닐 것이라는 예견[25]을 하고 있지만, 이후, 앞의 『초천리』 수록 「갈매기」를 통해서 또다시 10년 전과 똑같은 장소로 추정되는 이즈의 해변에서 여전히 떠도는 갈매기를 응시하고 있다. 현재의 자아에게서 감지되는 상실감을 갈매기에 의탁하고 있는 것으로 보아 다쓰지에게 갈매기는 자신의 모습을 나타내고자 차용한 조류라는 것을 알 수 있다.[26] 따뜻해지지 않은 시의 체온은 『측량선』 때나 『초천리』 때나 그리 변화가 없어 보인다. "「봄의 곶」에 등장하는 갈매기라는 새에 대한 시인 다쓰지의 가탁(假託)은, 그 후의 여러 '갈매기' 시에서도 종종 엿볼 수 있다"[27]는 지적도 같은 관점을 반영한다.

이렇게 본다면, 다쓰지는 자신의 중기 시들에 나타난 대표적 조류인 '갈매기'의 형상을 통해 현재를 살아가는 자신의 우수와 슬픔을 드러냈으며, 동시에 현실 탈출의 의지도 갖고 있었다. 또한 『초천리』와 『일점종』의 여러 작품은 분명 영탄과 회상이라는 시적 표현방법을 사용하고는 있지만, 시의 공간적 배경이 된 '고원'이나 '바다'는 모두 그 이미지 면에서 시인 자신의 쓸쓸하고 슬픈 고독이 감지되는 장소였다.

---

25 分銅惇作·吉田凞生編(1978), 『現代詩物語』, 有斐閣, p.100.

26 『일점종』의 「잿빛 갈매기(灰色の鷗)」에서도 "저 잿빛 갈매기들도 / 우리들과 다른 동료가 아니다"(かの灰色の鷗らも / 我らと異なる仲間ではない, 三好達治(1965), 앞의 책, p.427)는 구절이 두 연(전체 12연에서 2연과 12연)에 걸쳐 등장한다. 이 작품은 "어떤 하나의 운명에 대해서"라는 부제를 달고 있는데, 갈매기를 닮은 시인 자신의 운명을 읊조리는 듯하다.

27 饗庭孝男(1983), 「三好達治─狂風者のうた」, 『夢想の解說(近代詩人論)』, 美術公論社, p.147.

4. 생명의 무한성과 시간의 사색

『초천리』와 『일점종』에는 현실 세계로 돌아온 다쓰지의 생활인으로서의 면모를 느낄 수 있는 작품을 접할 수 있어 색다르게 읽힌다. 이러한 성격의 시는 시인 전체의 작품에서 보면 드물다는 점에서도 관심을 불러일으킨다. 먼저 「눈물(淚)」을 인용한다.

그 어느 아침 하나의 꽃의 화심(花心)에서
어젯밤 비가 넘쳐흐를 만큼

작은 것
작은 것이여

네 눈에서 네 속눈썹 사이에서
이 아침 네 작은 슬픔에서

아버지의 손에
넘쳐 떨어진다

지금 이 아버지의 손위에 잠깐 동안 따뜻한
아아 이것은 무엇인가

그것은 아버지의 손을 적시고
그것은 아버지의 마음을 적신다

그것은 먼 나라로부터의
그것은 먼 바다로부터의

그것은 이 애틋한 아버지의 그 아버지의
그 또 아버지의 환영(幻影)의 고향으로부터의

새 노래와 꽃향기와 파란 하늘과
아득히 이어진 산천과의

―바람의 편지
그리운 계절의 편지

이 아침 이 아버지 손에
새로이 전해진 소식

「눈물」전문

とある朝 一つの花の花心から
昨夜の雨がこぼれるほど

小さきもの

小さきものよ

お前の眼から お前の睫毛の間から
この朝 お前の小さな悲しみから

父の手に
こぼれて落ちる

今この父の手の上に しばしの間温かい
ああこれは これは何か

それは父の手を濡らし
それは父の心を濡らす

それは遠い國からの
それは遠い海からの

それはこのあはれな父の その父の
そのまた父の まぼろしの故郷からの

鳥の歌と 花の匂ひと 青空と
はるかにつづいた山川との

一風のたより

なつかしい季節のたより

この朝 この父の手に

新らしくとどいた消息

「涙」²⁸ 全文

『초천리』에 실린 이 시는 1936년 9월, 잡지 『중앙공론(中央公論)』에 발표한 것이다. 만 2살도 되지 않은 어린 아들[29]의 눈물을 바라보며 자신의 감회를 담아냈다. 무엇보다 화자의 손에 떨어진 어린 아들의 눈물을 통해 생명의 무한성을 생각하는 사색의 깊이가 범상치 않아 보인다. 여기에 대구(對句)의 표현과 어구의 반복은 시의 내재적 깊이와 어울려 이 작품이 수작이라는 평가에 기여한다.

왜 이 시가 이채롭게 다가오는 걸까. 그것은 그동안 그가 작품에 제재로 사용했던 어머니나 할머니[30] 대신에 아들을 등장시켰기 때문이다. 다쓰지의 작품에서는 매우 특이한 제재에 속한다. 불우했던 어린 시절과 많은 쓰라린 경험을 겪으며 청춘기를 보내야 했던 그에게 아들의 눈물은 남다른 감회를 불러일으킨다. 거기에다 자신이 사랑했던 여인 하기와라 아이(萩原あい)와의 사랑에 실패한 채 사토 치에코(佐藤智惠子)와 결혼했던

---

28 三好達治(1965), 앞의 책, p.336.

29 연보를 보면, 1934년 12월 장남 다쓰오(達夫)가 출생한다고 되어 있다.

30 다쓰지가 어머니나 할머니를 제재로 해서 쓴 작품은 「할머니(祖母)」(『측량선 습유』에 수록), 「유모차(乳母車)」(이하 『측량선』 수록), 「메아리(砑)」, 「향수」 등을 들 수 있다.

행로를 감안하면, '눈물'에는 시인의 복합적인 심경이 담겨 있다. 시는 전체 11연에서 직접적으로 아들의 눈물을 묘사하는 데 중점이 주어지는 전반부(1연에서 5연까지)와 아들의 눈물을 통해 펼쳐지는 화자의 상상력이 돋보이는 후반부(7연에서 11연)로 나누어 볼 수 있다.

우선 아들의 눈에서 흐르는 눈물의 의미를, "그 어느 아침의 하나의 꽃의 화심(花心)에서 / 어젯밤 비가 넘쳐흐를 만큼"(1연)이라는 비유로 나타낸 것에 주목해 보자. 이것은 눈물을 단순히 투명한 액체로 보는 것이 아니라, 생명력의 발원으로 본다는 점에서 의미의 깊이를 얻는다. 꽃에 있어서의 비(수분)는 생명을 지탱해 주는 중요한 요소의 하나다. 비가 꽃의 성장을 돕듯이, 화자는 천진난만한 아들의 눈물을 인간 생명의 중요한 원천과 연관 짓고 있는 것이다. 이는 사물을 응시하는 시인의 태도를 말해준다. '속눈썹 사이에서 떨어진' 한 방울의 눈물은 화자의 눈에 보이는 것이다. 그러한 가시적인 것에 대한 서술은, "아버지의 손을 적시고"(6연 1행)까지 이어지다가, "아버지의 마음을 적신다"(6연 2행)에서부터는 비가시적인 것으로 서술이 바뀐다. 즉, 6연은 가시적인 것과 비가시적인 것의 공존을 통해 앞에서의 서술과 뒤의 7연부터의 서술을 나누는 경계를 이룬다. 시적 구성에 대한 시인의 섬세한 배려가 읽힌다.

"아버지의 마음을 적신" 직접적인 계기는 아들의 눈물이었다. 하지만 화자는 자신의 상상 세계를 통해 "아버지의 마음을 적신" 것에 대한 구체적인 열거를 하면서, 이 시의 또 다른 깊이를 보여준다. 자연의 세계로부터는 고향의 "새 노래와 꽃향기와 파란 하늘과 / 아득히 이어진 산천"(9연)을 떠올렸으며, 자신의 혈족으로부터는 "아버지의 그 아버지의 / 그 또 아버지"(8연)를 서슴없이 불러내는 심원한 깊이를 보여주기에 이른다. 이

는 아들의 눈물을 통해 혈연의 유대감을 표현하고자 한 의지의 원천이다. 곧, 부계의 아득한 존재로 이어지는 연속성을 도출해낸 것이다. 이러한 혈연의 유대감을 통한 연속성은 고향으로 향하는 그리움과 맞물려 있기에 단순한 연속성보다는 좀 더 깊은 울림이 있다. 그래서 천진난만한 존재의 눈물에서 마음이 움직이는 아버지의 심정이 다시 먼 조상으로부터의 "그리운 계절의 편지"(10연)이며 "새로이 전해진 소식"(11연)으로 그 느낌이 확장될 수 있는 것이다. 또한, 아들의 눈물이 '고향'으로 연계되기까지 개입되는 상상력을 '고향의 새 노래와 꽃향기 그리고 파란 하늘, 아득히 이어지는 산천'과 같은 시어들에게 맡기고 있다는 점도 중요한 시적 자질로 평가될 수 있다. 그가 지닌 시적 상상력의 바탕에 공감각적 표현(청각(새 노래), 후각(꽃향기), 시각(파란 하늘))이 어우러져 감동이 더해진 것이다. "영원한 시간의 흐름, 생명의 지속을 직감하는 작자의 지성과 모노노아와레(もののあわれ)[31]가 향수처럼 느껴지는 수작"[32]이다.

「눈물」에서 보여준 어린 아들의 눈물과, 이를 통해 보여준 생명에 대한 희구 혹은 혈연의 유대감은 「가정(家庭)」이라는 작품에서는 보다 현실적인 삶의 한 단면으로 전환된다.

---

31 모노노아와레(もののあはれ, 物の哀れ)는 헤이안시대(平安時代) 왕조문학을 이해하는 중요한 문학적·미적 이념의 하나다. 만지고, 보고, 듣는 것마다 촉발되어 생겨나는 절실하게 느껴지는 정취나 무상관적 애상(無常觀的 哀愁)이다. 고뇌에 찬 왕조 여성의 마음에서 생겨난 생활 이상이고, 미적 이념이다. 일본문화에 있어서의 미의식, 가치관에 영향을 준 사상이다(출전: フリー百科事典,『ウィキペディア(Wikipedia)』).

32 伊藤信吉 外 3人 編(1975), 같은 책, p.152.

아들이 학교에 가기 때문에

아버지는 매일 시를 썼다

시는 모자나 초등학생용 배낭이나

교과서나 크레용이나

작은 박쥐우산이 되었다

4월 1일

벚꽃이 피는 도시를

아들은 어머니에 이끌려

오래된 성안에 있는

초등학교 제1학년의

입학식에 갔다

조용해진 집안에서

아버지는 나이 먹은 가정부와 둘이

오랜만에 듣는 것처럼

직박구리가 우는 것을 듣고 있었다

바다가 울음 우는 것을 듣고 있었다

「가정」 전문

息子が學校へ上るので

親父は毎日詩を書いた

詩は帽子やランドセルや

教科書やクレイヨンや

小さな蝙蝠傘になつた

四月一日

櫻の花の咲く町を

息子は母親につれられて

古いお城の中にある

國民學校第一年の

入學式に出かけていつた

靜かになつた家の中で

親父は年とつた女中と二人

久しぶりできくやうに

<ruby>鵯<rt>ひよ</rt></ruby>どりのなくのをきいてゐた

海の鳴るのをきいてゐた

「家庭」[33] 全文

『일점종』에 수록된 것으로, 초등학교에 입학할 만큼 성장한 아들이 시의 중요한 제재다. 두 살도 채 되지 않은 아들이 학교에 갈 만큼 성장한 것이다. 5년 정도의 시간적 경과가 읽힌다. 여기에는 아들과 함께 자신이 살아가는 가정의 일상이 솔직 담백하게 어우러져 있다. 즉, 앞의 시 「눈물」에 화자의 상상력이 가미되어 있었다면, 「가정」에는 좀 더 명료하게 일상인의 면모를 보여준다.

관심이 가는 시어들도 대부분 아들과 관계있는 물건이다. 아들의 입학(4월 1일)에 필요한 "모자", "초등학생용 배낭", "교과서", "크레용", "작은

---

33 三好達治(1965), 앞의 책, p.415.

박쥐우산"과 같은 구체적인 사물이 시어로 채택되고 있다. 흥미로운 것은 화자의 시가 아들의 물건이 된다는 표현이다. 아버지가 시를 쓰는 결과물로써 아들의 학용품이나 물건이 된다는 것이야말로 가장 현실적이고 일상적인 삶의 표현이다. 즉, 아버지의 원고료가 아들의 일용품과 문구가 된다는 것은 전업시인으로서의 일상을 보여주려는 의도로 파악된다. "아버지는 매일 시를 썼"(2행)고, "나이 먹은 가정부"(13행)도 있다. 전업 시인의 일상은 그리 어둡지 않다. 아들과 아내를 학교에 보내고 난 뒤 "나이 먹은 가정부와 직박구리 우는 소리를 듣고 있"(15행)는 것은 한가로운 일상을 영위하던 화자의 섬세한 감수성이 자연으로 향하고 있음을 나타내는 대목이다. 이를 두고 "삶에 대한 측은지심"[34]으로 보는 시각은 아마도 새의 울음소리나 바다의 울음소리에 연유할 것이다. 바다가 울음 우는 소리도 직박구리 소리도 매일 시를 쓰는 전업 시인에게는 잠시 자신의 일에서 해방된 느낌을 준다. 이러한 표현은 삶의 여유로 보아도 무방하다. '가정부'를 둘 만큼 경제적 여유가 생겼다는 뜻으로 읽히기도 한다. 전체적으로는 우울한 일상적 표현을 배제한 채, 고른 톤을 유지하면서 신변의 이야기를 재미있게 진술했다는 점에서 다쓰지 시에서는 그리 흔하지 않은 사례다.

「눈물」과 「가정」 두 작품과는 조금 성격을 달리하는 시 「일점종 이점종(一點鐘二點鐘)」에서도 자신의 가족과 가정을 묘사하고 있는 곳이 발견된다.

---

34   饗庭孝南(1983), 앞의 책, p.158.

조용했다

조용한 밤이었다

때때로 갑작스레 바람이 불었다

그 바람은 그대로 먼 곳으로 불며 지나갔다

한두 순간 지나고 더 조용해졌다

그렇게 밤이 깊었다

그런 작은 회오리바람도 그 후 골짜기를 달리지 않는다…

한 시를 쳤다

두 시를 쳤다

한 세기의 반을 살아온 얼굴빛이 노란 노인의 저 오래된 벽시계

벽시계의 한밤중의 노래

산 밑 겨울의 여관의

아아 저 일점종

이점종

그 노랫소리가

내 귀에 되살아난다

그 울적한 노랫소리가

나를 부른다

나를 초대한다

뜰의 햇빛에 멍석을 깔고
아내는 아이와 놀고 있다
풍차가 돌아가는 풍차 오두막집
―장난감인 밀가루 가게 창구에서
모래 빵가루가 흘러나온다
빵가루인 모래 한 숟가락을
밀가루 가게에 떨어뜨린다

빙글빙글 돌아라 풍차…
빙글빙글 돌아라 풍차…

탁상의 백합 화심(花心)은
촉촉이 땀에 젖어 있다
나는 그것을 들여다본다
그리고 나는 내 귀의 환청에
지나간 먼 계절의
조용한 밤을 듣고 있다
듣고 있다
아아 저 일점종
이점종

「일점종 이점종」 전문

静かだつた

静かな夜だつた

時折りにはかに風が吹いた

その風は そのまま遠くへ吹きすぎた

一二瞬の後 いつそう静かになつた

さうして夜が更けた

そんな小さな旋じ風も その後谿間を走らない…

一時が鳴つた

二時が鳴つた

一世紀の半ばを生きた 顔の黄ばんだ老人の あの古い柱時計

柱時計の夜半の歌

山の根の冬の旅籠の

噫あの一點鐘

二點鐘

その歌聲が

私の耳に蘇生る

そのもの憂げな歌聲が

私を呼ぶ

私を招く

庭の日影に莚を敷いて

妻は子供と遊んでゐる

風車のまはる風車小屋

一玩具の粉屋の窓口から

砂の麵麴粉がこぼれ出る

麵麴粉の砂の一匙を

粉屋の屋根に落しこむ

くるくるまはれ風車…

くるくるまはれ風車…

卓上の百合の花心は

しつとり汗にぬれてゐる

私はそれをのぞきこむ

さうして私は 私の耳のそら耳に

過ぎ去つた遠い季節の

静かな夜を聴いてゐる

聴いてゐる

噫あの一點鐘

二點鐘

「一點鐘二點鐘」[35] 全文

---

35 三好達治(1965), 앞의 책, p.385.

이 시는 영탄적 성격이 강하다. 『일점종』에 실린 「일점종 이점종」은 추억을 바탕으로 한 화자의 회고 성향과 현재의 평화로운 모습, 그리고 이런 평화가 앞으로도 지속되기를 기원하는 심경의 일단이 동시에 드러나 있다. 과거, 현재, 미래의 공존 속에서 화자의 애수는 제목 「일점종 이점종」이 주는 생경함과 맞물려 독특한 아름다움을 자아낸다.

화자에게 추억의 구체적인 물건은 "오래된 벽시계"다. 추억이 있는 공간과 시간(계절)을 동시에 알려주는 것은 "산 밑 겨울의 여관"(3연 3행)이다. "벽시계"가 과거를 불러내기 위한 매개체라면, 현재나 미래로 시제를 끌고 가는 것은 가정의 모습을 묘사한 부분이다. 결혼하여 아버지가 된 화자는 아마도 아내와 아이가 노는 모습을 근거리에서 지켜보았을 것이다. "탁상의 백합 화심(花心)은 / 촉촉이 땀에 젖어 있다"(6연)라는 시어를 바탕으로 유추해 보면, 안방이나 거실 정도의 위치였으리라. 중요한 것은 자신에게 주어진 평화로운 일상을 그리고자 '아내와 아이가 놀고 있는 뜰'을 나타냈다는 점이다. 아내와 아이의 장난감 놀이가 무엇이었는지는 본문의 내용으로도 조금은 짐작이 간다. 이 부분은 심상(心象)의 세계를 나타내는 것이 아니다. 현실묘사라는 점에서, 이 시는 다쓰지가 가장의 입장에서 쓴 생에 대한 자기 성찰의 작품이라고 평가해도 무방할 것 같다. 앞 연까지 지배적이었던 차가운 분위기가 반전되면서 마음의 평화가 제시된다. 7연의 "빙글빙글 돌아라 풍차… / 빙글빙글 돌아라 풍차…"의 반복은 평화가 깨지지 않았으면 하는 바람을 강하게 내비친다는 점에서, 미래로의 연속성을 내장하고 있다. 즉, 이 반복은 "과거, 현재, 미래로 이어지는 시간의 영원한 흐름"[36]을 연상시켜주는 역할이다. 시적 화자와 시인과의 거리도 자연스럽게 그 간격을 좁힌다. 그런 의미에서 이 시는 싸늘했던 과거의 추억에서 현재의 평화로운 가정으로 전개된 작품이다. 따라서 다쓰지의 애상감도 시간을 관통하여 영원으로 승화되고 있다는 인상을 준다.

가장과 아버지로서의 모습을 구체적인 현실과 결부시켜 그려낸 세 작품 「눈물」, 「가정」, 「일점종 이점종」은 과거 다쓰지 자신이 경험한 불우했던 성장기와는 확연히 차별되는 세계다. 현재의 평화로운 가장의 모습이 미래로까지 이어지기를 바라는 시인의 희구가 반영되어 있다.

5. 　소 결론

이 글은 다쓰지의 『초천리』, 『일점종』 두 시집에 나타난 그의 작품 세계를 살핀 것으로, 시의 양식과 의미 구조의 분석을 통해 그가 자유시로 복귀했다는 사실과 함께 서정시인으로의 변신에 성공했다는 점을 확인할 수 있었다.

우선, 시 양식에서의 변화는 다쓰지가 그동안의 시적 실험을 중단하고 자신만의 시 세계를 확립하려는 노력의 산물로 볼 수 있는데, 특히 문어시 사용이 빈번해진 것은 자신의 회고적 취향을 풀어내려는 방법으로 해

36　村上菊一郎 編(1959), 앞의 책, p.85.

석할 수 있는 부분이다. 또한 구어시도 영탄을 기반으로 삼고 있지만, 일상의 사소한 사건을 관찰하면서 과거로 소급해간 사유의 확장이라는 특징을 보여주었다.

그리고 시공간에 나타난 '시의 공간과 의식'에 관한 고찰을 통해,『초천리』의 「구사센리하마」와 「바다 3장」 등에서는 현실의 자아를 감싸고 있는 다쓰지의 고독과 상실감이 더욱 깊어지는 양상을 보여주고 있음을 알 수 있었다. 시집『초천리』의 표제작이라 할 수 있는 「구사센리하마」는 이전의 다쓰지 시에서 보여주었던 존재의 고독이나 상실감이 여전히 유효하다는 메시지를 물결 모양의 '고원'이라는 공간의 경관을 통해 제시하고 있었다. 물론 이 작품은 문어시와 장시의 형태를 선보이며 자유시형의 서정시인으로 복귀했다는 점에서도 의의를 갖지만, 그러한 의의는 자신에게 맞는 예술 형태를 통해 자신만의 시 세계를 창출해 가고 있다는 사실과 맞닿아 있었다. 「바다 3장」에서도 다쓰지 자신의 존재의식에 대한 사색은 크게 다를 바 없거나 좀 더 슬픔이 심화된 형태였다. 물론, 두 시집에 각각 한 편씩 수록된 「갈매기」 두 편에서는 '갈매기'를 통해 '현실 탈출의 의지'나 '미래에 대해 희망'을 품고 있다는 자신의 모습을 나타내고자 한 뜻도 확인할 수 있었다. 결국, 다쓰지에게 '고원과 바다'는 시인 자신만의 고독과 상실감을 담아낸 공간이었으며, 갈매기는 그러한 추억을 회상하는 존재로 표출되었으나 삶에 대한 애착을 가진 존재였다.

시인은 전체 시업에서 조금은 이질적으로 느껴지는 작품 3편을 남기는데, 「눈물」, 「가정」, 「일점종 이점종」이 바로 그것이다. 이들 시편은 자기 아들과 아내와의 현실적 교감을 표현하고 있다는 점에서 의의를 가지는 것이었다. 「눈물」은 어린 아들의 눈물을 통해 혈연의 유대감과 생명에

미요시 다쓰지三好達治 시를 읽는다

대한 영원성을 사유한 수작이었다. 「가정」은 우울한 일상적 표현을 배제하고서 일관되게 고른 톤을 유지하면서 신변 이야기를 풀어냈다는 점에서 기존 작품과 변별된다. 여기에서 그는 평화로운 가장을 꿈꾸는 소박함을 드러냈다. 「일점종 이점종」은 비록 짙은 영탄을 표출하고는 있지만, 과거, 현재, 미래라는 세 가지 시제의 공존이 조화를 이루고 있다는 점과 아내와 아들이 놀고 있는 모습의 형상 등을 통해 시인의 애상감이 시간을 관통하여 영원으로 승화되고 있음을 전해주기에 충분했다.

이처럼 다쓰지의 중기 시 세계에 나타난 '고원'과 '바다'는 자신의 존재의식을 담아내고 사색하던 공간이었다. 바다에 살고 있으면서 희망을 품은 갈매기는 다쓰지가 자신의 심경을 의탁한 새이기도 했다. 아들의 눈물과 가정의 구성원을 통해서 시간에 대해 심원한 사색을 했던 시인은 자신의 어린 시절과는 확연히 다른 평화로운 가장을 꿈꾸고 있었다. 역작 『초천리』, 『일점종』은 시간과 공간을 넘나들거나 시인 자신과의 일체화를 통해 자신의 존재의식을 조형한 중요한 시적 성과로 평가할 수 있다.

7장

반속反俗의 미학과 시적 결실

『낙타의 혹에 올라타고
駱駝の瘤にまたがって』
읽기

미요시 다쓰지는 1952년 3월, 창원사(創元社)에서 시집 『낙타의 혹에 올라타고(駱駝の瘤にまたがって)』를 출간한다. 이때 그의 나이는 52세였다. 시집은 대표작 「낙타의 혹에 올라타고」를 책 이름으로 삼은 것이다. 그는 시집에서 낙타의 혹에 올라타고 여러 나라를 돌아보고 온 것처럼, 자신의 경험과 삶의 이력을 대상화시켜 풍자와 해학을 마음껏 펼치고 있다. 시인의 초기, 중기 시와는 다른 이색적 요소를 갖추고 있는 탓에 이 시집에 관한 논의는 생각보다는 많지 않다.[1]

시집은 모두 '추풍리(秋風裡)', '한인단장(閒人斷章)', '수광미망(水光微茫)' 등의 소제목으로 구성해 모두 88편의 작품을 실었다. 이 글은 이 시집의 양식적 특질과 함께 시의 의미 구조를 분석하여, 후기 시에 나타나는 특징을 살필 것이다.

1　이 시집에 관한 연구를 보여주는 자료는 다음의 것이 있다.
　　1. 小川和佑(1976), 『三好達治研究』, 教育出版センター.
　　2. 石原八束(1979), 『三好達治』, 筑摩書房.
　　3. 安西均 編(1975), 『日本の詩 三好達治』, ほるぷ出版.

1. 시의 양식적 특질

다쓰지가 선행 시집들에서 드러낸 시의 양식적 특질들이 후기 시집 『낙타의 혹에 올라타고』에 와서는 어떤 모습으로 나타날까. 뚜렷한 특징 하나는, 시집의 제목이나 시의 제목에서 느껴지는 풍자성이다. 시인은 직접 낙타의 혹에 올라타고 여러 나라를 돌아다니거나 사막을 여행한 적이 없었다. 그러나 낙타를 탄 여행자의 심경으로 세상을 비판하고 풍자한다. 그러한 의도는 이 시집의 핵심에 해당한다. 물론 이것은 시의 의미 구조와도 밀접한 관계를 맺고 있기에, 본론에서 상론할 것이다. 또 하나의 특징은, 앞서 출간한 시집들의 시 양식을 수렴하고 종합한 인상을 준다는 점과 한자 선호 현상이다. 『측량선』과 사행시집 세 권 『남창집』, 『한화집』, 『산과집』, 그리고 『초천리』, 『일점종』, 『화광』 같은 시집에서 보여준 시의 양식적 특질들이 다시 등장한다는 뜻이다. 먼저, 위에서 언급한 두 가지의 특징 중에서 시의 양식적 특질부터 살펴보자.

1) 한인단장閒人斷章: 문어 사행시와 단형시

'한인단장', '추풍리', '수광미망'이라는 소제목에서 보여주는 시인의 한자 기호는 앞의 선행 시집들과 비교했을 때 변하지 않은 부분이다. '한인단장(閒人斷章)'이란 '한가하고 일이 없는 사람(閒人)이 토막토막의 생각을 한 체계로 뭉뚱그리지 않고 몇 줄씩의 산문체로 적은 짧은 글(斷章)'을 뜻하는 말이다. 이런 제목을 통해 작품의 형식을 짐작할 수 있다. 시의 양

식을 보면 사행시가 많고 또한 단형시(短型詩)가 대부분이다. '단형시'라는 것은 일본의 전통적인 운문 형식인 단가(短歌)나 하이쿠(俳句)를 총칭하는 말이다. 마치 『남창집』, 『한화집』, 『산과집』, 『화광』에서 보았던 사행시를 연상시킨다. 그러나 이들 시편과 다른 점은 두 가지다. 하나는, 초기의 사행시집과는 달리 구어시 구성보다는 문어시 구성이 훨씬 많다는 것. 또 다른 하나는, 『화광』이 꽃을 주된 소재로 삼아 자신의 사랑을 표현한 것과는 달리, 삶과 관계있는 시어들을 통해서 인생을 깊이 있게 관조하는 경향이 뚜렷하다는 점이다. 「파이프(パイプ)」라는 시가 눈에 들어온다.

> 우주는 누구의 파이프일까
> 작년 봄에는 재(灰)가 되었고
> 올봄에 불이 켜진다
> 우주는 누구의 파이프일까
>
> 「파이프」 전문

> 宇宙は誰のパイプだらう
> 去年の春は灰となり
> 今年の春に火がともる
> 宇宙は誰のパイプだらう
>
> 「パイプ」[2] 全文

2　三好達治(1965), 『三好達治全集3』, 筑摩書房, p.28.

시에서는 스케치풍의 시에서는 느낄 수 없는 깊이가 감지된다. 이 깊이는 초기 사행시집들의 시가 프랑시 시인의 영향에 따라 자연과 사물, 동물, 식물을 묘사한 수준과는 크게 다르다. '한인단장'의 사행시들은 사물이나 자연에 대해 인간의 내면세계나 그에 상응하는 넓이와 깊이를 확보하고 있다. 『남창집』에 수록된 「흙」에서 "개미가 / 나비의 날개를 끌고 간다 / 아아 / 요트 같다"는 구절처럼, 우주에 대한 동경을 부각시킨 시인은 삶의 체험과 관계 깊은 시어를 주로 선택한다. 1행 "우주는 누구의 파이프일까"는 그 구체적인 깊이를 보여준다. 2행과 3행은 시간의 경과와 계절의 추이를 섬세하게 반영한다. "작년 봄에는 재(灰)가 되었고 / 올봄에 불이 켜진다"는 표현은 다시 돌아온 봄을 제재로 삼아 뛰어난 감각을 보여주는 서술이다. 1년 전 봄은 재로 변한 과거지만 1년이 다시 지난 지금의 봄은 불처럼 생명력으로 약동한다. 계절의 변화에 주목하는 화자의 비약적 사고는 4행 "우주는 누구의 파이프일까"라는 발언으로 계절의 순환을 느끼는 주체인 인간 존재에 대한 인식과 이를 담배 파이프에 비유한다. 농익은 기교와 비약은 후기 시에서 보여주는 원숙한 사유의 깊이기도 하다.

이 시를 포함하여 '한인단장'에는 모두 44편의 시가 실려 있다. 이 중 65%에 해당하는 28편이 문어 중심의 사행시다. 나머지 단형시들도 대부분 문어로 되어 있어서 문어시 비율은 약 90%에 이른다. 문어로 된 사행시는 「백일홍(さるすべり)」, 「늦가을 비도(しぐれの雨も)」, 「철써기(くつわ虫)」[3], 「문을 나와(門を出て)」 등이다. 단형시는 「가을바람에(秋風に)」, 「산

---

3   여칫과의 곤충. 몸 길이 5-7cm. 몸 빛깔은 녹색 또는 갈색. 여치 비슷하나 날개가 더

미요시 다쓰지三好達治 시를 읽는다

은 모두 하얗다(山みな白し)」,「봄이라고 한다(春といふ)」 등이 여기에 속한다. 이로 미루어 보면, 시집은 사행시집 세 권과 『화광』의 형식과 상통하는 의도를 갖는다는 판단을 해 볼 수 있다. 그러나 문어 중심이라는 측면에서는 사행시집 세 권과의 차이점을, 인생을 깊이 있게 관조하는 시어 선택에서는 사랑하는 여인을 노래한 『화광』과 차이점을 드러낸다.

2) 추풍리秋風裡: 문어 운율시와 구어 산문시

'추풍리'에는 모두 21편의 시가 수록되어 있다. 전체의 약 80%인 17편이 문어 운율시고, 구어시는 모두 산문시로 4편이다. 형식에서 『측량선』이나 『초천리』, 『일점종』 등에서 보았던 문어 운율시의 형식이 그리 낯설지 않다. 여기에는 '한인단장'의 시형과 또 다른 시형이 수록되어 있다. 문어 운율시는 「낮 꿈(晝の夢)」,「바다를 향해(海にむかひて)」,「추풍리」 등이고, 구어 산문시는 「침묵(沈黙)」,「출발(出發)」,「계제(係蹄)」[4],「이리(狼)」가 여기에 해당한다.

>   아아 무서웠어요!
>   소녀는 내 무릎에 뛰어들어와 두 손으로 감싼 얼굴을 내 무릎에 묻으면서
>   아아 무서웠어요!

크고 넓음. 몸보다 긴 실 모양의 촉각이 있으며 뒷다리는 특히 길고 뭉툭함.
4   '덫'이라는 뜻이다.

라고 되뇌었다. 차가운 몸이 굳어지고, 고아처럼, 여윈 어깨로 숨을 쉬고 있다. 나는 아버지인 듯한 기분이 되어, 두 손으로 그녀의 등을 감쌌다.

아아 무서웠어요, 정말로 무서웠어요, 갑자기 이리를 만났어요, 산에서.

산에는 이리가 있었니?

금빛 눈, 새파랗게 난 털, 다리 같은 건 허공에 뜨고, 불같은 입에서 시뻘건 혀가 불타오르고, 꼬리… 꼬리는 바람 같았어요, 아아 무서웠어요, 갑자기 풀숲에서 뛰쳐나왔어요, 그 이리.

아아, 아아. (…중략…)

「이리」부분

ああこはかつた!

少女は私の膝にとびこんできて、両手でおほつた顔を私の膝にうづめながら、

ああこはかつた!

とくりかへした。つめたいからだをこはばらせて、みなし子のやうな、痩せた肩で息をしてゐる。私は父親のやうな気持になつて、両手を彼女の背なかにおいた。

ああこはかつたの、ほんとにこはかつたわ、いきなり狼に出會つたのよ、山で。

山には狼がゐたのかい。

金いろの眼の、まつ青な毛竝の、脚なんか宙にういて、火の

やうな口からまつ赤な舌が燃えたつて、尻尾は……尻尾は風の

やうだつたわ、ああこはかつた、いきなり叢からとび出して

　きたの、あの狼。

　ああ、　ああ。(中略)

「狼」⁵ 一部

인용 시 「이리」에서 이리의 모습은 화자에게 전율의 모습으로 부각된다. 패전 후의 시대상을 반영하고 있음을 감안하면, '이리'는 권력이나 재력을 가진 자의 횡포를 떠올리게 한다. 이리의 모습은, "금빛 눈, 새파랗게 난 털, 다리 같은 건 허공에 뜨고, 불같은 입에서 시뻘건 혀가 불타오르고, 꼬리… 꼬리는 바람 같았어요"다. 이리에게 쫓기는 소녀는 평범한 소시민을 상징한다. 화자는 소녀가 자신에게 "두 손을 감싼 얼굴을 무릎에 묻는" 것을 허용한다. 또한 "아버지인 듯한 기분이 되어 두 손으로 그녀의 등을 감쌈"으로써 소녀의 입장을 견지하면서 동시에 약자에 대한 보호 의지를 드러낸다.

「이리」는 얼핏 보면, 그 이미지가 『측량선』의 산문시인 「까마귀」, 「마을」, 「사슴」 등과 흡사해 보인다. 『측량선』에 수록된 산문시의 재현에 가깝다. 그러나 시의 의미 구조를 보면, 이 시는 동물이나 조류에 의탁하거나 의인화 수법으로 작품을 썼던 『측량선』의 시와는 그 성격이 다르다. 당시에는 이러한 시적 경향이 프랑스 시인들의 영향을 반영한 문학적 전위운동, 즉 신산문시운동(新散文詩運動)의 일환이었다는 평가를 받았다. 그

5　三好達治(1965), 앞의 책, p.60.

러한 작품들과의 뚜렷한 차이는, 위의 인용 시에서는 화자 자신의 내면을 드러내지 않고 하고 싶은 말을 숨기고 있다는 점이다. 이 점은 초기 시에서 보여준 의인화 수법과는 거리가 멀 뿐만 아니라, 중기 시업인 『초천리』, 『일점종』에서 보여준 영탄의 개방적 세계와도 차이가 난다.

그러나 양식적으로는 새로운 시도나 새로운 모색은 별로 보이지 않는다. 양식면에서 '추풍리'는 기존 시집들에서 보아온 것과는 큰 차이가 없다. 『측량선』에서 접한 구어 산문시, 『초천리』, 『일점종』에서 접한 문어 운율시를 다시 접하게 된다는 뜻이다. 따라서 '추풍리'가 가진 기존 시집들과의 차이는 의미 구조상의 차별이다. 시집 전체로는 '한인단장'에서 문어 사행시와 단형시의 구성을 하고, '추풍리'에서는 문어 운율시와 구어 산문시 위주로 배치하고 있다.

3) 수광미망水光微茫: 장시와 구어 산문시

'한인단장'과 '추풍리'만을 보면, 형식적으로 『측량선』과 사행시집 세 권, 그리고 『초천리』, 『일점종』, 『화광』 등의 시형을 종합한 느낌을 준다. 그런 의미에서 이 시집도 『측량선』처럼 다양성을 담아낸 시집에 해당한다. 관점에 따라서는 다양성보다는 임의대로 꾸렸다는 느낌을 받을 수도 있지만, 이 시집이 기존의 선행 시집들과 차별화되는 것은 '수광미망'에 수록된 작품 때문이다.

'수광미망'에 수록된 작품의 양식적 특징을 살펴보면, 상당수가 장시고 산문적이며, 또한 구어 형식이다. 이들 시가 이전의 시와 달리 참신한 느낌과 주목할 만한 시적 전개를 보였다는 것이 일반적인 평가다. 이는

형식에서 장시에다 엄격한 리듬감을 부여했다는 점과 의미 구조상 통렬한 '풍자'나 '해학', 그리고 '자기 희화화'를 시도하고 있다는 사실에 기인한다. 전자의 형식이 「그렇지만 정서는(けれども情緒は)」, 「겹겹의 조망(二重の眺望)」이며, 후자의 형식이 「낙타의 혹에 올라타고」, 「행인이여 구두를 내어라(行人よ靴いだせ)」, 「늦여름(晩夏)」, 「당나귀(驢馬)」, 「까마귀(鴉)」 등이다. 구성상으로 '한인단장'이나 '추풍리'는 65편에서 구어시가 9편, 문어시가 56편이고, '수광미망'은 23편에서 구어시가 17편, 문어시가 6편이다. 다음의 두 편은 장시, 산문시, 구어시, 이 세 가지 형식의 요건을 고르게 갖춘 사례들이다.

> 그렇지만 정서는 봄과 같다
> 한 노인이 이렇게 중얼거렸다
> 불탄 벌판의 돌계단 위에서
> 고독한 무릎을 안고 있는 하나의 운명이 그렇게 중얼거렸다
> 아내도 없고 가정도 없고 이웃 사람도 없고
> 명예도 희망도 직업도 돌아가야 할 고향도 없고
> 가난한 누더기에 싸여 말을 다한 쓸쓸한 하나의 이야기
> 골짜기를 사이에 두고 맞은편에서 되돌아오는 메아리와 같은 노인
이 그렇게 중얼거렸다
> 바지런한 아내 상냥한 가족 익숙한 삶의 습관과 이웃 사람과
> 그 자그마한 행복의 모든 것이 일찍이 거기에 있었다
> 불타버린 돌계단 위에서
> 황혼 녘 비에 사라져 가는 일직선 수로 맞은편

수은색 원경에 기형(畸型)으로 일그러진 채 떨고 있는 전재(戰災) 빌 딩이 어깨너머로

병색이 도는 가난한 아이들이 부르기 시작하는 창가(唱歌) 소리— (…중략…)

「그렇지만 정서는」 일부

けれども情緒は春のやうだ

一人の老人がかう呟いた

焼け野つ原の砌の上で

孤独な膝をだいてゐる一つの運命がさう呟いた

妻もなく家庭もなく隣人もなく

名譽も希望も職業も 歸るべき故郷もなく

貧しい襤褸につつまれて 語られ終つたわびしい一つの物語り

谿間をへだてた向ふから呼びかへしてくる谺のやうな 老人が

さう呟いた

かひがひしい妻 やさしい家族 暮しなれた習慣と隣人と

そのささやかな幸福のすべてがかつてそこにあつた

焼け野つ原の砌みぎりの上で

薄暮の雨に消えてゆく直線圖形の掘割のむかうの方

みづがね色の遠景に畸型に歪んでおびえてゐる戰災ビルの肩を越えて

病氣の貧しい子供らが歌ひはじめる唱歌のこゑ──(中略)

「けれども情緒は」[6] 一部

---

6   三好達治(1965), 앞의 책, p.81.

아아 이 여름의 한낮 너무나 밝은 남쪽 하늘 먼 방향

정체를 알 수 없는 먼 곳에서 들려오는 무슨 소리와 조용함과

쓸쓸하게 흐르는 연기 같은 하나의 소리를 듣고 있는 것은 내 그림자

그 주위의 타는 듯한 황톳빛 언덕을 바라보고 있는 것은 나와 그리고

내 그림자

아아 겹겹으로 쓸쓸한 조망

그렇지만 무언가 이상하게 마음이 들뜨는 듯한 이것은 도회의 길

이다 (…중략…)

「겹겹의 조망」 일부

ああこの夏のまつ晝まのあまりに明るい炎天の遠い方角

えたいの知れない遠くの方から聞えてくるもの音と靜けさと

さみしく流れる煙のやうな一つのこゑをきいてゐるのは私の影

そこらあたりの燃えたつやうな岱赭の丘を眺めてゐるのは 私

とさうして私の影

ああこの二重にさみしい眺望

けれども何だかふしぎに心のうきたつやうなこれは都會の路ば

ただ (中略)

「二重の眺望」[7] 一部

7   三好達治(1965), 앞의 책, p.72.

두 작품 중 첫 번째 인용 시 「그렇지만 정서는」도 역시 앞에서 인용한 작품 「이리」처럼 패전 후의 시대상을 반영하고 있다. 전체 35행에서 앞부분 14행을 인용했다. 1949년 7월에 발간한 『문체(文體)』 4호에 수록한 것으로, 이때 다쓰지의 나이는 49세. 일본이 패전하고 4년이 지난 후였다. 축축한 겨울비 내리는 저녁나절에 화자가 본 "불탄 벌판의 돌계단"(3행)과 "수은색 원경에 기형(畸型)으로 일그러진 채 떨고 있는 전재(戰災) 빌딩"(13행)은 패전 후의 시대 상황을 묘사하는 구체적 표현들이다. 여기서 전재 빌딩은 전쟁의 재앙으로 무너진 빌딩이라는 뜻이다. 건물이 피폐해진 모습으로 그려지고 있는 것이다. "병색이 도는 가난한 아이들이 부르기 시작하는 창가(唱歌) 소리—"(14행)는 어린 학생들의 영양 상태를 짐작하게 하는 서술로, 역시 파괴된 건물에 호응하고 있다. 여기에서 '창가'는 메이지시대(明治時代)의 학제공포(學制公布, 1872년)에 의해서 당시 초등학교에 있었던 창가(唱歌) 수업시간에 불렀던 노래라고 생각하면 된다. 거기에 "한 노인이 그렇게 중얼거렸다"(2행)는 그러한 광경과 풍경을 지켜보고 듣고 있는 목격자의 독백이다. 시에서의 화자는 노인이다. 여기서 화자를 다쓰지 자신으로 환원하여 당시 그의 생물학적 나이를 감안하면, 노인이라는 표현이 적절한지 어떤지는 의문을 낳는다. 하지만, 1949년이라는 시대적 상황과 그동안 그가 보여준 여러 시적 표현이나 정황들을 고려하면 그다지 이상하지도 않다. 이는 어린 시절 겪었던 질병과 30대 초중반에 찾아온 폐결핵, 그리고 전쟁의 시기를 헤쳐 나온 삶 등, 우여곡절이 많았던 자신의 생애에 대한 소회의 성격이 짙은 표현으로 들린다. "아내도 없고 가정도 없고 이웃 사람도 없고 / 명예도 희망도 직업도 돌아가야 할 고향도 없"(5행, 6행)는 고독자의 노래가 들리는 것이다. "그 자그마한 행복의 모든 것이 일찍이 거기에 있었다"(10행)도 같은 관점을 반영한다. 그러나 "그렇지만 정서는 봄과 같다"(1행)에는 당시 대부분의 일본인이 감내하던 가난함과 구차함 속에서도 희망을 찾으려는 시선이 담겨 있음을 느낄 수 있다.

「겹겹의 조망」역시 앞의 작품 「이리」나 「그렇지만 정서는」처럼, 패전 후의 도시 모습을 그린 것이다. 전체 12행에서 앞부분 6행을 인용하였다. 화자는 비록 폐허가 된 도회의 풍경을 바라보고는 있지만, "무언가 이상하게 마음이 들뜨는 듯"(6행) 눈에 보이지 않는 도시의 모습도 공존하고 있다고 생각하는 것이다. 겹겹의 조망이란 가시적 풍경과 비가시적 풍경을 이중으로 바라본다는 의미다.

여기서 확인할 수 있는 것은 인용된 두 작품이 공통적으로 장시에 가깝지만, 행의 리듬을 느끼게 해준다는 점이다. 그래서 그 흐름이 부드럽게 읽힌다. 그런 리듬은 장시의 지루함을 상쇄시켜주고 화음과도 같은 역할을 한다. 글자 수를 엄격하게 맞추지는 않지만, 한 행 한 행이 대체로 글자 수를 비슷하게 맞추고 있으며 시어의 반복도 두드러진다. 특히 「겹겹의 조망」은 음수율을 맞춘 인상이 짙다. 시의 전반부 3행만을 보면, 7/6/8/5/7, 8/8/8/8/8, 8/7/7/7/7로 구성되어 있다. 또한, 시어의 반복이나 시 구절의 반복을 고려하여 음악적 효과를 의도한 「그렇지만 정서는」의 경우, "정서는 봄과 같다"와 "그렇게 중얼거렸다"는 표현을 중간중간에 넣어 (전체 35행 중 각각 4회와 5회) 규칙성과 리듬감을 부여하고 있다.

이처럼 이 시집은 다양한 형식을 수렴하고 종합했지만, '수광미망'의 장시에 포함된 규칙성과 리듬감은 기존 시집들의 형식과 차별화된다. 형식만을 놓고 보면, 선행 시집들의 양식적 특질이 모두 집약된 인상을 주

기 때문에 자칫 무질서하게 보일 수도 있으나, 세 부로 나눈 구성에서 독
자적인 구조를 부여하고자 한 시인의 의도를 감지할 수 있다. '한인단장'
은 문어 사행시 및 단형시를 편성했고, '추풍리'는 주로 문어 운율시와 구
어 산문시를, '수광미망'에는 주로 장시와 구어 산문시를 배치하여 시의
양식에서 다양성과 균형감각을 발휘한 것이다.

2. | 알레고리와 풍자의 시 정신

「수광미망」편에 실린 23편의 시들은 지금까지 다쓰지가 보여주었던
것과는 확연히 다른 시 세계를 보여준다는 점에서 특히 관심이 간다. 그
독특함은 '풍자'와 '해학' 그리고 '자기 희화화'라는 말로 요약된다. 그런
특징이 확연하게 읽히는 작품 두 편을 읽어보자. 「당나귀(驢馬)」와 「까마
귀(鴉)」다.

　　　귀 기울여라
　　　당나귀

　　　큰 소리로 울어라
　　　당나귀

　　　꼬리를 흔들어라

당나귀

달려 나가라
당나귀

풀을 뜯어라
당나귀

그림자를 보라
당나귀

너
당나귀여!

「당나귀」 전문

耳たてよ
驢馬

<ruby>嘶<rt>いなな</rt></ruby>け
驢馬

尾をふれ
驢馬

驅けだせ

驢馬

草をくへ

驢馬

影をみろよ

驢馬

汝

驢馬よ!

「驢馬」[8] 全文

먼 나라의 선착장에서 나는 5년이나 살아왔다

나는 언제나 외톨이로 쓸쓸한 창에 멍하니 기대며 살고 있었던 것

이다

아아 그 오랫동안 나는 무엇을 보고 있었을까

까마귀 까마귀 까마귀 저 음침한 음울한 패거리들

오늘도 생각나는 것은 놈들에 관한 것들이다

저 걸신들린 놈들이 자나 깨나 아주 외진 하늘에 흐트러져

고깃배가 뜬 바다 위까지 저놈들이 바다를 마구 휘저었다

---

8   三好達治(1965), 앞의 책, p.104.

아침놀에도 저녁놀에도

모처럼 그림물감으로 곱게 칠한

그 근처 온갖 풍경을 엉망진창으로 만들고

저 녀석들은 불난 집의 도둑처럼 이리저리 소란을 피웠다

참 얼마나 포악스럽고 천박한 놈들이냐

이른 아침의 동틀 녘부터

놈들은 부지런히 먼 곳까지 나갔다 (…중략…)

「까마귀」 일부

遠い國の船つきでおれは五年も暮してきた

おれはいつも獨りぽつちでさびしい窓にぼんやりもたれて暮
してゐたのだ

ああそのながい間ぢゆうおれは何を見てゐただらう

鴉 鴉 鴉 あのいんきな鬱陶(うつたう)しい仲間たち

今日も思ひ出すのは奴らのことばかりだ

あのがつがつとした奴らが明け暮れ邊鄙(へんび)な空にまかれて

漁船のうかんだ海の上まであいつらが空をひつかきまはした

朝燒けにも夕燒けにも

せつかく繪具をぬりたてた

そこいらぢゆうの風影をめちやめちやにして

あいつらは火事場泥棒のやうにさわぎまはつた

何といふがさつな淺ましい奴らだらう

朝つぱらのしののめから

奴らはせつせと遠くの方まで出かけていつた(中略)

「鴉」[9] 一部

첫 번째 인용된 「당나귀」는 비교적 짧은 자유시 형식으로 꾸려진 것이지만, 명령과 독백의 느낌이 강하게 전해져온다. 그것은 "귀 기울여라"(1연), "큰 소리로 울어라"(2연), "꼬리를 흔들어라"(3연), "달려 나가라"(4연), "풀을 뜯어라"(5연)는 명령형 표현 때문이다. 1연에서 5연까지는 귀, 목, 꼬리, 다리, 입으로 당나귀의 움직임을 요구하고 있다. 핵심이 되는 연은 6연과 7연이다. "그림자를 보라 / 당나귀 // 너 당나귀여!"는 자신의 실체에 대한 응시를 요구하는 것이다. 이는 곧 화자에 대한 요구가 아닐까. 이런 맥락에서 보면 「당나귀」는 자기 희화화의 성향이 두드러진다.

두 번째 인용 시 「까마귀」는 『측량선』에 실린 작품과 제목이 같다. 『측량선』의 「까마귀」는 "나는 자신의 손발을 돌아보았다. 손은 긴 날개가 되어 양 겨드랑이에 접고, 비늘을 나란히 세운 발은 세 발가락으로 돌을 딛고 있었다. 내 마음은 또 복종 준비를 했다."에서 보듯, 까마귀를 의인화하여 나타낸 작품이었다. 또한, 그 '까마귀'는 패배와 피로, 굴욕과 복종을 느끼는 존재였다. 하지만 『낙타의 혹에 올라타고』에서의 '까마귀'는 "불난 집의 도둑처럼 이리저리 소란을 피"(11행)우는, 패전 후 사회의 혼란에 편승한 사기꾼과 모리배를 비유한다. 혼란한 사회 현실을 틈타 부정한 이익을 추구하는 부정적인 인간상을 가리키는 것이다. 시의 1행에서 3행까지 살펴보면, 그 내용은 "먼 나라의 선착장에서" 살아온 "외톨이"인 화자

---

9   三好達治(1965), 앞의 책, p.68.

의 독백을 담고 있다. 이 독백은 화자 자신과 시인의 감정적 거리가 현저하게 줄어들어 있음을 보여준다. 여기에서 시적 화자의 비판 대상이 비록 의인화되었지만 부정적인 세태에 대한 통렬한 비판 의식이 가동되고 있는 점을 눈여겨 읽을 필요가 있다. "음침한 음울한 패거리들"(4행), "걸신들린 놈들이 자나 깨나 아주 외진 하늘에 흐트러져"(6행), "참 얼마나 포악스럽고 천박한 놈들이냐"(12행) 등에서는 패전 후의 일본 사회에 범람하는 온갖 부정적인 면모에 대한 신랄한 비판이 서술되어 있다. 이처럼 「까마귀」는 1인칭 화자와 세상을 어지럽히는 무리인 '까마귀'를 대립시킨 작품이다. 1인칭의 화자는 5년의 세월 동안 세상의 혼탁함을 뒤로하고 살아온 존재로서 부정적 성향을 가진 '까마귀' 무리에게 강한 거부감을 피력하면서, 세태 비판을 감행하는 풍자와 해학의 정신을 내장하고 있다.

인용 시 「당나귀」와 「까마귀」는 얼핏 보면, 초기 시집 『측량선』에서 접할 수 있는 조류나 동물에 자신을 의탁하는 표현 방식과 유사하다. 그러나 앞서 설명한 것처럼, 이 두 편은 초기 시와 차이를 드러낸다. 『측량선』의 시들이 구체적으로 동물이나 조류의 모습에 의탁하여 화자의 모습을 나타낸 의인화 수법이었다면, 「당나귀」는 단순한 의탁이 아니라 당나귀를 빌려 온 '자기 희화화'며 '알레고리'에 바탕을 둔 묘사 방식이다. 다시 말해서 「당나귀」는 본뜻은 숨기고서 묘사 뒤에 본뜻을 내포한 의미의 이중성을 갖고 있다는 뜻이다. 「까마귀」도 같은 맥락이다. 이 점은 『측량선』의 세계와는 차별화되는 특징이다. '수광미망'의 시가 수작으로 평가받는 것은 바로 '자기 희화화', '풍자', '해학' 그리고 '알레고리'를 활용한 서술 방식에 연유하는 것이다.

3. 이원론二元論의 시 세계

앞에서 인용한 「겹겹의 조망」은 시 양식에서뿐만 아니라, 시의 의미 구조에서도 상징성을 갖는 작품이라 다시 전문을 인용하여 읽기로 한다.

아아 이 여름의 한낮 너무나 밝은 남쪽 하늘 먼 방향

정체를 알 수 없는 먼 곳에서 들려오는 무슨 소리와 조용함과

쓸쓸하게 흐르는 연기 같은 하나의 소리를 듣고 있는 것은 내 그림자

그 주위의 타는 듯한 황톳빛 언덕을 바라보고 있는 것은 나와 그리고
내 그림자

아아 겹겹으로 쓸쓸한 조망

그렇지만 무언가 이상하게 마음이 들뜨는 듯한 이것은 도회의 길
이다

아침부터 그것들을 메고 온 내 어깨에 태양은 무겁고 또 가볍다

어디에도 전에부터 알고 있던 건물은 없고 내가 오늘 머물 집도 없다

과거와 미래가 뒤얽힌 이것은 분명히 또 하나의 도쿄

우뚝 솟아오른 황톳빛 언덕의 덩어리다

놈들이 바다에 떠 있고 놈들이 하늘에 떠 있다 그 녀석들을 귀뚜라
미가 떠받치고 있다

멀리서 들려오는 소리도 뒤섞인 조용한 조용한 한낮이다

「겹겹의 조망」 전문

ああこの夏のまつ晝まのあまりに明るい炎天の遠い方角

えたいの知れない遠くの方から聞えてくるもの音と靜けさと

さみしく流れる煙のやうな一つのこゑをきいてゐるのは私の影

そこらあたりの燃えたつやうな岱赭の丘を眺めてゐるのは 私

とさうして私の影

ああこの二重にさみしい眺望

けれども何だかふしぎに心のうきたつやうなこれは都會の路ば

ただ

朝からそいつをかついできた私の肩に太陽は重たくまた輕い

どこにも私の見知りごしの建物はなく私のけふの棲家もない

過去と未來のこんがらがつたこれはたしかにもう一つの東京

でこでことした岱赭の丘の塊りだ

そいつが海に浮んで そいつが空に浮んでゐる そいつを蟋蟀

が支へてゐる

ものの遠音をとりまぜた 靜かな靜かなまつ晝 まだ

「二重の眺望」[10] 全文

이 시는 표면적으로는 풍경을 객관적으로 묘사하는 방식을 취하고 있
다. 폐허가 된 도쿄의 묘사다. 그러나 「겹겹의 조망」이라는 제목이 암시하
듯이, 폐허가 된 도쿄 묘사는 단순히 묘사로만 끝나지 않는다. 화자와 그
그림자, 화자와 또 다른 심리로 인해 떠오르는 현실과 환영(幻影)이 그려

---

10   三好達治(1965), 앞의 책, p.72.

진다. 3행에서 5행에 걸쳐 전개되는 부분이 의미의 핵심이다. "나"와 "내 그림자"는 "쓸쓸하게 흐르는 연기 같은 하나의 소리를 듣고 있"(3행)다. "주위의 타는 듯한 황톳빛 언덕을 바라보고 있"(4행)는 "겹겹으로 쓸쓸한 조망"(5행)이다. 이는 화자만이 사물을 바라보고 느끼는 것이 아니라, 화자의 그림자도 동행하고 있음에 방점이 찍힌다. 즉, 여기에서 '나'와 '그림자'는 공존하지만 서로 대립하는 관계다.

시를 정밀하게 들여다보면서 대립의 느낌을 주는 구체적인 예를 살펴보자. 먼저, "아침부터 그것들을 메고 온 내 어깨에 태양은 무겁고 또 가볍다"(7행)에서 보게 되는 무거움과 가벼움은 육신을 통한 삶의 대립적 양상이다. "과거와 미래가 뒤얽힌 이것은 분명히 또 하나의 도쿄"(9행)에서 드러나는 것은 과거와 미래의 시간적 대립 양상이다. 또한, 8행의 폐허 위에서 이루어지는 도쿄 재건과 그 소리 속에서 머무를 곳 없는 화자의 상태, 이것은 거주지(혹은 가정)의 유무에 관련된 대립 관계이며, 마지막 행 "멀리서 들려오는 소리도 뒤섞인 조용한 조용한 한낮"은 정적과 소음, 즉, 정(靜)과 동(動)의 대립이다. 그리고 귀뚜라미와 황톳빛 언덕의 덩어리도 대립 관계를 형성한다. 귀뚜라미가 정서적 감흥을 불러일으키는 정신적인 취향을 반영한다면, 황톳빛 언덕은 물질적인 것을 대변한다. 이렇게 시는 의미상 여러 가지의 대립 관계로 이루어져 있다.

이러한 이원론적 관점은 다쓰지의 『낙타의 혹에 올라타고』가 이항 대립(二項 對立)의 구도에 기초한 시적 구성에 주력하고 있음을 말해준다. 즉, 정신과 물질(육체), 과거와 현재, 현재와 미래, 1인칭인 '나'와 '무리(群)' 등, 상반된 두 가지 원리에 바탕을 둔 시적 구성이 나타난다는 뜻이다. 이러한 관계 설정으로 시를 꾸렸다는 것은 기본적으로 다쓰지가 그만큼 패전 후 사회의 현실에 비판적 자세를 취했다는 사실을 말해주는 것이다. 「당나귀」, 「까마귀」, 「겹겹의 조망」에서 이미지 표출 방식이 지극히 폐쇄적이었던 점을 생각하면, 그의 시가 지닌 넘치는 감상성(感傷性) 등과는 분명한 차별화다. 이것은 『초천리』, 『일점종』에서 보여준 개방적이고 명료한 이미지 표출 방식과는 다른 시도다. 따라서 '수광미망' 편에 실린 「당나귀」, 「까마귀」, 「겹겹의 조망」은 해학과 풍자 그리고 자기 희화화라는 세 가지 주제를 알레고리화(化)하는 동시에, 그 저변에 흐르는 이항 대립적 구성 방식이 가진 비판적 태도를 보여준다.

4. 반속反俗의 정신

다쓰지의 알레고리 작품 군(群)에서 보여준 풍자와 해학, 자기 희화화는 시집의 표제작인 「낙타의 혹에 올라타고」 안에 잘 집약되어 있는 느낌이다. 시는 모두 72행으로 된 장시다. 풍자와 해학, 자기 희화화의 면모가 어떻게 작품에 녹아 있는지 세부적으로 살펴보기로 한다. 의미상, 시의 1행에서 7행까지를 초반부, 8행에서 57행까지를 중반부, 58행에서 72행까지를 후반부로 나누어 들여다본다. 물론 이러한 설정은 필자의 판단을 전제로 한 것이다. 우선 전반부를 인용한다.

1) 시인으로서의 출발: 자기비하, 자기 차별화

정체를 알 수 없는 낙타의 등에 흔들거리며

나는 지구의 저쪽에서 온 나그네다

병상에서 일어난 초사흘 달이 모래언덕 위에 떨어져 내리는

그런 천막 사이에서 나는 휘청거리며 온 동료의 한 사람이다

이렇다 할 아무런 목적도 없이

어슬렁어슬렁 아무 곳이나 서성거리다 온 불량한 고아다

아비 없는 자식이다

「낙타의 혹에 올라타고」 일부

えたいのしれない駱駝の背中にゆさぶられて

おれは地球のむかふからやつてきた旅人だ

病氣あがりの三日月が砂丘の上に落ちかかる

そんな天幕の間からおれはふらふらやつてきた仲間の一人だ

何といふ目あてもなしに

ふらふらそこらをうろついてきた育ちのわるい身なし兒だ

ててなし兒だ

「駱駝の瘤にまたがって」[11] 一部

---

11   三好達治(1965), 앞의 책, p.63.

「낙타의 혹에 올라타고」는 1949년 『신조(新潮)』 2월호에 발표된 작품이다. 이 해, 다쓰지는 미쿠니(三国)를 떠나 상경 길에 올랐다. 인생을 재출발하겠다는 의지가 있었던 것일까, 시에는 화자가 살아온 일생이 한 편의 드라마처럼 펼쳐진다. 재출발의 의지라는 것은 더 좋은 시를 쓰면서 살겠다는 자신감으로 이해해도 무방하다.

먼저 "나그네", "고아", "아비 없는 자식"이라는 다소 투박해 보이는 시어에 주목해 보자. 이러한 표현은 작품 전체에서 시적 출발을 천명하는 부분에 해당된다. "이렇다 할 아무런 목적도 없이 / 어슬렁어슬렁 아무 곳이나 서성거리다 온 불량한 고아다 / 아비 없는 자식이다"(5행, 6행, 7행)는 화자 자신의 시적 성장기를 형상화한 것이다. 화자는 "불량한 고아"며 "아비 없는 자식"으로서 '나그네'처럼 떠도는 삶을 살게 되었다고 회고한다. 여기에서 나그네 이미지는 다쓰지 시의 '여행' 모티프와 상통한다. 화자는 떠돌이와 같은 힘들었던 성장기를 떠올리고 있다. 시의 전반부에 대한 해석에서 사카모토 에쓰로(阪本越郎)는, "병상에서 일어난 초사흘 달이 모래언덕 위에 떨어져 내리는"(3행)이 "미요시 다쓰지가 병적인 자연주의 시에서 벗어나 자유시인의 한 사람이 되었을 무렵의 일을 풍자적으로 나타낸 것"이라고 해석한다. 그런 점에서 '고아'나 '아비 없는 자식'이라는 표현은 전통의 계보를 갖지 않는 자유시인으로서의 출발을 나타낸다는 것이다. 또한, 그는 '고아'와 '아비 없는 자식'이 선배 시인 하기와라 사쿠타로의 「윤회와 전생(輪廻と転生)」에서 채택한 것이라고 주장한다.[12] 반면,

---

12   伊藤信吉 外 4人(1969), 『現代の抒情 現代詩篇Ⅳ』, 「現代詩鑑賞講座 第10巻」, 角川書店, p.67.

안도 야스히코(安藤靖彦)는 사카모토의 견해와는 달리, '병든 시인'을 '선구적인 사쿠타로, 내지는 그의 시'라고 본다. 이런 점에서 다쓰지 자신은 '불량한 고아'로서 '불초(不肖)의 제자'였다[13]고 보는 것이다. 또한, 안도는, 시의 3행이 사쿠타로의 「윤회와 전생」의 차용이라는 지적에 대해서 더 많은 예가 있다고 말한다.[14] 시의 초반부를 두고 벌어진 해석상의 차이에서 시의 이 부분에 대한 공통의 견해는 다쓰지 자신이 경험했던 초기 시단을 풍자했다는 것이며, 선배 시인 사쿠타로의 영향이 드러난다는 점이다.

그럼, 이 작품에서 사쿠타로의 영향은 어떤 요소였을까. 구체적으로 확인해 보자.

> 이런 음울한 계절이 계속되는 동안
>
> 나는 환상의 낙타를 타고
>
> 어슬렁어슬렁 서글픈 여행길에 오르자
>
> 　　　　　　　　　　　　　「윤회와 전생」 일부

> こんな陰鬱な 季節が續くあひだ
>
> 私は 幻の 駱駝にのって

13　安藤靖彦 編(1982), 『三好達治·立原道造』, 「鑑賞日本現代文学 19」, 角川書店, pp.102-103.

14　안도(安藤)는 이 시의 3행뿐 아니라 시의 곳곳에서 사쿠타로(朔太郎)의 「새벽(ありあけ)」, 「낯선 개(見しらぬ犬)」 등을 차용한 것이라는 의견을 내놓는다(安藤靖彦 編(1982), 같은 책, p.101).

ふらふらとかなしげな旅行にでよう

「輪廻と転生」[15] 一部

오랜 질환의 아픔에서,

그 얼굴은 거미집투성이가 되고,

허리에서 아래는 그림자처럼 사라져 버리고,

허리부터 위에는 숲이 자라고,

손이 썩고

몸 한쪽이 실로 엉망진창이 되고,

아아 오늘도 달이 나오고,

새벽달이 하늘에 나오고,

그 봉보리(ぼんぼり)[16] 같은 희미한 등불에서

기형의 흰 개가 짖고 있다.

동틀 녘 가까이

쓸쓸한 도로 쪽에서 짖고 있는 개인 거야.

「새벽」 전문

ながい疾患のいたみから、

その顔はくもの巣だらけとなり、

---

15 『補訂版 萩原朔太郎全集 第1巻』(1986), 筑摩書房, pp.183-184.

16 단면이 육각(六角)이고 위가 벌어진 틀에 종이를 발라 불을 켜는 작은 등롱(燈籠)을 가리키는 말.

腰からしたは影のやうに消えてしまひ、

腰からうへには藪が生え、

手が腐れ

身体いちめんがじつにめちゃくちゃなり、

ああ、けふも月が出で、

有明の月が空に出で、

そのぼんぼりのようなうすらあかりで

畸形の白犬が吠えてゐる。

しののめちかく、

さみしい道路の方で吠える犬だよ。

「ありあけ」¹⁷ 全文

이 낯선 개가 내 뒤를 따라온다

초라한, 뒷다리를 절고 있는 불구의 개 그림자다 (…중략…)

아아 나는 어디로 가는 것인지 모른다

커다란 살아있는 짐승 같은 달이 아련히 앞쪽에 떠 있다

그리고 등 뒤의 쓸쓸한 거리에서는

개의 가늘고 긴 꼬리 끝이 땅바닥 위를 질질 끌며 간다

아아 어디까지고 어디까지고

이 낯선 개가 내 뒤를 따라온다

---

17 『補訂版 萩原朔太郎全集 第1卷』(1986), 筑摩書房, p.55.

더러운 땅바닥을 기어 돌아다니며

내 뒤에서 뒷다리를 끌고 있는 병든 개다 (…중략…)

「낯선 개」 일부

この見もしらぬ犬が私のあとをついてくる、

みすぼらしい、 後足でびつこをひいてゐる不具の犬のかげだ。

(中略)

ああ、 わたしはどこへ行くのか知らない、

おほきな、 いきもののやうな月が、ぼんやりと行手に浮んで

ゐる、

さうして背後のさびしい往來では、

犬のほそながい尻尾の先が地べたの上をひきずつて居る。

ああ、 どこまでも、 どこまでも、

この見もしらぬ犬が私のあとをついてくる、

きたならしい地べたを這ひまはつて、

わたしの背後で後足をひきずつてゐる病氣の犬だ、(中略)

「見しらぬ犬」[18] 一部

「윤회와 전생」에서의 화자는 기회를 갖지 못했지만 낙타를 타고 여행

18　『補訂版 萩原朔太郎全集 第1卷』(1986), 筑摩書房, pp.74-75.

을 하고 싶은 희망을 갖고 있었을 것이다. 시어 '환상의 낙타'는 화자의 희망을 대신해 주는 매개물이다. 이 시의 일부 구절이 다쓰지의 초기 시에 영향을 미쳤다는 사실은 쉽게 확인된다. "환상의 낙타"나 "어슬렁어슬렁 서글픈 여행길"이라는 표현은 차용에 가깝기 때문이다. '낙타'라는 제목이나 "천막 사이에서 나는 휘청거리며 온 동료의 한 사람"(4행)은 「윤회와 전생」과 대비된다.

「새벽」은 사쿠타로가 1917년에 출간한 시집인 『달에게 짖다(月に吠える)』에 수록한 작품이다. 이 시집의 대표작인 「슬픈 달밤(悲しい月夜)」이나 「낯선 개」가 화자의 슬픈 삶을 그리고 있는 것처럼, 「새벽」도 무척이나 암울한 분위기를 연출하고 있다. 초반부의 음울하고 슬픔을 자아내는 진술 즉, "오랜 질환의 아픔"(1행), "그 얼굴은 거미집투성이"(2행), "손이 썩고"(5행), "몸 한쪽이 실로 엉망진창이 되고"(6행) 등이 "기형의 흰 개"(10행) 한 마리에 집약된 듯한 느낌이다. 「낯선 개」는 어쩐지 음침한 기운이 도는 것 같다. 오랫동안 고독을 느껴온 화자의 방황이 끝나지 않았음을 보여주는 작품이다. "불구의 개 그림자"가, "어디까지고 어디까지고", "내 뒤를 따라온다"에는 이러한 화자의 내면이 잘 드러난다. 두 작품의 이러한 이미지가 다쓰지 시에 나타난 것으로 읽힌다. 직접적인 시구 차용은 보이지 않더라도 다쓰지 시의 "병상에서 일어난 초사흘 달이 모래언덕 위에 떨어져 내리는"(3행)은 사쿠타로의 「새벽」에서의 달 이미지와 「낯선 개」의 개 이미지를 혼합한 느낌이 든다.[19] 다쓰지가 차용했다고 생각되는

---

19 양동국은 사쿠타로의 「새벽」과 「낯선 개」 두 작품에 등장하는 달과 개의 이미지에 대해서, '기형의 흰 개' 등은 사쿠타로의 내면세계의 대변자라는 것을 암시하며, '아

그 밖의 작품으로는 이밖에도 사쿠타로의 「낙타(駱駝)」(『정본 푸른 고양이(定本 靑描)』에 수록)가 있다.

　　　쓸쓸한 광선이 비치고 있는 길을

　　　나는 낙타처럼 걸어서 가리라. (…중략…)

　　　먼 교역시장(交易市場) 쪽으로 나가서

　　　낡아빠진 마구(馬具)나 농기구 거래하는 모습이라도 바라보고 있으

리라.

　　　그리고 모래벌판에 천막을 치고 (…중략…)

　　　　　　　　　　　　　　　　　　　　　　　　　　　「낙타」 일부

　　　さびしい光線のさしてる道を

　　　わたしは駱駝のやうに歩いてゐよう。(中略)

　　　遠くの交易市場の方へ出かけて行って

　　　馬具や農具の古ぼけた商賣でも 眺めてゐよう。

　　　さうして砂原へ天幕を張り(中略)

　　　　　　　　　　　　　　　　　　　　　　　　　「駱駝」[20] 一部

인용 시에는 한 마리 낙타가 되어 다양한 경험을 해 보고 싶어 하는 화

아 어디까지나 이 낯선 개가 내 뒤를 따라오는'에서의 개는 시인의 숙명을 나타낸다고 설명한다(梁東國(1993), 「日韓近代詩における <吠える犬> のイメージ ー萩原朔太郎を中心にー」, 『比較文学研究 64』, 東大比較文学会, pp.53-55 참조).

20　『補訂版 萩原朔太郎全集 第2卷』(1986), 筑摩書房, p.82-83.

자의 바람이 나타나 있다. 그래서 일상을 벗어나고 싶어 하는 화자의 희망 표현에 관심이 간다. "쓸쓸한 광선이 비치고 있는 길을", "낙타처럼 걸어서", "먼 교역시장(交易市場) 쪽으로 나가서", "모래벌판에 천막을 치고"는 낙타를 빌려와 표현한 행위의 진술이다. 이 시가 다쓰지 시에 영향을 주었다는 것은 우선, 「낙타」라는 제목과 「낙타의 혹에 올라타고」라는 제목과의 유사성이다. 그리고 '모래벌판', '천막', '도박'과 같은 사쿠타로의 「낙타」에 쓰인 시어가 다쓰지 시에서도 비슷하게 등장한다는 점이다. 즉, 다쓰지 작품에서는 '모래언덕'(3행), '천막'(4행), '도둑'(9행)에 각각 등장한다. 시어의 유사성은 이미지의 유사성과도 깊은 관계를 형성한다는 점에서 영향 관계는 설득력을 얻는다. 두 작품 「낙타」와 「낙타의 혹에 올라타고」는 한 마리 낙타처럼 세상을 둘러보며 자신의 욕망과 행동을 실현하려는 의지를 담고 있다는 점에서 내적으로 밀접한 연관성이 있어 보인다. 따라서 「낙타의 혹에 올라타고」 초반부는 사쿠타로 작품 네 편에서 영향을 받았다는 것을 암시한다. 즉, 스승의 절대적인 영향 속에 자신을 '불량한 고아', '불초의 제자'로 형상화하는 한편 다쓰지 자신의 시단 초기의 경력을 풍자했던 것이다.

2) 시인으로서의 삶과 미래: 자기비하와 반성, 자부 그리고 도전 의식

> 도둑질할 열쇠를 만드는 것을 시작으로
> 사기꾼 날치기꾼 술통 훔치는 도둑까지 해 왔다 (…중략…)
> 원래부터 나는 그것이기에 이 나이까지 행선지 없는 떠돌이였고
> 국적 불명의 낙인자다

미요시 다쓰지三好達治 시를 읽는다

그렇지만 나의 사상이라면

때로는 아침의 수탉이다 때로는 정오의 해바라기다

또한 피리 소리다 분수(噴水)다

나의 사상은 떠들썩한 축제처럼 참으로 화려하고 쾌활하고 무모했

으며

미리 말해 두지만 철학은 도무지 무학(無學)이다 (…중략…)

새벽의 줄사닥다리

아침은 쇠고랑이라고 하는 것이다

어디나 편안한 집이 아니다

동서남북 세계는 하나야

아아 싫다 싫어졌다 (…중략…)

도대체 나는 무엇을 보고 온 것일까

아아 그때 나는 건강한 일꾼이었고

언제나 어딘가의 변두리에서 얼굴을 씻고 급히 달려와 합승마차에

뛰어 올라탔다

공장가에서는 실력자였고 해머도 가벼웠다

말쑥한 파란 노동자 옷 눈썹 사이의 상처도 문신도 남 못지않게 우

쫄대는 호기로 통했었다 (…중략…)

바보 같은 당나귀가 꿈을 꾸었다

아아 싫다 싫어지기도 하지

-그리고 줄곧 생업은 내리막길이다

굴뚝 빠져나가서 집으로 숨어들어 도둑질하고 빈집 노리는 도둑도

소도둑도 솜씨가 무디어졌다

성질이 꺾였다 (…중략…)

-그런데 제군들 아직 이르다 이 인물을 불쌍히 여기지 말라

제군들 앞에서 또다시 이렇게 포승을 당했지만

막은 내려도 앞은 있다 매번의 바보짓이다 떠들지 않으리라

(…중략…)

낙타의 혹에 올라타고 빠져나갈 정도의 지혜는 있다

-자 새 아침이 오고 제7막의 막이 열린다

그럼 또 어딘가에서 만나자……

「낙타의 혹에 올라타고」 일부

合鍵つくりをふり出しに

拔取り騙り搔拂ひ樽ころがしまでやつてきた(中略)
<small>かた・かっぱら</small>

もとよりおれはそれだからこんな年まで行先なしの宿なしで

國籍不明の札つきだ

けれどもおれの思想なら

時には朝の雄鷄だ 時に正午の日まはりだ

また笛の音だ 噴水だ

おれの思想はにぎやかな祭のやうに華やかで派手で陽氣で無

鐵砲で

斷つておく 哲學はかいもく無學だ(中略)

月夜の晩の梯梯子

朝は手錠といふわけだ

いづこも樂な棲みかぢやない
<small>す</small>

242

東西南北 世界は一つさ

ああいやだ いやになつた(中略)

いつたいおれは何を見てきたことだらう

ああそのじぶんおれは元氣な働き手で

いつもどこかの場末から顔を洗つて驅けつけて乘合馬車にとび
乘つた

工場街ぢや幅ききで ハンマーだつて輕かつた

こざつぱりした菜つ葉服 眉間の疵も刺青もいつぱし伊達で通
つたものだ(中略)

間抜けな驢馬が夢を見た

ああいやだ いやにもなるさ

ーそれからずつと稼業は落ち目だ

煙突くぐり棟渡り 空巣狙ひも籠拔けも牛泥棒も腕がなまつた

氣象がくじけた(中略)

ーさて諸君 まだ早い この人物を憐れむな

諸君の前でまたしてもかうして捕繩はうたれたが

幕は下りてもあとはある 毎度のへまだ騷ぐまい(中略)

駱駝の瘤にまたがつて拔け出すくらゐの智慧はある

ーさて新しい朝がきて 第七幕の幕があく

さらばまたどこかで會はう……

　　　　　　　　　　　　「駱駝の瘤にまたがって」一部

인용 부분은 중략된 곳도 있지만 「낙타의 혹에 올라타고」 8행부터 마지막 72행까지다. 이 작품 전체를 정독하면, 속된 것을 싫어하는 시인의 반속 정신과 함께 영원한 자유인이기를 갈망했던 시인의 의지나 자부심이 주된 흐름을 형성한다는 것을 감지할 수 있다. 시 초반부에 제기한 "불량한 고아", "아비 없는 자식"이라는 표현이 구체성을 띠는 것은 시의 중반부라고 할 수 있는 8행부터 57행까지다. 여기에는 시의 초반부에 대한 다쓰지 자신의 구체적인 삶의 모습이 펼쳐진다. 자기비하나 자기반성과 함께 시적 자부심이 혼재하는 양상이다.

먼저, 곳곳에서 발견되는 자기비하의 표현들을 살펴보자. "도둑질할 열쇠를 만드는 것을 시작으로", "사기꾼", "날치기꾼", "술통 훔치는 도둑"(8행, 9행) 등으로 묘사한 것을 비롯해, "떠돌이", "국적 불명의 낙인자"(12행, 13행), "새벽의 줄사닥다리"(23행), "아침은 쇠고랑"(24행), "바보 같은 당나귀"(49행), "빈집 노리는 도둑"(52행), "소도둑"(52행) 등, 실로 다양한 이미지를 등장시켜 자신을 형상화하고 있다. 이러한 표현은 가부키(歌舞伎)에서 배우들이 구사하는 대사나 어조처럼 시인 자신이 스스로의 삶을 다소 거친 어투를 빌려 내뱉는 방식에 가깝다. 그것은 다름 아닌 다쓰지의 청년기 모습으로의 지향이다. 초반부에서 제시했던 자신의 태생에 대한 언급에서 더 나아가 청년 시절의 방황을 구체적이고 비판적으로 담아낸 것이다. 또한 자기반성의 내용은 어려운 여건하에서도 순수의 세계를 그리며 시를 써 왔지만, "도대체 나는 무엇을 보고 온 것일까"(29행)에서 읽힌다. 자신을 향한 반문은 시인으로서의 치열한 삶과 고독을 감지하게 해준다.

시인으로서의 자부심과 시에 대한 자부심은 "이 나이까지 행선지 없는 떠돌이"(12행), "아침의 수탉", "정오의 해바라기", "피리 소리", "분수"(15행, 16행)에서 각각 간파된다. 몇 번 곱씹어 읽고 싶은 것은, 이 부분이 시인으로서의 삶을 스스로 위로하며 자신의 가치와 시적 가치를 한껏 고양시키는 기능을 하고 있기 때문이다. 이러한 표현은 화자가 자기비하나 자기반성과 함께 자신의 시에 대한 절대적인 자부심도 잃지 않았음을 보여주는 구체적인 예다.

시에서 다쓰지가 말하고자 했던 주제는 후반부에서 찾아볼 수 있다. 후반부는 58행 째부터 72행까지다. 여기에서는 자신의 천성과 자부심, 자기비하, 자기반성을 거쳐 자신의 시가 건재함을 역설하는 내용이다. "제군들 앞에서 또다시 이렇게 포승을 당했지만"(58행)과, "막은 내려도 앞은 있다 매번의 바보짓이다 떠들지 않으리라"(59행)의 표현은, 후배 시인들로부터 자신의 시가 이제 낡아서 별로 호응을 얻지 못하는 것이 아니냐는 평가에 대한 항변의 성격이 강하다. "낙타의 혹에 올라타고 빠져나갈 정도의 지혜는 있다"(71행)는 그러한 의욕과 새로운 도전 의지를 보여준다. 시의 후반부에는 세상의 속된 것을 거부하는 다쓰지의 반항 기질이 초반부나 중반부와는 달리 차분하게 정돈된 형태로 마무리되고 있다. 마지막 행 "그럼 또 어딘가에서 만나자"는 청유형 문장은 선배 시인으로서의 관대함과 함께 후배들과의 소통을 피력하는 인사말로 들린다.

이 시는 무엇보다 표면적으로는 기존의 다쓰지 시들과 상당히 다른 형태다. 넘칠 정도의 감상이 다쓰지 시의 이미지라고 한다면, 이 시는 기존 작품들과 이미지 면에서 맞지 않는다. 그만큼 이 작품은 시인의 기존 시가 가진 이미지와는 이질적이다. 이 시를 이색적이라고 평가할 수 있는 「당나귀」, 「까마귀」, 「겹겹의 조망」처럼, 자기 희화화와 해학과 풍자를 담고 있다는 뜻이다. 「당나귀」, 「까마귀」, 「겹겹의 조망」에 담긴 모든 시적 주제가 이 한 편의 시에 압축, 용해되어 있음을 부정할 수 없기 때문이다. 새로운 시를 향한 개척의 의지, 그리고 시인의 반속 정신. 이 작품에는 이러한 두 가지 틀이 자신의 스승이었던 사쿠타로의 짙은 영향과 함께하고 있다.

5. | 소 결론

이 글은 『낙타의 혹에 올라타고』에 실린 작품들의 양식적 특질과 함께 시의 의미 구조를 분석한 것이다.

우선, 시 양식의 측면에서 보면, '한인단장', '추풍리', '수광미망' 등 모두 3부로 나누어 시집을 꾸린 것은 나름대로 다쓰지의 질서 의식을 반영한 것으로, 그는 세 부문에서 각각의 특질을 부여하여 무질서하게 보일 여지를 차단하면서 시형의 종류에 따른 안배를 고려했다. 즉, '한인단장'에는 문어 사행시나 단형시의 특성을 가진 작품을, '추풍리'에는 문어 운율시와 구어 산문시를, '수광미망'에는 기존 시집들과 달리 장시와 구어 산문시 경향의 시편들을 각각 배치하여, 기존 시집들과의 차별성을 꾀하였다는 것을 알 수 있었다.

'한인단장'의 대표작으로 인용한 「파이프」는 『화광』의 시형들을 답습한 듯한 인상을 주지만, 일상의 삶과 관련된 친근한 시어를 통해서 인생을 관조하는 깊이를 보여주는 문어 사행시였다. '추풍리'의 대표작으로 인용한 「이리」는 양식적으로는 기존의 작품과 비교해서 새로운 시도나 새로운 모색은 보이지 않지만, 『측량선』의 산문시에서 구사한 의인화 수법과는 달리 시인이 하고 싶은 말을 절제하고 숨긴 형태의 구어 산문시였다. 그리고 '수광미망'의 대표작으로 인용한 「그렇지만 정서는」, 「겹겹의 조망」은 장시, 산문시, 구어시의 요소를 골고루 갖추고 있으면서도 음수를 맞춘 듯한 구성으로 리듬감을 부여하여 자신만의 색깔을 드러냈다. 이처럼 『낙타의 혹에 올라타고』는 여러 시형을 구사하면서 일본어의 모든 가능성을 펼쳐 보인 시인의 시적 결산의 성격이 짙다.

다음으로 시의 의미 구조를 살펴본 결과, '수광미망'에 수록된 「당나귀」, 「까마귀」, 「겹겹의 조망」 등은 해학과 풍자, 자기 희화화라는 세 가지 주제를 주된 틀로 삼았다는 점, 알레고리 방식이라는 점, 「겹겹의 조망」에서 보았듯이 이원론적인 세계관을 담고 있다는 점이 확인되었다. 특히 「낙타의 혹에 올라타고」는 거칠고 투박한 어투가 활용되었으나, 자신의 슬픔과 고독을 초월하여, 앞서 말한 세 가지 주제인 해학, 풍자, 자기 희화화로 표현하며 시적 성취에 도달하고 있음을 파악할 수 있었다. 이는 이 시집이 고독과 슬픔을 뛰어넘어 세속적인 것을 거부하는 '반속 정신'을 품고 있다는 것이다. 또한, 새로운 것에 대한 거부는 시인으로서의 의지나 자신감에서 기인한다는 것, 평생 스승으로 모셔온 사쿠타로의 그림자를 비록 떨쳐버리지는 못했으나, '수광미망'의 시들은 기존 작품들과는 다르게 장시에 리듬감을 부여하는 양식적 특질과 어울려 새로운 매력을 낳고 있다는 것을 거론하였다.

8장

고독의 시경詩境

『백 번 이후百たびののち』
읽기

미요시 다쓰지는 1952년부터 10여 년에 걸쳐 쓴 작품 72편을 새로이 묶어 『백 번 이후(百たびののち)』를 남긴다. 1962년 3월에 간행된 『정본 미요시 다쓰지 전시집(定本三好達治全詩集)』에 수록된 이 시집은 단행본으로 출간된 것은 아니지만, 그의 말년의 시적 양식이 고스란히 담겨 있다는 점에서 새로운 시집으로 보는 것이 일반적이다. 그가 1964년에 세상을 등 졌으니, 이 시집은 다쓰지의 마지막 시집으로 기록되어야 할 것이다.[1] 시집 제목으로는 다소 추상적으로 느껴지는 '백 번 이후'에는 '백 번의 회한 (悔恨)을 다한 후에 세상에 펼쳐 놓는 시집'[2]이라는 뜻이 함축되어 있다.

다쓰지의 시적 업적을 토대로 지금까지 그의 작품에 대한 많은 연구

1 　이 시집이 별도의 시집 한 권으로 간행된 것은 1975년 7월의 일이다.

2 　이와 관련하여 다음의 언급은 의미심장하다. "'백 번 이후'라는 용어는 하기와라 사 쿠타로(萩原朔太郎)가 그의 시집 『빙도(氷島)』에서 종종 사용한 「백 번의 회한(百た びの悔恨)」이라는 표현을 그 바탕으로 하고 있다. 사쿠타로는 시인이 시경(詩境)을 얻을 때까지는 백 번의 회한을 경험하지 않으면 안 된다는 의미에서 이 표현을 사용 하고 있지만, 여기에서 다쓰지는 오랫동안 사쿠타로의 영향을 받은 끝에, 마침내 독 자의 시경을 확립했다고 말하고 싶었을 것이라는 설(說)도 있다. 이것은 사카모토 에 쓰로(坂本越郎)의 설이다."(ドナルド・キーン 著, 德岡孝夫 訳(1992), 『日本文学史 近・現代篇 7』, 中央公論社, p.264 참조). 다쓰지가 죽은 후, 그 기일(忌日)을 백조기 (百朝忌)라고 이름 붙인 것도 여기에서 유래한다.

가 일본인 학자들 사이에서 이루어져 왔으나, 아쉽게도 『백 번 이후』 한 권의 시집만으로 한정해서 이루어진 연구 사례를 찾아보는 것은 쉽지 않다. 더불어 한국인에게 이 시집이 특별하게 다가오는 것은, 시집에 실린 시집의 표제작 「백 번 이후」가 한국의 경주 불국사를 공간적 배경으로 하고 있기 때문이다. 시인의 이 시에 대한 애정의 정도를 짐작할 수 있다.[3] 다만, 이 글에서는 작품 「백 번 이후」에 대한 평석은 생략한다. 그것은 다쓰지가 한국을 방문하고 남긴 작품을 모아 별도의 장을 마련한 까닭이다. 이는 다음 장인 '9장 미요시 다쓰지 시(詩)와 한국'에서 상론하기로 한다. 여기에서는 그의 시가 갖는 의미 구조를 '고독의 시경(詩境) 혹은 죽음의 예감', 그리고 '유년의 추억과 그리움'이라는 핵심어를 중심으로 살펴보기로 한다.

1. 고독과 죽음의 예감

지천명을 넘기고서 발표한 다쓰지의 시를 보면, 대체적으로 삶에 대한 진솔한 사색이 뚜렷해지는 특징을 보여준다. 『백 번 이후』 이전의 시집에

---

3 다쓰지 시 연구자의 한 사람인 이시하라 야쓰카(石原八束)는, 다쓰지가 남긴 20여 권의 시집 중에서 대표작 3권을 꼽으라고 하면, 이 시집과 더불어 『측량선(測量船)』(1930)과 『낙타의 혹에 올라타고(駱駝の瘤にまたがって)』(1952)를 거론하고 있어 이 시집에 대한 높은 평가를 밝히고 있다(石原八束(1979), 『三好達治』, 筑摩書房, p.184 참조).

미요시 다쓰지三好達治 시를 읽는다

서 느낄 수 있었던 것보다 더 깊은 고독감이 부각되고 있다. 이러한 점은
이 시집을 예사롭게 볼 수 없는 중요한 요소로 작동한다. 젊은 시절 평범
하게 보았던 자연의 한 단면도 이 시기에는 원숙해진 사색의 깊이로 자리
잡는다. 먼저 「잔과(殘果)」라는 작품을 보자.

　　친구들 모두 우듬지에게 이별을 고하고
　　시장으로 운반되어 팔려 나갔지만

　　혼자 거기에 남은 것을
　　나무 지킴이라고 한다
　　푸른 하늘 깊어서
　　붉은빛 물들이며 선명하고

　　팔꿈치 편 마른 감나무
　　야윈 용(龍)에 눈동자를 찍는다
　　나무 지킴이는
　　나무를 지키노라

　　까마귀도 직박구리도
　　존중하며 쪼아 먹지 않았다
　　진눈깨비를 기다리고 눈이 오기를 기다리며
　　이리하여 사라지는 날을 기다리는가

도대체 그저

차가운 바람에 오늘을 뽐내는가

　　　　　　　　　　　　　　　　「잔과」전문

友らみな梢を謝して

市にはこばれ賣られしが

かしこに殘りしを

木守りといふ

蒼天のふかきにありて

紅の色冴えわたり

肱張りて枯れし柿の木

痩龍に睛を点ず

木守りは

木を守るなり

鴉のとりも鶫どりも

尊みてついばまずけり

みぞれ待ち雪のふる待ち

かくてほろぶる日をまつか

知らずただしは

寒風に今日を誇るか

「殘果」[4] 全文

인용 시는 1955년 1월 1일 『산교케이자이신문(産業經濟新聞)』에 실은 것으로, 시집 『백 번 이후』에 수록했다. 말하자면 새해를 맞이하는 날에 발표한 시다. 그의 나이 55세 때의 작품이다. 우선, 화자가 겨울바람을 맞으며 높은 허공에서 홀로 감나무를 지키고 있는 감 하나를 바라보며, 그 모습에 "나무 지킴이"(2연 2행, 3연 3행)라는 위치를 부여해주고 있는 것에 관심이 간다. 이미 감 수확 시기가 지난 감나무에서 하나의 감이 남겨진 모습은 한국이나 일본에서 흔히 볼 수 있는 풍경의 하나다. 그러나 시인은 이 평범한 풍경에서 깊은 시적 성취를 발휘한다. 즉, 시장에 다 팔려나간 감들과 달리, 홀로 남은 단 하나의 감을 "야윈 용(龍)에 눈동자를 찍는다"(3연 2행)에 비유한 것과 열매가 다 떨어진 감나무의 모습에서 "팔꿈치 편 마른 감나무"(3연 1행)라고 표현하며 야윈 용(龍)을 상상한 것. 이것이 예사롭지 않다. 이 마지막 감 하나에 생명력을 불어넣는 시인은 중국의 고사성어인 화룡점정(畵龍點睛)을 상기하게 한다. "야윈 용(龍)에 눈동자를 찍"음으로써 마지막 한 알의 감은 두 가지 의미로 여운을 남기는 듯하다. 그 두 가지를, "사라지는 날을 기다리는가"(4연 4행)와 "차가운 바람에 오늘을 뽐내는가"(5연 2행)로 보면, 전자에서는 노년에 접어든 시인의 진한 고독감이, 후자에서는 다쓰지의 시취(詩趣)나 기교가 묻어난다. 시의 구성에서 보면 전통적인 5, 7조의 문어체 작품으로, 시인의 고전 취미

---

4   三好達治(1965), 『三好達治全集3』, 筑摩書房, p.191.

와 현대적인 감성이 잘 어우러져 있다. 이 작품을 그의 전체적인 삶과 연관 지어 해석하면, 만년에 세속의 사람들을 벗어나 자연을 노래하는 시인의 진한 쓸쓸함 같은 것이 묻어난다. 동시에 다쓰지의 시적 자신감에 대한 경이로움도 함께 읽힌다. 이러한 점은 이 작품을 수작으로 꼽는 데 조금도 주저하지 않게 하는 이유가 된다.

자연을 노래하고 싶어 했던 다쓰지 말년의 시적 취향은 작품 「뜰의 참새 7마리(庭すずめ七)」에서도 비슷한 양상으로 나타난다.

예년 그대로

겨울로 접어들면 또 참새들이 돌아온다

감나무 높은 곳에 잠시 잃어버렸던 수만큼 모여 있다

감나무는 벌거숭이고 그들은 말쑥하고 풍채도 좋아 보인다

반들반들하게 윤기가 나고 매우 침착하게 보인다

저 수다쟁이가 가만히 있다

겨울 해는 따뜻하게 이 가난한 뜰에도 내리쬐고 있다

이 집 주인은 얼마간의 먹이를 그들을 위해서 매일 잊지 않는 것이 관례이나

올해도 또 그 계절 동안 두 달 정도 그들은 여기에 있지 않았다

그렇게 잊지 않고 돌아왔다

언젠가는 무사시노(武蔵野) 일대의 논을 이리저리 돌아다니다 왔으리라

부지런히 시끄럽게 떠들며 팔방에서 모여든 동료들과 크게 소란을 피우며

이 백 마리 삼 백 마리 무리를 지어 아침 일찍부터

그곳 수확의 때를 휩쓸고 다니고 왔음에 틀림없다

농부들에게는 계속 미움을 받으며 계속 폐를 끼치고서

제멋대로 먹고 도망친 후 바람을 맞고 되돌아왔으리라

저 수다쟁이가 가만히 있다

그래도 그 숫자는 확실히 원래의 한 조(組)다

그래 잘 무사히 돌아왔구나

도둑 떼를 하고 난 뒤 뿔뿔이 흩어져서 감나무에

품에 팔을 숨기고 있는 뜰에 있는 참새 일곱 마리

「뜰의 참새 7마리」 전문

例年の例のとほりに

　冬に入るとまた雀らが歸つてくる

　柿の木の高いところに　しばらく見失つてゐた數だけ集つて

ゐる

　柿の木は裸で　彼らはすつきり恰幅がよくなつて見える

　艶やかに磨きがかかつて　落ちつき拂つて見える

　あのおしやべり屋がだまつてゐる

　冬の日は暖かに　この貧しい庭にもふりそそいでゐる

　この家の主じはいささかの食餌(しょくじ)を　彼らのために毎

日忘れないしきたりであるが

　今年もまたその季節の間二た月ばかり　彼らはここを留守に

した

　さうして忘れず歸つてきた

　いづれは武藏野いちめんの田圃をかけまはつてきたのであらう

　えいえいわいわい八方から集つた仲間と大騒ぎで

　二百羽三百羽と群れをなして朝つぱらから

　そこらのとり收れどきを荒しまはつてきたのに違ひない

　お百姓さんには憎まれつ放し　迷惑のかけつ放しで

　好き放題な食ひ逃げのあと　風をくらつて舞ひもどつてきた

　あのおしやべり屋が　だまつてゐる

　それでもその數はきちんともとの一組である

　まあよく無事にもどつてきたものさ

　群盗のはてのちりぢり柿の木に

　ふところ手する庭すずめ七

「庭すずめ七」[5] 全文

　다쓰지가『도쿄신문(東京新聞)』에 이 시를 발표한 것은 환갑을 넘긴 다음 해인 1961년 1월 3일. '감나무'와 '참새' 그리고 '뜰'이 중요한 시적 소재로 등장하는 이 작품의 분위기는 무겁지 않다. 화자는 두 달이나 돌아오지 않았던 참새 일곱 마리가 또다시 무사히 돌아와 감나무에 앉은 것을 보며 재회의 기쁨을 노래하고 있기 때문이다. 먹이를 주어야 하는 참새를

5　三好達治(1965), 앞의 책, p.257.

　미요시 다쓰지三好達治 시를 읽는다

보고, 그 숫자를 세는 집주인은 넉넉한 마음의 소유자로 읽힌다. 물론 세속적인 냄새와도 거리감이 있다. 두 달 동안 돌아오지 않은 참새들의 행적을 상상하며 묘사한 11행(언젠가는…)에서 16행(제멋대로 먹고…)까지의 여섯 행 또한 읽는 이에게 미소를 자아내게 한다. "이 백 마리 삼 백 마리 무리를 지어 아침 일찍부터 / 그곳 수확의 때를 휩쓸고 다니고"(13행, 14행) 왔기에 "농부들에게는 계속 미움을 받"(15행)았다는 표현은 재미있다. 거기에 무엇보다 독자의 눈길을 끄는 곳은 다시 돌아온 참새를 "말쑥하고 풍채도 좋아 보인다 / 반들반들하게 윤기가 나고 매우 침착하게 보인다"(4행, 5행), "수다쟁이"(6행), "품에 팔을 숨기고 있는"(마지막 행) 등으로 묘사한 대목이다. 비유를 통한 기교가 작품의 품격을 높이고 있는 것이다. 여기에는 자연과의 친밀감이 바탕이 되어 있어 시는 값어치를 획득하고 있다. 이 친밀감은 물론 "얼마간의 먹이를 그들을 위해 매일 잊지 않은"(9행) 화자의 정성과 어우러져 있고, 무사히 자신의 뜰에 돌아와 준 고마움과도 호응하고 있다. 자유시의 형태를 빌린 구성에도 어울리듯, 이 시에서 시인 다쓰지는 자유롭게 자연과 호흡하는 초속(超俗)의 경지를 노래하고 있다. 그것은 어쩌면 환갑을 넘긴 고독감인지도 모르지만, 동시에 자신이 살아온 삶에 대한 애정이기도 하다. 역시 평범한 일상 풍경일 수도 있는 모습을 범상치 않게 전개한 것에 다쓰지의 시적 깊이가 묻어난다.

자연과의 거리감을 좁히며 삶의 의미를 찾고 있는 다쓰지에게 다음의 시 「낙엽 떨어져(落葉つきて)」는 또 다른 메시지를 주고 있어 남다르게 읽힌다.

> 낙엽 떨어져 우듬지 우듬지를 들여다보는 햇살
> 겨울 석양을 유연하게 흔들어 올리는 그들의 동료

모두 한 방향으로 한쪽으로 나부끼는 느티나무 우듬지

여기 가로수 옹두리들 노목(老木)의 어깨 가슴 허리

걸상만큼 휘어 구부러진 그 밑동

갈라지며 비틀어져 기울어진 이상한 창에서

이 묘한 속이 텅 빈 곳에서조차 온다

마침내 거기 형무소의 끝없는 벽의 그늘

감시대의 팔각탑(八角塔) 그 한쪽 유리창의 빨간 석양의 물방울에서

지금 막 몸치장을 한 황혼이

다가온다

다가오는 하나의 풍경

풍경이야말로

언제나 어디서나 나에게 어울리는 것이었다

백 년이라는 긴 시간 동안 나는 그것을 바라보고 있었다

청명한 아담한 조용한 보들보들한 우듬지들 비추는 햇살

양손을 들어 보들보들하게 겨울 석양을 흔들어 올리는 그들의 동료

잘 가요

안녕

먼 먼 과거 쪽에서 두둥실 달이 떠올랐다

떠오른 추억의

그렇게 이 오랜 빈 구멍에서 나가는 것은

자 이제 저세상의 새로운 나일까요?

—가집서(家集序)

「낙엽 떨어져」 전문

落葉つきて　梢こずゑを透く陽ざし

冬の夕陽をしなやかにゆりあげる彼らの仲間

みなひと方にかたなびく欅の梢

ここの並木の瘤こぶの老樹の肩　胸　腰

腰かけほどにくねり上つたその根かた

さけてよじれて傾いた變な窓から

この變てこなうつろからさへやつてくる

ついにそこの刑務所の　とりとめもない壁のかげ

監視櫓の八角塔　そのひと方の窓硝子の　赤い夕陽のしたたりから

今しがた身じまひのできたばかりの黄昏どきが

やつてくる

やつて來る一つの風景

風景こそは

いつもどこでも私にふさはしいものであつた

百年もながい間私はそれを眺めてゐた

さやかな　ささやかな　しづかな　しなやかな梢こずゑを透く陽ざし

もろ手をあげてしなやかに冬の夕陽をゆりあげる彼らの仲間

さやうなら

こんばんは

遠い遠い過去の方から　ぽつかり月が浮び出た

浮び出た追憶の

さうして　この古い空洞(うろ)から出てゆくのは

さてもうあの世の新しい私でせうか

——家集序

「落葉つきて」[6] 全文

이 시는 1962년 3월 『정본 미요시 다쓰지 전 시집(定本三好達治全詩集)』이 간행될 무렵, 『백 번 이후』라는 제목하에 새로운 시 72편을 수록하는 과정에서 맨 처음 내 세운 작품이다. 시의 마지막에 표기한 '가집서(家集序)'는 그런 의미를 담고 있다. 이 시집의 성격을 잘 요약해서 드러낸 것으로 보아도 무방하다.

무엇보다 작품이 독자들에게 공감을 주는 것은 낙엽이 져 버린 늙은 느티나무 한 그루에 담아내는 시인의 깊은 성찰에서 비롯된다. 그리고 그 나무 주위에 있는 '형무소의 벽', '감시대의 팔각탑', '그 유리창의 빨간 석양의 물방울'을 통해 아픈 인생의 풍경을 그려내고 있다는 점도 감동의 원천이다. 그리하여 화자는 그 풍경을 독백처럼 "풍경이야말로 / 언제나 어디서나 나에게 어울리는 것이었다"(12행, 13행)고 토로하며 자신의 생에 대한 이미지로 환원시킨다. 서정시인이며 자연을 노래한 시인으로서의 솔직한 독백이다. 결국, 말미 부분인 "먼 먼 과거 쪽에서 두둥실 달이 떠올랐다 / 떠오른 추억의 / 그렇게 이 오랜 빈 구멍에서 나가는 것은 / 자 이제 저세상의 새로운 나일까요?"(19행-22행)에서는 시인 자신의 마지막을 암시하는 듯한 뉘앙스가 전해온다. 즉, 죽음의 도래를 예감하는 의미로 확

---

6   三好達治(1965), 앞의 책, p.145.

대해석할 수 있다. "잘 가요"(17행), "안녕"(18행)도 같은 맥락에서 이해되는 시어들이다. 실제로 그는 이 시집 간행 후 2년 뒤에 저세상 사람이 되었다. 이 시는 '낙엽 떨어진 느티나무'와 그 나무를 둘러싸고 나타난 '형무소 감시대의 유리창에 맺힌 빨간 석양의 물방울', 그리고 '달', 이 삼자가 시인의 죽음에 대한 예감과 서로 맞물린 구성을 보인다. 이는 만년을 향하고 있는 시인의 심경을 잘 드러낸 작품[7]으로 평가할 수 있는 구체적 진술로 들린다. 특히, "지금 막 몸치장을 한 황혼이 온다"(10행)와 "양손을 들어 보들보들하게 겨울 석양을 흔들어 올리는 그들의 동료"(16행)에서처럼, 황혼과 느티나무를 표현하는 시적 기교는 여전히 그가 뛰어난 역량을 가진 시인임을 확인해 준다.

이처럼 시집 『백 번 이후』에는 세속으로부터 벗어나 자연과의 친밀감 혹은 자연을 노래하고자 하는 다쓰지의 사색이 넉넉하게 펼쳐져 있다. 또한 그 사색에는 진한 고독감이 내재되어, 환갑을 넘기고 자신의 죽음을 예감하는 듯한 심경이 읽히기도 한다. 그의 오랜 시력이 말해주듯, 평범한 자연의 풍경을 전개하는 과정에서 보여준 시적 기교도 결코 범상치 않다.

---

7 이 시집에는 이들 작품 외에, 다쓰지 말년의 시적 양식으로서의 특색을 잘 보여주는 것으로, 화살에 맞아 떨어져 가는 꿩에 비유해 인간의 운명을 노래한 작품 「우리들 무엇을 해야 할 것인가(我ら何をなすべきか)」와 어제의 고통스러움을 오늘의 의미로 바꾸는 것에 참된 인생이 있다며 자신의 인생관을 서술한 「봄의 고목(春の枯木)」 등이 있다. 즉, 이들은 공통적으로 고독의 시경이나 죽음의 예감이라는 큰 틀에서 이해되는 작품이다. 또한 「노트(ノート)」는 죽음이 새로운 여행의 시작이라는 시각을 드러내고 있고, 「만주사화(曼珠沙華)」는 자신의 어두운 과거와 생활, 그리고 다가오는 죽음에 대한 생각 등, 이중의 모습을 그려낸다. 생애의 끝을 상징하는 「나라의 끝(國のはて)」에서는 과거에 대한 집착을 단호히 끊고 조용한 노년을 맞이하고 싶어 하는 시인의 정서를 읽을 수 있다.

2. │ 유년의 추억과 그리움

다쓰지는 말년의 작품에서 고독의 시경(詩境) 혹은 죽음의 예감과 더불어 유년 시절을 추억하고 사랑하는 사람을 그리워하는 마음을 담아낸다. 「고향의 버드나무(故鄕の柳)」는 유년에 대한 추억이 강하게 배어 있는 자전적 작품이다.

풀에 놓인 엎드려 누운 곳에
크고 파란 조종(釣鐘)이
다리 옆에 있었습니다
어찌 된 영문인지 모르겠습니다

배(腹) 있는 곳이 발그스름한
우리들은 피라미를 낚았습니다
손잡이가 달린 작은 주전자에 넣자 금방 죽는
그것은 덧없는 물고기였습니다

동물원 앞이었습니다
동물원에서는 호랑이가 울고
사자가 울고 또 코끼리도
해 질 무렵이 되자 울었습니다

오래된 버드나무가 기울고

세 그루 다섯 그루 있었습니다

자벌레가 또다시

우리들 목에 떨어졌습니다

하얀 증기선으로 오는

순경은 모자의 턱 끈으로

뱃머리에 물결을 일으켰습니다

물결을 남기고 갔습니다

아까는 3시 지금은 5시

도무지 물고기도 잡을 수 없습니다

낚시찌가 춤을 추며 기울고

다시 물결치려고 이리저리 밀립니다

이제 슬슬 주변이 놀에 물들고

강 맞은편 병원에

불이 켜질 무렵에는 박쥐가

"사방등(四方燈) 뒤에서" 춤추며 나온다

그 친구들은 어찌 됐을까

빨간 사과나무 향기 같은

그 날의 친구들도 대부분은

고향에 살지 않게 되었습니다

「고향의 버드나무」 전문

草におかれてうつぶせに
大きな青い吊鐘が
橋のたもとにありました
どういふわけだか知りません

腹のところのうす赤い
僕らは鮠を釣りました
提げに入れるとすぐに死ぬ
それははかない魚でした

動物園の前でした
動物園では虎がなく
ライオンがなく象もまた
日暮れになるとなきました

古い柳がかたむいて
三本五本ありました
尺とりむしがまたしても
僕らの頸におちました

白い汽艇でやつてくる

お巡りさんは頷紐で

舳に浪をたてました

浪をのこしてゆきました

さつきは三時いまは五時

ねつから魚も釣れません

浮木がをどつてかたむいて

うねりかへしに揉まれます

そろそろあたりが夕燒けて

水のむかふの病院に

燈のつくころに蝙蝠が

「行燈のかげから」舞つてでる

それらの友はどうしたか

甘い林檎の香のやうな

その日の友もおほかたは

故郷に住まずになりました

「故郷の柳」[8] 全文

---

8   三好達治(1965), 앞의 책, p.153.

우선, 시에서 받는 외형상의 느낌은 8연으로 된 구성에서 각각의 연마다 사행씩 배치하였다는 것이다. 그리고 하나의 연이 마치 어린 시절에 읽었던 짤막한 동시를 연상하게 한다는 점이다. 물론, 시를 정독하면 이러한 구성이 시인의 의도로 읽힌다.

이 작품은 전체 8연 중 일곱 행을 유년 시절에 대한 직접적인 추억 묘사에 할애했다. 사원, 낚시하던 곳, 동물원, 오래된 버드나무가 있던 곳, 강. 이런 공간들이 시의 배경을 이루고 있다. 어쩌면 그러한 곳들은 어린 시절 다쓰지가 보았던 오사카의 풍경인지도 모른다. 그러나 마지막 8연은 현실로 돌아온 화자가 추억을 함께 했던 친구들이 이미 고향에 살지 않음을 그리고 있다. 어릴 적 친구들이 뿔뿔이 흩어져 지금은 만날 수 없음에 대한 안타까움과 그리움이 진하게 배여 있다.[9] 이미 나이를 먹은 현실의 화자에게는 그 시절로 돌아갈 수도 없고, 그 당시의 친구들을 만날 수도 없는 것이기에 유년의 추억은 곧 그에게 세월의 무상함을 느끼게 한다. 유년으로 돌아간 화자에게 "크고 파란 조종", "피라미 낚시", "동물원", "오래된 버드나무", "하얀 증기선", "박쥐" 등의 시어는 기억에 대한 그리움을 제공하는 데 일조하고 있다. 오랜 시간이 흘러 유년의 추억을 회상하면, 모든 것이 그리울 수밖에 없으리라. 한국인에게도 추억의 물건으로 여겨지는 1연에 나오는 조종(釣鐘)은 사원의 종루에 달아놓은 큰 종을 가리키는데, 청동으로 만들며 당목(撞木)으로 쳐 울린다고 한다. 7연에 나오

---

9   다쓰지가 자신의 고향 혹은 유년의 추억을 묘사한 시는 『측량선』(1930)의 「향수(鄕愁)」와 『한화집』(1934)에 실린 「고향의 거리(故鄕の街)」 등이 있다. 그러나 『백 번 이후』에 실린 자신의 고향 혹은 유년의 추억을 묘사한 시는 본인의 현재 삶에 대한 덧없음의 이미지가 보다 강하게 느껴진다.

는 "사방등(四方燈)"은 네모반듯한 등을 가리키는 말로, 네 면에 유리를 끼우거나 종이나 헝겊을 바르고, 그 안에 등잔이나 촛불을 켜서 들고 다닐 수 있게 만든 것이다.

이처럼 뚜렷하게 유년의 추억을 회상하는 또 다른 작품으로 「벌레 먹은 절(虫くひ寺の)」이 있다.

산사의 벌레 먹은 절의 오래된 차양

서까래 틈에 매달린 벌집

태풍 지나간 가을이 끝나갈 무렵

황폐해진 벽에 햇살은 누랬다

차양을 출입하는 벌 검고 누런빛을 띤 벌도 보이지 않았다

처마 밑 납작한 돌은 따뜻했고 하늘은 푸르렀고

둥글게 쌓아 올린 큰 호리병박

이 성(城) 버리고 간 병사들 모습 보이지 않았다

나무에 새싹이 돋는 봄은 돌아오겠지만

기이하고 덧없고 그저 텅 비어 있을 뿐

이윽고 그런 것도 쇠퇴해가리라

그 산사의 벌레 먹은 절에 열린 호리병박

오늘 밤 불현듯 눈에 떠오른다

──백 년의 반이 흐른 후에

초겨울 찬바람 부는 날 밤새도록 그리워하며 생각한다

이미 내 몸도 그것과 닮지 않은 것도 아니다

「벌레 먹은 절」 전문

蟲くひ寺の

山寺の蟲くひ寺のふる廂

垂木のひまにかけし蜂の巣

颱風すぎて秋はくれ

廢れし壁に日は黄ばみ

大廂出で入る蜂の黑黃蜂見ずになりにけり

砌の石はあたたかに空は青きに

まどかに築きし大ひさご

この城すてて兵ものどもの影を見ず

木の芽たつ春はかへれど

奇しむなしただうつろ

やがてはそれもくづほれん

かの山寺の蟲くひ寺の生り瓢

今宵ふとまなこにうかぶ

――百歳の半ばののちに

木枯の夜をすがらゆかしみ思ふ

すでにして己がうへに似たらずとせず

「虫くひ寺の」[10] 全文

이 시에는 비바람에 낡아 버린 차양과 벽이 등장한다. 그들이 존재하는 곳은 문명의 흔적이 가미되지 않은 황폐해진 절이다. 그렇게 오래된

---

10   三好達治(1965), 앞의 책, p.159.

절의 모습을 '벌레 먹은 절'로 비유한 것은 읽는 이에게 시인이 가진 시적 표현의 예리함을 전해주는 동시에 재미도 느끼게 한다. 특히 "태풍 지나 간 가을이 끝나갈 무렵"(3행) 호리병박 같은 벌집이 텅 비어 있고, 벌집을 드나들던 벌의 모습도 보이지 않는 것을, "이 성(城) 버리고 간 병사들 모습 보이지 않았다"(8행)고 서술한 것이 바로 그것이다. 놀랍기도 하고 재미있기도 하다. 역시 말년이 되어도 녹슬지 않은 시인의 시적 기교가 반짝인다. 그러나 어린 시절 보았던 그 절의 호리병박의 이미지를 그려내며, "이미 내 몸도 그것과 닮지 않은 것도 아니다"(16행)라는 말미의 표현은 시인의 자조가 깊게 배어 있다. 노년이 되어 느끼는 외로움과 같은 위치에 놓여 있는 것이다. 즉, 그때의 호리병박이 "백 년의 반"인 50년의 세월이 흘러 눈에 떠오르는 장면은 이미 늙어버린 화자 자신의 모습에 대한 투영으로 보아도 그리 이상하지 않다. 「벌레 먹은 절」은 쓸쓸한 노년에 펼쳐 보이는 한 폭의 그림을 보는 것 같기도 하다. 쓸쓸하지만 재미있게 읽히기도 한다. 한편으로는 세상살이에 구애받지 않고 편안하게 풍경을 서술하고 있는 점도 이 작품의 매력이다. "이렇게 노래하는 다쓰지의 마음에는, 현재의 쇠잔해진 몸에 일찍이 자신의 신변에서 멀어져 간 젊은 사람이나 여인 등이 쓸쓸하게 떠올랐음에 틀림이 없다"[11]는 평가에도 공감이 간다. 이 작품은 시인이 환갑이 되는 해인 1960년에 발표했다. 시의 성격상 '지나간 시절의 추억'이라는 큰 틀에서 보면, '사랑하는 사람에 대한 그리움'도 시인의 말년의 시적 양식에서 중요한 핵심어가 된다.

앞의 「고향의 버드나무」와 「벌레 먹은 절」의 두 작품에서처럼, 다쓰지

---

11   村野四郎(1969), 『三好達治選集』, 旺文社 p.198.

는 「7월은 나팔나리(7月は鐵砲百合)」에서도 지나간 먼 옛날을 떠올린다.

　　　7월은 나팔나리

　　　까만 날개의 호랑나비가 살포시 날아와

　　　먼 옛날을 생각하게 한다

　　　7월은 또 접시꽃 여러 가지

　　　또 포도 넝쿨이 뻗도록 만들어 놓은 시렁 그늘도 밝다

　　　맞은편 언덕의 솔숲 솔향기에 매미가 운다

　　　이런 밝은 하늘 아래

　　　옛사람은 어디로 갔을까

　　　잊은 듯한 모습을 하고 있지만

　　　바람이 불기에 소리는 멈추지 않는가

　　　왔던 만큼 어딘가로 가는가

　　　그 길 위 7월의 한낮

　　　가만 있자

　　　까만 날개를 한 호랑나비가 살포시 날아와

　　　요염한 상복(喪服)을 휘날린다

　　　　　　　　　　　　　　　　　　「7월은 나팔나리」 전문

七月は鐵砲百合

烏揚羽がゆらりと來て

遠い昔を思はせる

七月はまた立葵　色とりどりの

また葡萄棚　蔭も明るい

彼方の丘の松林　松の香りに蟬の鳴く

こんな明るい空のもと

昔のひとはどこへいつたか

忘れたふりはしてゐるが

風だから聲はやまぬか

來ただけはどこやらへゆく

その道の上七月のまつ晝ま

まてしばし

烏揚羽がゆらりと來て

艶な喪服をひるがへす

「7月は鐵砲百合」[12] 全文

12　三好達治(1965), 앞의 책, p.236.

이 시는 각각의 연마다 3행으로 구성하여 전체가 5연 15행이다. 작품에 등장하는 나팔나리는 우리가 흔히 알고 있는 백합이다. 나팔나리를 비롯해 호랑나비, 접시꽃, 포도 넝쿨, 솔숲 솔향기, 매미 등, 시에 등장하는 많은 시어들은 여름날의 경치와 직접적인 관련이 있다. 이 작품은 외견상 이러한 시어들을 중심으로 7월의 경치를 읊은 것이다. 거기에 화자는 7월에 우리가 흔히 볼 수 있는 나팔나리와 까만 날개의 호랑나비 등을 보고 먼 옛날을 떠올린다. 그 옛날 사랑했던 사람은 어디에서 무엇을 하고 있을까 하는 상상이 7월의 경치와 조화롭게 어울린다. 그녀도 세월이 흘러 자신과의 추억을 잊은 듯 살고 있겠지만, 화자 자신을 생각하고 있지 않을까 하는 진술도 읽는 이에게는 재미를 더해준다. 마지막 행에 서술하고 있는 "요염한 상복(喪服)을 휘날린다"는 호랑나비의 날갯짓을 비유한 것으로, 이를 사랑했던 여인의 상복 차림을 떠올리는 것으로 해석하면, "다쓰지에게 있어서의 영원한 여인인 하기와라 아이(萩原あい)에 대한 추억으로 받아들여도 무방할 것 같다."[13] 여름날 흔히 볼 수 있는 호랑나비 날개를 통해 그 옛날의 옛 여인을 기억하고 있는 것이다. 그는 이 작품을 통해 말년이 되어서도 자신이 사랑했던 사람을 그리워하는 서정시를 쓰고 있음을 명쾌하게 드러내고 있다.

사랑하는 사람을 그리워하는 이러한 정서는 이 시집에 실린 「오래된 기억(古き記憶)」에서도 나타난다. 이 작품에서는 사랑했던 여인이 어떻게 그려지고 있을까.

---

13 村野四郎(1969), 앞의 책, p.209 참조.

미요시 다쓰지三好達治 시를 읽는다

자신 위에 짤막하게 소리치며

바늘을 찌르듯이 날카롭게 소리치며

저쪽 우듬지에 앉은

가슴이 파란 딱따구리

저쪽으로 또 옮기면서

깊은 골짜기를 옮겨 다니며 날 것이다

너는 또 옮겨 다니며 날 것이다

표정이 어두워졌다

그것은 내 감정을 쓰라리게 한다

어떻게 어떻게

어찌하여 이렇게 모든 것은 이별에 있어서는 아름다운가

오래된 기억이여

그럼 안녕

친구여

「오래된 기억」 전문

わが上に短く叫び

鍼うつ如く鋭く叫びて

彼方の梢にとどまりし

胸靑き啄木の鳥

彼方にさらにうつりつつ

深き谷間を飛び去るべし

汝はやがて飛び去るべし

薄暮なり

そはわが情感を苦しくす

奈何に奈何に

いかなればかくいつさいは別離に

於て美しきかな

古き記憶よ

さらば

友よ

「古き記憶」[14] 全文

역시 앞의 인용 시 「7월은 나팔나리」에 흐르는 정서가 이 작품에서도 비슷하다. 「오래된 기억」에서도 화자는 헤어진 사람을 추억하며 사랑했던 사람과의 아름다웠던 순간순간을 그려낸다. 사랑했던 사람이 여기에서는 "친구여"로 표현되고 있다.

아마도 화자는 바늘처럼 찌르는 듯한 소리를 지르고 맞은편의 가지로 떠나가 멈춘 딱따구리의 파란 가슴을 보았으리라. 그리고 이리저리 옮겨 다니는 딱따구리의 표정을 본 순간 자신의 가슴도 쓰리다고 노래한다. 화자는 깊은 골짜기를 이리저리 옮겨 다니는 딱따구리의 모습을 포착한다. 그것은 곧 나뭇가지에서 이별하는 딱따구리의 모습을 통해 시적인 아름

14　三好達治(1965), 앞의 책, p.207.

다움을 찾고자 한 시인 특유의 감성과 맞닿아 있다. 이별의 순간이 아름다움에 비유되고 있다. 그리하여 말미인 "어떻게 어떻게 / 어찌하여 이렇게 모든 것은 이별에 있어서는 아름다운가 // 오래된 기억이여 / 그럼 안녕 / 친구여"에 이르러 다쓰지는 이별을 대하는 원숙한 시인으로서의 깊은 미의식을 보여준다.

이처럼 다쓰지는 마지막 시집에서 '고독의 시경'이라는 중요한 특색을 보여주고 있다. 그래서인지 자신의 죽음을 예감하는 듯한 노래와 함께, 유년 시절에 대한 추억과 자신이 사랑했던 사람을 그리워하는 작품들을 오롯이 담아 놓았다는 사실은 그다지 이상하지 않다.

3. │ 소 결론

이 글은 미요시 다쓰지 말년의 작품들을 들여다볼 수 있는 시집 『백번 이후』를 살핀 것으로, 시집에는 환갑을 전후해 바라보는 자연의 일부나 풍경을 통해 세속적인 것으로부터 탈피를 꿈꾸는 시인의 초속(超俗)의 의지가 명료하게 읽혔다. 그것은 곧 삶에 대한 농밀한 사색과 말년의 쓸쓸함과 그 궤를 같이하는 '고독의 시경'이었다. 유년의 추억을 불러내는 시편들도 그러한 성향의 연장선상에서 이해할 수 있었다. 본문에서 인용한 작품 「잔과」, 「뜰의 참새 7마리」는 시인과 자연의 일체화와 함께 다쓰지의 고독감을 엿볼 수 있었고, 「낙엽 떨어져」에는 시인의 죽음에 대한 예감이 배어 있었다.

또한 「고향의 버드나무」와 「벌레 먹은 절」, 「7월의 나팔나리」, 「오래된 기억」 등은 다쓰지가 만년이 되어 과거를 되돌아보는 유년의 추억이 내재해 있었는데, 거기에는 사랑하는 사람을 추억하는 묘사가 있어 인간 본연의 그리움이 읽히기도 했다. 이처럼 시집 『백 번 이후』는 다쓰지가 오랫동안 노래해오고 추구해온 집념을 고스란히 느낄 수 있다는 점에서, 서정시를 향한 시인의 마지막 시적 결실로 평가할 수 있다.

9장

미요시 다쓰지 시詩와 한국

미요시 다쓰지는 생애 두 번의 한국 체험을 한다. 첫 번째는 1919년이다. 일본에서 오사카육군유년학교(大阪陸軍幼年學校)를 졸업하고 함경도 땅 회령(會寧)의 공병 제19대대에 배치되었다가 1920년 다시 일본 육군사관학교 제34기로 입학하기까지 약 1년 정도다. 이때는 군인 신분으로서의 병영 체험이다. 두 번째는 1940년 가을 무렵으로, 체재 기간은 두 달 정도. 이 경험은 여행객으로서의 방문이다. 그의 나이 19세와 40세 때의 일이었다. 1919년, 1940년 당시 한국은 일제강점기였다.

이때 다쓰지가 남긴 한국 관련 시는 모두 9편이다. 「거리(街)」, 「겨울날(冬の日)」, 「계림구송(鷄林口誦)」, 「노방음(路傍吟)」, 「구상음(丘上吟)」, 「백번 이후(百たびののち)」, 「소년(少年)」, 「오늘도 여행 간다(けふも旅ゆく)」, 「가좌리 편지(加佐里だより)」가 바로 그것이다. 그리고 다수의 하이쿠와 여러 편의 산문을 발표하였으니, 결코 적지 않은 양이다. 이는 당시 일본의 시인들이 남긴 한국 관련 작품과 비교하면 다작에 속한다.

이 글은 그가 남긴 한국 관련 작품의 의미 구조를 분석한 것이다. 시 분석의 텍스트는 9편 중에서 「거리」, 「겨울날」, 「백 번 이후」, 「계림구송」, 「노방음」, 「구상음」의 6편이다. 9편에서 이들 6편을 택한 것은 한국에서의 병영 체험이나 한국 기행을 통해, 보다 구체적이고 명료하게 한국이나 한국인을 노래한 다쓰지만의 목소리가 여기에 담겨 있을 뿐 아니라, 그 작품의 품격이 남다르기 때문이다. 또한, 이들 시를 개별적으로 다루고 있는 논문이나 시 소개 차원의 것[1]은 존재하나, 한국과의 연관성을 고려한 심층 분석이라는 측면에서 보면 기존 연구는 찾아보기 쉽지 않다는 현실[2]도 크게 작용하였다. 즉, 필자는 다쓰지 연구자의 한 사람으로, 이들 시를 정밀하게 들여다보아야 한다는 의무감 혹은 책임감을 느낀 것이다. 따라서 이 글은 그러한 연구 동기를 바탕으로 다쓰지의 한국 체험과 관련된 시의 의미 구조를 밝히는 데 그 목적이 있다. 물론 이 글이 향후 일제강점기 한국이나 한국인을 노래한 일본인 작가들의 시각, 혹은 일본인들의 한국에 대한 인식 등을 연구하는 자료로 활용된다면, 그 기대효과는 충분하다.

---

1   대체적으로 일본 쪽 연구자들이나 문학자들의 동향은 시집 『일점종』에 수록된 「겨울날」과 시집 『백 번 이후』에 실린 「백 번 이후」에 대한 호평이 대부분을 차지한다. 물론 그들이 이 시를 바라보는 시각은 한국과의 관련성 부각이라는 측면보다는 작품이 갖는 시적 우수성에 그 무게 중심이 기울어져 있다. 예를 들면, 「겨울날」에 대해서, "가와모리 요시죠(河盛好藏)는, 미요시 군(三好 君)의 시 중에서 가장 품격이 높은 것의 하나일 것이라고 했으며, 시노다 하지메(篠田一士)는 「미요시 다쓰지 재독(三好達治再読)」 속에서, 이 작품은 시종일관 장대한 차원을 겨냥하여, 마침내 그것을 획득한 것으로, 우리들이 오늘날까지 가질 수 있었던 최상의 형이상(形而上)의 시라고 단언해도 이상하지 않다"고 격찬하였다(伊藤信吉 外 3人 編(1975), 『三好達治 日本の詩歌22』, 中央公論社, p.210 참조).

2   대표적으로 한국의 오영진은 「겨울날」, 「계림구송」, 「오늘도 여행 간다」의 3편을 소개하고 있는데, "이들 시가 영탄조가 강한 작품"이라는 분석을 내놓고 있다(오영진(1989), 「日本 近代詩에 나타난 韓國觀Ⅱ」, 『日語日文學研究』 第14輯, 韓國日語日文學會, p.136). 또한 한국의 시인 김광림은 「겨울날」을 소개하면서, "이 시는 평화롭고 조용한 조망을 통해 이른바 풍경 속에 자신의 인생관을 삽입한 듯한 형태의 노래"라는 감상을 내놓고 있다(金光林(2001), 「三好達治(미요시 다쓰지)의 서정성―일본 전통시가 새롭게 정립」, 『日本現代詩人論』, 국학자료원, p.97).

다쓰지가 한국을 찾았을 때의 감회는 어떠했을까. 먼저 다음의 글을 통해 그 마음의 일단을 들여다보자.

오랜만에 22, 3년 만에 조선에 와서 보았지만, 연락선 갑판에서 멀리 내다본 부산항 부두부터 모든 것이 면목을 일신해서 옛 모습을 남기고 있지 않은 데에 적잖이 놀랐다. (…중략…) 경성부 그 자체도 그 주민도 풍속도 시정 생활도, 눈에 띄는 모든 것이 역시 부산항에서 본 것과 마찬가지로 내 눈을 충분히 놀라게 하고도 남음이 있는 것이었다.[3]

인용문은 다쓰지가 한국의 부산과 경성을 찾았을 때의 소회를 적은 것이다. 1940년 9월 중순의 일이다. 다시 찾은 한국이지만, 모든 것이 몰라보게 변모했다는 사실을 힘주어 말하고 있다. 인용문에는 "오랜만에 22, 3년 만에 조선에 와서 보았지만"이라고 서술되어 있지만, 정확하게는 21, 2년 만으로 볼 수 있다. 이는 그가 처음으로 1919년 함경도 회령에 와서 군인으로서 근무했던 이력을 참고로 한 것이다.

이 무렵의 한국 방문과 관련하여 다쓰지의 연보를 참고로 해서 보면,

---

3   三好達治(1965), 『三好達治全集12』, 筑摩書房, p.355.

그는 당시 부산항으로 입국하여 "두 달 동안 노리타케 가즈오(則武三雄)[4]의 안내로 조선 각지를 여행. 11월호 『문학계(文學界)』에 「조선에서(朝鮮にて)」를, 같은 잡지 12월호에 「경성박물관에서(京城博物館にて)」 및 단가 「추일영언(秋日永言)」 15수(『옥상의 닭(屋上の鶏)』에 수록)를 각각 발표하는 것 외에, 이 여행 중의 시작(詩作), 수필은 후에 발표한 것을 포함하여 다수에 달하였다."[5]고 되어 있다. 즉, 1940년 가을의 한국 여행은 그에게 있어 운문, 산문 할 것 없이 많은 작품을 생산하게 하는 계기가 되었다는 사실이다.[6]

당시 발표된 작품에서 특히 일본인에게 호평과 극찬을 받는 작품은 단연 경주 불국사를 찾았을 때의 감회를 적은 「겨울날」이다. 물론 이 시는 후에 한국에도 소개되어 수작이라는 평가를 받게 된다. 작품의 전문을 읽어보자.

---

4   노리타케 가즈오(1909-1990)는 일본의 시인이다. 그의 연보를 보면, 1940년 다쓰지가 한국을 방문했을 때, 두 달 정도 같이 여행을 했다고 기록되어 있다. 1933년에 다쓰지를 알고 그때부터 그를 스승으로 삼았다고 한다. 19살 때인 1928년 한국으로 건너와 1945년 패전 때까지 살았으며, 1942년과 1943년에 시집 『압록강(鴨綠江)』을 경성과 일본에서 각각 출판하였고, 1961년에는 『조선시집(朝鮮詩集)』을 간행하기도 하였다.

5   三好達治(1965), 앞의 책, p.671.

6   특히, 한국인에게 관심이 가는 대목은, 한국을 방문한 다쓰지가 당시의 한국인 시인 김동환을 만난다는 사실이다. 김동환(1901-미상)은 우리에게 서사장편시 『국경의 밤』(1925)으로 잘 알려진 인물이다. 그는 이때 자신의 시집 『초천리(艸千里)』 단행본을 김동환에게 직접 서명하여 건네주었다고 하는데, 그 시집을 시인 김광림이 장서로 보관하고 있는 기록이 존재하고 있어 흥미롭다(金光林(2001), 앞의 논문, p.88 참조). 이는 그 당시 다쓰지가 한국의 시인과 교류하였으며, 한국 문학에도 관심을 갖고 있었다는 구체적 사례가 될 것이다. 필자는 2003년 무렵, 김광림 시인의 자택에서 그 시집을 직접 본 적이 있다.

1) 「겨울날」: 경주 불국사와 정관靜觀

—경주 불국사 근처에서

아아 지혜는 이러한 조용한 겨울날에

그것은 문득 뜻하지 않은 때에 온다

인적 끊긴 곳에

산림에

이를테면 이러한 절간의 뜰에

예고도 없이 그것이 네 앞에 와서

이럴 때 속삭이는 말에 믿음을 두어라

"고요한 눈 평화로운 마음 그 밖에 무슨 보배가 세상에 있을까"

가을은 오고 가을은 깊어 그 가을은 벌써 저만치 사라져 간다

어제는 온종일 거친 바람이 몰아쳤다

그것은 오늘 이 새로운 겨울이 시작되는 하루였다

그렇게 날이 저물어 한밤이 되어서도 내 마음은 안정되지 않았다

짧은 꿈이 몇 번인가 끊기고 몇 번인가 또 시작되었다

외로운 나그네 길에 있으면서 이러한 객사의 한밤중에도

난 부질없는 일을 생각하고 부질없는 일에 괴로워했다

그런데 이 아침은 이 무슨 조용한 아침이란 말인가

나무들은 모두 벌거숭이가 되고

까치둥지도 서너 개 우듬지 끝에 드러났다

사물의 그림자들 또렷하고 머리 위 하늘은 너무 맑고

그것들 사이에 먼 산맥이 물결쳐 보인다

비바람에 시달린 자하문 두리기둥에는

그야말로 겨울 것이 분명한 이 아침의 노랗게 물든 햇살

산기슭 쪽은 분간할 수 없고 어슴푸레 안개 속에 사라진 저 아득한

산꼭대기 푸른 산들은

그 청명한 그리하여 마침내는 그 모호한 안쪽에서

공간이라는 유구한 음악 하나를 연주하면서

이제 지상의 현실을 허공의 꿈에 다리 놓고 있다

그 처마 끝에 참새 떼 지저귀고 있는 범영루 기왓골 위

다시 저편 성긴 숲 나뭇가지에 보일 듯 말 듯 하고

또 그쪽 앞의 조그마한 마을 초가집 하늘까지

그들 높지 않고 또한 낮지도 않은 산들은

어디까지고 멀리 끝없이

고요로 서로 답하고 적막으로 서로 부르며 이어져 있다

그런 이 아침의 참으로 쓸쓸한

이것은 평화롭고 정밀한 경치이리라

그렇게 나는 이제 이 절의 중심 대웅전 툇마루에

일곱 빛 단청 서까래 아래 쪼그려

부질없는 간밤 악몽의 개미지옥에서 무참하게 지쳐 돌아온

내 마음을 손바닥에 잡듯이 바라보고 있다

아무한테도 고할 길 없는 내 마음을 바라보고 있다

바라보고 있다-

　지금은 허허로운 여기저기 주춧돌 주위에 피어난 들국화를

　저 석등의 돌 등피 언저리에 아련하게 희미한 아지랑이가 피어나

고 있는 것을

　아아 지혜는 이러한 조용한 겨울날에

　그것은 문득 뜻하지 않은 때에 온다

　인적 끊긴 곳에

　산림에

　이를테면 이러한 절간의 뜰에

　예고도 없이 그것이 네 앞에 와서

　이럴 때 속삭이는 말에 믿음을 두어라

　"고요한 눈 평화로운 마음 그밖에 무슨 보배가 세상에 있을까"

「겨울날」 전문

　──慶州佛國寺畔にて

　ああ智慧は かかる靜かな冬の日に

　それはふと思ひがけない時に來る

　人影の絶えた境に

　山林に

　たとへばかかる精舍の庭に

　前觸れもなくそれが汝の前に來て

かかる時 ささやく言葉に信をおけ

「靜かな眼 平和な心 その外に何の宝が世にあらう」

秋は來り 秋は更け その秋は已にかなたに歩み去る

昨日はいち日激しい風が吹きすさんでゐた

それは今日この新らしい冬のはじまる一日だつた

さうして日が昏れ 夜半に及んでからも 私の心は落ちつかな

かつた

短い夢がいく度か斷れ いく度かまたはじまつた

孤獨な旅の空にゐて かかる客舍の夜半にも

私はつまらぬことを考へ つまらぬことに懊んでゐた

さうして今朝は何といふ靜かな朝だらう

樹木はすつかり裸になつて

鵲の巣も二つ三つそこの梢にあらはれた

ものの影はあきらかに 頭上の空は晴れきつて

それらの間に遠い山脈の波うつて見える

紫霞門の風雨に曝れた円柱には

それこそはまさしく冬のもの この朝の黃ばんだ陽ざし

裾の方はけぢめもなく靉靆として霞に消えた それら遙かな

巓の青い山山は

その清明な さうしてつひにはその模糊とした奥ゆきで

空間てふ 一曲の悠久の樂を奏しながら

いま地上の現を 虛空の夢幻に橋わたしてゐる

288

その軒端に雀の群れの喧いでゐる泛影樓の甍のうへ

さらに彼方疎林の梢に見え隠れして

そのまた先のささやかな聚落の藁家の空にまで

それら高からぬまた低からぬ山々は

どこまでも遠くはてしなく

靜寂をもつて相應へ寂寞をもつて相呼びなから連つてゐる

そのこの朝の 何といふ蕭條とした

これは平和な 靜謐な眺望だらう

さうして私はいまこの精舍の中心 大雄殿の縁側に

七彩の垂木の下に蹲まり

くだらない昨夜の惡夢の蟻地獄からみじめに疲れて帰つてきた

私の心を掌にとるやうに眺めてゐる

誰にも告げるかぎりでない私の心を眺めてゐる

眺めてゐるー

今は空しいそこここの礎石のまはりに咲き出でた黄菊の花を

かの石燈の燈袋にもありなしのほのかな陽炎のもえているのを

ああ智慧は かかる靜かな冬の日に

それはふと思いがけない時に來る

人影の絶えた境に

山林に

たとへばかかる精舍の庭に

前觸れもなくそれが汝の前にきて

かかる時　ささやく言葉に信をおけ

「静かな眼　平和な心　そのほかに何の寶が世にあらう」

「冬の日」[7] 全文

　인용 시 「겨울날」은 다쓰지가 1941년 10월 일본의 창원사(創元社)에서 간행한 시집 『일점종(一點鐘)』에 수록했으나, 발표는 그보다 앞선 『문학계(文學界)』 1941년 8월호에서다. 그가 한국 여행을 마치고 돌아간 이듬해에 발표한 셈이다. 시에는 '경주 불국사 근처에서(慶州佛國寺畔にて)'라는 부제가 붙어 있어서 공간적 배경이 어디인지를 명확하게 제시하고 있다.

　우선, 작품은 경주 불국사를 찾았을 때의 화자의 감흥과 희열, 그리고 불국사를 바탕으로 풀어내는 인생 관조의 서술이 두드러진다. 5연 50행에 이르는 장시임에도 불구하고, 시의 흐름은 마지막 연, 마지막 행에 이르기까지 자연스럽게 읽힌다. 주지하다시피, 경주 불국사는 신라시대의 뛰어난 건축술과 예술미가 고스란히 보존된 곳이다. 신라 천년의 역사와 그 유산을 접한 화자의 맑은 심안(心眼)은 작품 곳곳에서 범상치 않은 표현으로 이어져, 시인 다쓰지 만의 시적 능력이 발휘되고 있다.

　1연에는 시의 주제가 담겨 있다. 1연 첫 행 "아아 지혜는 이러한 조용한 겨울날에 / 그것은 문득 뜻하지 않은 때에 온다"는 '불국사'라는 신성한 공간을 처음으로 대했을 때의 희열(喜悅)을 예고한다. 그 희열은 1연 8행 "고요한 눈 평화로운 마음 그 밖에 또 무슨 보배가 세상에 있을까"로

7　三好達治(1965), 『三好達治全集1』, 筑摩書房, p.437.

이어지며, 화자의 청아한 심안을 드러내기에 이른다. 이는 마지막 연인 5연 마지막 행에서 다시 한번 "고요한 눈 평화로운 마음 그밖에 무슨 보배가 세상에 있을까"를 반복 서술함으로써 시적 효과를 증폭시킨다.

2연, 3연, 4연은 불국사라는 오랜 역사를 가진 구체적인 장소로서의 서술이다. 다쓰지는 그 역사성을 삶의 한 장면으로 포착한다. 2연의 "비바람에 시달린 자하문 두리기둥에는 / 그야말로 겨울 것이 분명한 이 아침의 노랗게 물든 햇살"과, 3연의 "그 처마 끝에 참새 떼 지저귀고 있는 범영루 기왓골 위 / 다시 저편 성긴 숲 나뭇가지에 보일 듯 말 듯 하고"와, 4연의 "그렇게 나는 이제 이 절의 중심 대웅전 툇마루에 / 일곱 빛 단청 서까래 아래 쪼그려 / 부질없는 간밤 악몽의 개미지옥에서 무참하게 지쳐 돌아온 / 내 마음을 손바닥에 잡듯이 바라보고 있다", 그리고 같은 연의 "지금은 허허로운 여기저기 주춧돌 주위에 피어난 들국화를 / 저 석등의 돌 등피 언저리에 아련하게 희미한 아지랑이가 피어나고 있는 것을"은 바로 그런 생각이 구체성을 띠는 부분이다. 즉, 이들 3개의 연은 불국사를 화자의 내면 안에 담아내고 싶어 하는 명료한 희망으로 읽힌다. 그리하여 그 희망은 4연의 "아무한테도 고할 길 없는 내 마음을 바라보고 있다 / 바라보고 있다"라는 표현으로 귀결된다. 이는 곧 읽는 이에게 불국사를 대하는 화자의 심경이 '정관'(靜観)의 경지로까지 그 뿌리를 내리고 있는 듯한 느낌을 갖게 한다. 이것이 이 작품을 호평으로 이끄는 요소로 작용하고 있다. '정관'이란 무상한 현상계(現象界) 속에 있는 불변의 본체이고, 이념적인 것을 심안에 비추어 바라보는 것을 가리키는 용어다.

2연의 "그것들 사이에 먼 산맥이 물결쳐 보인다", "이 아침의 노랗게 물든 햇살", "그리하여 마침내는 그 모호한 깊숙한 안쪽에서 / 공간이라는 유구한 음악 하나를 연주하면서 / 이제 지상의 현실을 허공의 꿈에다 다리 놓고 있다"와 같은 서술은 화자가 단순히 불국사의 풍광에 그치지 않고, 계절의 추이와 자연의 법칙이 이곳에서 발현하고 있다는 해석을 낳게 한다. 다쓰지의 시적 재능이 유감없이 발휘되고 있는 것이다. 여기에는 과거와 현재를 넘나드는 자유로운 상상도 내재되어 있는데, 이는 시간의 장구한 흐름을 읽어내는 다쓰지의 시적 깊이가 범상치 않음을 보여주는 대목이다. 그리하여 4연에서 마침내 "아무한테도 고할 길 없는 내 마음을 바라보고 있다 / 바라보고 있다"는 서술이 가능한 것이다.

그럼 왜 이 시는 한국인들에게 각별한 작품으로 인식될까. 그것은 다쓰지가 오랜 역사의 현장인 불국사라는 공간과 적극적으로 소통하고 있기 때문이다. 작품에 나타난 다쓰지의 생각은 당시 한국이 일제강점의 시기였다는 현실을 전혀 개의치 않고 있다는 것이다. 동시에 한반도의 유산과 유적지를 담아내려는 개방된 의도를 표출하고 있다는 점이다. 이러한 사실은 이 작품이 무척이나 매력적이고 수작이라는 데에 기여하는 요소다. 즉, 한반도 문화유산에 대한 보편적 가치를 고양시키는 작품으로 거론할 수 있다.[8]

---

8   한국 관련 시 6편에 대해서만 직접적으로 연구한 논문은 찾아보기가 힘들다. 다만, 다쓰지의 전체 시 세계를 논한 연구서에서 한국 관련 작품 중 「겨울날(冬の日)」을 수작이라고 평가한 글은 다음의 사례가 있다.
1. 金光林(2001), 「三好達治(미요시 다쓰지)의 서정성—일본 전통시가 새롭게 정립」, 『日本現代詩人論』, 국학자료원, pp.96-97.
2. 呉英珍(1989), 「日本近代詩에 나타난 韓国観Ⅱ」, 『日語日文學研究』 第14輯, 韓國日語日文學會, pp.136-138.
3. 安西均 編(1975), 『日本の詩 三好達治』, ほるぷ出版, p.443.

이처럼 불국사를 찾은 감동과 희열을 노래한 다쓰지는 「겨울날」 이외에 「백 번 이후」라는 작품에서 다시 한번 경주 불국사를 떠올린다.

2) 「백 번 이후」: 경주 불국사와의 일체감

「백 번 이후」에 내재된 시인의 생각은 어떤 것이었을까.

> 다시 생각한다 그 아침의 맑고 고움
>
> 무슨 나무의 우듬지일까 어젯밤 폭풍우에 벌거숭이가 되어 팔짱을 낀 듯하고
>
> 근심 어린 새벽녘의 동이 트이기 시작한 그 밝음도 아직 새로운 오늘부터 시작된 겨울 하늘
>
> 나그네길에서는 그리워하는 것도 많다지만 나는 그런 그리움 없고
>
> 돌계단을
>
> 북(鼓)의 모습을 한 조각돌 그 다리를
>
> 쐐기풀을 밟고 헤쳐 가면서
>
> 걸음걸음마다 낙엽처럼 상쾌하게 떨어져 흩어진 채 옮겨가는 바람 부는 곳에서
>
> 새가 날카롭게 지저귀는 소리를 들었다 그 순간
>
> 생성유전(生成流轉)
>
> 지저귀는 것들은 내려앉아서 언덕 그늘에 숨은 듯하다

---

4. 石原八束(1979), 『三好達治』, 筑摩書房, p.191.

목청 길게 뽑으며 우는구나 그 소리 드높고 피리 소리 동시에 뚜렷하게 완급권서(緩急卷舒) 억양(抑揚) 더할 나위 없어라

색에 비유하면 푸른색 파랑 중의 파랑 저 하늘의 비취색을 모아 모아서

턱 하니 지상 위에 옮겨 놓았으니 무릎 꿇고 무언가를 바라는

저 한자(漢子)인 우족(羽族)이 아닌 날다람쥐가

살포시 나뭇잎을 보랏빛으로 물들게 한 서리 위에 있고 옥구슬처럼 아름다이 노래하는 큰유리새보다도 더 아름답게 노래했던 노래를 멈추고

피리를 허리춤에 차고

우뚝 서서 보는구나 방랑자인 내 그림자를 드리우고

그것이 흥미롭게도 무거운 듯한

파도치듯 퍼덕이는 새 꼬리의 모습이로세

서까래의 무늬는 이상스러우리만큼 눈부시지만 듬성듬성 기와의 틈이 보이는 불국사

대웅전을 지탱하듯 저만치에서 겹쳐 있다

맞은편 언덕에 물결을 일으켰다가 또 사라져 버렸다

저녁놀과 안개의 정령(精靈)의 한 줄기 연기처럼

남은 감색 국화는 몇 송이인가

이미 말라 버린 우물에

어쩌다 나뭇잎이 날아가는 것조차도 오랜 시간을 즐긴다

청정원(清淨怨)에 서리 내리면 오늘도 노래 부르는가 저 한자(漢子)

나를 위해서는 참으로 좋은 노래를 들려주신 불법(佛法)의 동산

백 번 이후에 청명하게 다시 생각한다 그 아침의 맑고 고움을

「백 번 이후」 전문

ふたたび思ふ　かの朝の清麗

何の木の梢か　よべの嵐に裸になつた腕組みの

思案ぶかげな朝あけの　明るみそめたその明るさもまだ新し

い　けふからの冬の空

旅にしあれば思ふことありとしもなく

石階を

石鼓の橋を

いらくさをふみわたりつつ

歩は歩ごと　落葉のやうにさはやかに落ちちりぼひてはこばる

る　風の行くてに

囀鳴するどきこ をききしか

生成流轉

さへづるものはおりたちて　つかさのかげにひそむらし

長鳴くや　高音張り　笛の音いちづにきはやかに緩急卷舒

抑揚きはまりなかりけり

色ならば靑　靑の靑　空のみどりをとりあつめ

ひたと土壤のうへにありて　跪づき何をか祈る

かの漢子　羽族かあらず木　木鼠の

むらさき淡き霜のうへ　瑠璃囀鳥にまさりうたひし歌をやめて

笛ををさめて　けざとくも

つとたち見すや　さすらひ人のわが影を

さしつたり　それが　おもしろ　重たげの

尾の波うちを　波うたせ

垂木の彩はあやしくもまばゆけれども　蔓ゆるびし佛國寺

大雄殿をかひさまに　矢ごろ三だん

かなたの丘に　波うちあげてうせにたり

烟霞の精の　ひとゆらの　けむりのやうに

紺菊の紺はいくつが

涸れたる井戸のおごそかに

まれに木の葉の飛ぶさへや　久しき時をもてあそぶ

清淨苑に霜ふらば　けふもうたふか　かの漢子

わがためは　げによき歌をきかせたまひし　法の苑

百たびののちにさやかに　ふたたび思ぐ　かの朝の清麗を

「百たびにのち」[9] 全文

　인용 시는 다쓰지가 환갑이 되던 해인 1960년 『중앙공론(中央公論)』
신년호에 발표한 「백 번 이후」 전문이다. 그는 이 작품을 『백 번 이후』라
는 시집에 실으면서 시집의 표제작으로 삼을 만큼 애정을 보였는데, 이는
결과적으로 훗날 그가 남긴 많은 작품 중에서도 일본인 평자로부터 역작

9　　三好達治(1965), 『三好達治全集3』, 筑摩書房, p.240.

의 하나로 평가받을 만큼 인정을 받는다.

「겨울날」과 마찬가지로 이 작품의 시간적 배경은 1940년 가을. 공간적 배경은 경주 불국사다. 이곳을 찾았던 1940년으로부터는 무려 20년이 지난 시점에 쓰인 것이었다. 「겨울날」과 견주어보면, 전체적으로는 좀 더 몽환적이라는 느낌을 갖게 하지만, 시적 구성에서는 「겨울날」과 유사한 방식으로 시를 꾸렸다. "다시 생각한다 그 아침의 맑고 고움"(1연 첫 행)은 마지막 연의 마지막 행 "백 번 이후에 청명하게 다시 생각한다 그 아침의 맑고 고움을"(2연 6행)에서 반복적으로 서술된다. 이는 다쓰지가 불국사 탐방에서 오는 감동을 한 번 더 강조하는 대목으로 이 시의 주제로 보아도 무방하다. 불국사를 통해 얻게 되는 화자의 청명한 심경이 읽는 이에게도 그대로 전해지는 부분이다. 물론 2연 마지막의 "백 번 이후에 청명하게"는 1연 첫째 행에 덧붙인 구절인데, 이에 대한 해석을 '백 번 이후'라는 시어에 맞추어 생각해 보면, 이 시집의 제목과도 연관성을 갖는다고 보인다. 그것은 바로 '백 번이나 되는 회한(悔恨)을 거듭한 끝에 체득하게 되는 맑고 고운 마음 상태'를 가리키는 것으로 읽힌다. 즉, 1940년 이후 20년이 흘러버린 세월이 다쓰지에게 느끼게 해준 여러 가지 삶의 체험. 그것이 응축되어 엄청난 시적 역량을 발휘했다는 뜻으로 해석하는 것이 좋을 것 같다. 다쓰지의 더욱 더 깊어진 사고를 감지할 수 있다.[10] 다음의 글은 이

---

10 안자이 히토시(安西均)는 다쓰지의 「백 번 이후」의 "다시 생각한다 그 아침의 맑고 고움" 표현과 관련하여, 시인 스스키다 규킨(薄田泣菫, 1877-1945)의 시집 『백양궁(白羊宮)』 속에 있는 "아아 야마토에 있다면(ああ大和にしあらましかば)"를 연상시킨다고 하며, "규킨에 있어서의 야마토(大和)에 대한 동경과 사념(思念)을 미요시(三好)는 조선 불국사를 무대로 모방하고 있다. 그러나 미요시 작품의 경우 유의하지

작품의 시작 배경과 관련하여 의미 있게 들려 인용한다.

　　쇼와 14년(1939) 미요시는 가마쿠라(鎌倉)에서 오다하라시(小田原市)로 거주지를 옮긴다. 그렇게 해서 『사계(四季)』의 동인 나카하라 츄야(中原中也) 상(賞)을 설정하고, 그 심사를 함과 더불어 종합시집 『봄의 곶(春の岬)』 및 제 6시집 『초천리(岬千里)』를 간행, 그 업적으로 그 다음 해 가을, 제2회 「시가간화회상(詩歌懇話會賞)」을 선배 시마자키 도손(島崎藤村)에게 직접 받는 등, 곁에서 보기에는 평화롭고 행복한 생활이었고 시업(詩業)에 힘쓰고 있었던 것처럼 생각된다. 사실은 그러나 전혀 반대의 역경에 부딪쳐, 가정적인 문제나 선배와의 불화와 관련된 고민거리에 몰두하고 있었던 것이다. 조선으로 간 것은 그 번뇌를 피해 스스로의 시심의 정밀(靜謐)을 계속 찾고 있었던 여행이었다고 말할 수 있을 것이다. (…중략…) 미요시는 경주에서의 명품 「겨울날」 및 「계림구송」, 「노방음」 등의 작품을 남겼으며, 제7시집 『일점종』에 수록했지만, 그로부터 20년 뒤인 쇼와 35년 1월, 다시 이 경주 불국사를 모티브로 한 장시 「백 번 이후」를 「중앙공론」에 발표하고 있다. 이 명품도 훌륭하다. 그 후의 20년간의 성상(星霜)과 시인의 사색의 성숙함에 의해서 생겨난, 이것은 미요시 다쓰지의 시대의 대표

않으면 안 될 것은 '백 번 이후에 청명하게'라는 말이다."고 지적한다. 그리고는 "미요시의 이 20년 동안에 모든 것이 들어있다. 국가 사회에는 전쟁과 패전이 있었다. 그리고 미요시 개인적으로는 전쟁 말기에 처자(1남 1녀)와 이별하고, 이어서 사쿠타로의 여동생 아이(あい)와 1년도 채 안 되는 불행한 연애가 있었다. 그것을 합한 '백 년 이후'이다."라고 설명하고 있다(安西均(1975), 『日本の詩 三好達治』, ほるぷ出版, pp.443-444 참조).

적 걸작의 하나라고 해도 좋을 것이다. (…중략…) 시는 독자의 눈앞에 이 불국사의 맑고 고운 풍경을 전개하면서 생생유전의 시인의 감개를 노래한다. (…중략…) 20년 전, <고요한 눈 평화로운 마음 그 밖에 무슨 보배가 있을까>라고 노래했던 미요시의 사색은, 이 「백 번 이후」에, "어쩌다 나뭇잎이 날아가는 것조차도 오랜 시간을 즐긴다"고 하는 냉정하고도 또한 무상(無常)의 사념(思念)이 되어 비상(飛翔)한다.[11]

인용문은 다쓰지가 경주 불국사를 찾기 전에 시인 자신이 안고 있었던 고뇌와 역경에 관한 언급이다. 여기에는 20년의 시차를 두고 발표한 「겨울날」과 「백 번 이후」 두 작품의 깊이에 대한 평가도 포함하고 있다. 즉, 이들 작품은 일상의 번뇌를 피해 찾아간 불국사 행은 시인 자신의 시적 깊이를 찾는 여행의 결과물이고, 시심의 정밀(靜謐)을 찾는 작업이었다고 설명하고 있다. 그리하여 「겨울날」에서 보여주었던 다쓰지의 사색이 20년 후에 발표한 「백 번 이후」에는 냉정함과 무상의 세계로 확대된 것으로 해석하고 있다. 왜 그가 한국을 찾았으며, 20년 후에 다시 불국사를 떠올리며 이 시를 쓰고 있는지에 대한 얼마간의 궁금증도 풀리는 듯하다.

다시 시 속으로 들어가 보자. 경주 불국사의 "돌계단", "북의 모습을 한 조각돌 그 다리", "쐐기풀 밟고 헤쳐 가는 길", "서까래", "대웅전", "이미 말라버린 우물" 등은 여전히 다쓰지가 기억으로 소환시킨 불국사의 소중한 유산들이고 또한 경내에 베풀어진 모습들이다. 다시 시어로 되살려 낸 것이다. 특히, "무슨 나무의 우듬지일까 어젯밤 폭풍우에 벌거숭이가

---

11   石原八束(1979), 『三好達治』, 筑摩書房, pp.101-106 참고.

되어 팔짱을 낀 듯하고"(1연 2행)도 그때 본 우듬지를 떠올린 것으로, 벌거숭이가 된 나무의 형상을 우듬지끼리 팔짱을 낀 것으로 묘사해내 시인의 예사롭지 않은 깊이를 전해주고 있다. 유산들이나 풍경이 시인의 혼과 감격을 여전히 20년 전의 추억으로 되돌리는 데 일조하고 있다고 볼 수 있다. 그리하여 다쓰지는 오랜 역사를 지닌 불국사에 대한 감흥에 자신을 투입하여, 1연의 "나그네 길"(4행), "방랑자인 내 그림자"(18행)라는 표현으로 이끌어가기에 이른다. 이는 불국사에서 자신의 내면을 발견하려는 차분하고도 무상에 가까운 서술이다. 사색의 깊이가 감지된다. 물론 한자성어 쓰기를 좋아하는 다쓰지의 취미가 반영된 "생성유전(生成流轉)", "완급권서(緩急卷舒)" 같은 한자어도 그러한 사색의 깊이를 나타내는 데 동조하고 있다. "생성유전"은 '만물이 끊임없이 바뀌어 유전윤회(流轉輪回)한다'는 뜻이며, "완급권서"는 '느리게 빠르게 감았다가 풀었다 함'의 의미를 갖고 있다. 그리고 "한자(漢子)"와 "우족(羽族)"은 각각 '다람쥐'와 '조류'를 가리키는 말이다. "살포시 나뭇잎을 보랏빛으로 물들게 한 서리 위에 있고 옥구슬처럼 아름다이 노래하는 큰유리새보다도 더 아름답게 노래했던 노래를 멈추고 / 피리를 허리춤에 차고 / 우뚝 서서 보는구나 방랑자인 내 그림자를 드리우고 / 그것이 흥미롭게도 무거운 듯한 / 파도치듯 퍼덕이는 새 꼬리의 모습이로세"(1연 16행에서 21행)는 날다람쥐의 동작을 조류의 꼬리에 비유한 것으로, 다쓰지는 날다람쥐와 자신과의 거리가 상당히 좁혀져 있음을 드러냈다. 좀 더 확대하여 해석하면 그것은 서로 간의 친밀감이고, 양자 간의 일체감으로까지 읽힌다.

그리하여 2연의 "어쩌다 나뭇잎이 날아가는 것조차도 오랜 시간을 즐긴다 / 청정원(淸淨怨)에 서리 내리면 오늘도 노래 부르는가 저 한자(漢子)

/ 나를 위해서는 참으로 좋은 노래를 들려주신 불법(佛法)의 동산"을 몇 번 곱씹어서 읽어 가면, 마침내 다쓰지와 불국사 간의 거리감이 없어지거나 그 간극은 틈이 메워져 합일화(合一化)된 느낌으로 이어진다. 민족과 국가를 초월하여 한반도의 대표적 문화유산인 불국사를 대하는 다쓰지의 맑은 심안이 읽는 이의 가슴을 움직이는 것이다.

이처럼 「백 번 이후」는 경주 불국사가 비록 자국의 유산은 아니었지만, 일본인 시인 다쓰지에게는 평생 잊을 수 없는 공간이었음을 토로한 작품이다. 이 아름다운 고백으로 그는 다시 한번 한국문화에 대한 애정을 드러낸 셈이다. 그런 의미에서 「백 번 이후」는 일본인과 한국인에게 나아가 세계의 독자들에게 다쓰지의 보편적 시각을 반영하는 수작으로 기억되어야 할 것이다.

2. 신라와 백제 이미지: 「계림구송」, 「노방음」, 「구상음」

다쓰지는 경주 불국사를 방문하여 두 편의 명품 「겨울날」과 「백 번 이후」를 남겼고, 경주에서는 불국사 이외에 다수의 유적지도 찾았다. 또한 백제의 수도였던 충청남도 부여와 대가야의 터전이었던 경북 고령을 찾는 등, 한국의 오랜 역사와 문화유산에 깊은 관심을 나타냈다. 다음 소개하는 세 개의 글은 그가 경주와 부여, 그리고 고령을 방문했을 때의 느낌을 적은 것이다.

나는 오늘 세 번째로 경주를 찾아 분황사, 안압지, 월성지 등의 유
적을 둘러보고, 계림에서 공자묘(孔子廟)로 나왔다. 묘(廟)는 대성전(大
聖殿)이 닫힌 상태였으며, 그 뒤쪽의 명륜당(明倫堂)이라고 하는 데에
아이들이 모여 있다. 자세히 보니, 그 다소 넓고 횅한 건물의 한쪽 구
석에 책상이랑 걸상이 한쪽으로 치워져 있었고, 아이들은 그곳의 청
소를 하고 있었다. 우리들이 초등학교 때 당번을 정해 학교 교실을 청
소했던 바로 그대로의 모습이다. 묘 앞의 둥근 기둥에 '황남공공심상
소학교(黃南公共尋常小學校)'라는 현판이 나와 있었던 것은 이것이었
는가 하고 잠깐 납득은 갔지만, 그런 건물은 늘 개방 상태의, 매우 느
슨한---물론 설비다운 설비도 없고, 게다가 그 방의 일부뿐인, 그 초
등학교는 상당히 이상한 모양의 것이었다. (…중략…) 내 쪽에서 불러
세워서 말을 건 한 두 명의 소년은 조금은 딱딱한 모습이었지만, 내
가 하는 질문을 듣고서 어린이다운 간단한 대답을 했다. 물론 국어(國
語)-내지어(內地語)로.[12]

부여에서는 부여신궁어조영(扶餘神宮御造營)의 공사가 이미 시작되
어, 근로봉사대의 땅 고르기 작업 등이 시작되고 있는 한편, 총독부 중
견 청년 수련소의 본관 숙소 그 외의 건물에 십 수만 원 공사를 투입하
기도 하여, 상당히 훌륭한 대규모 작업이 착착 공사를 진행하고 있
었다. 이 도시 일대에 무척이나 생기가 넘치고 있는 느낌이 있었다.[13]

---

12   三好達治(1965), 『三好達治全集12』, 筑摩書房, p.347.

13   三好達治(1965), 『三好達治全集12』, 筑摩書房, p.363.

경주에도 부여에도 각각 총독부 박물관의 분관이 있어, 이미 그에 상응하는 설비와 내용을 갖추고 있는 것에 대해서, 고령에는 겨우 최근에 남총독부 휘호(揮毫)의 (–어쩐지 글자가 너무 졸렬한 듯 생각되었다) 기념비가 초등학교 언덕 위에 막 세워져, 정말이지 남이 보기에도 이쪽은 조금 출발이 너무 늦은 것처럼 받아들여졌다. 임나일본부(任那日本府)의 소재지 고령은 나 같은 사람이 말하지 않아도 사적으로서 충분히 부여 경주에 비견해서 뒤떨어지지 않는 유서 깊은 땅이기 때문에, 여기에도 적당한 설비나 시설이 있어야만 할 것이라는 생각을 했다. 실제로는 이 땅의 유명한 산상의 고분군은 감시가 불충분하기 때문에 이미 종종 도굴을 당했고, 바로 지금도 어쩐지 이쪽에서 보이지 않는 상대편에서는 도굴을 하고 있는 것 같지만, 경찰 쪽에 말을 해도 아무래도 거기까지 손이 미치기 어렵기 때문에 별도리가 없습니다. 곤란해하고 있습니다. 하며 나를 안내하는 사람도 고개를 갸웃거리며 탄식하고 있는 듯한 형편이었다.[14]

첫 번째 인용문을 보면, 다쓰지는 경주 불국사 외에 분황사, 안압지, 월성지 등, 신라를 대표하는 여러 유적지를 둘러보았음을 알 수 있다. 무엇보다 지금의 초등학교에 해당하는 '황남공공심상소학교'라는 곳에 적잖은 관심을 나타내고 있다. 이 학교는 일제강점기인 1940년 5월에 문을 열었다는 기록[15]으로 보아 지금의 경주 '황남초등학교'로 생각된다. 그러

---

14 三好達治(1965), 앞의 책, p.364.

15 경북매일(http://www.kbmaeil.com)

니까 개교한 지 4개월 남짓의 학교를 다쓰지가 찾아간 셈이다. 그리고 여기에서 그는 한국인으로 추측되는 두 명의 소년과 일제강점기를 반영하듯 한국어가 아닌 일본어로 짤막한 대화를 나누기도 했다. 두 번째 인용문을 통해서는 다쓰지가 백제의 옛 수도인 부여에 총독부 중견 청년 수련소의 본관 숙소와 그 외의 건물이 새로 조성되는 모습을 목격하고는 도시에 활기가 느껴진다는 소회를 전하고 있다. 마지막 인용문에는, 고령이 경주나 부여처럼 오랜 역사를 지닌 도시지만, 그들 도시에 비해서 상대적으로 발전이 늦어지고 있다는 다쓰지의 생각이 반영되어 있다. 더불어 고령의 유물들이 도굴당하고 있는 현실과 그것을 감시하고 처벌해야 하는 경찰이 일손 부족을 탓하고 있는 사실을 토로한다.

이들 세 개의 인용문을 통해, 다쓰지는 오랜 역사를 가진 한국의 도시들을 찾고 있음을 알 수 있다. 또한 그들 도시가 간직하고 있는 유적에 지대한 관심을 드러낼 뿐만 아니라, 그 유구한 역사에 기대어 자신의 생각도 풀어놓고 있음을 확인하게 된다.

1)「계림구송」: 신라 왕실을 떠올리다

다음은 다쓰지가 경주의 어느 왕릉과 그 주변을 묘사한 작품이다. 역시 그 전문을 옮긴다.

원앙금침 신라 왕릉에
가을날은 지금 화창하노라

어디에서일까 닭소리 아련히 들려

저만치 있는 농가에 다듬이질하는 소리 난다

길 멀리 온 나그네는

여기에 쉬리라 잔디 풀은 아직도 푸르노라

목화밭의 목화 꽃

골목길 깊숙이서 우는 귀뚜라미

소나무 가지 끝을 건너는 바람

풀잎을 나부끼고 가는 작은 시내

꾸벅꾸벅 관상(觀相)의 눈일랑 감으면

차례차례 일어서서 사라지는 것들의 소리

완연히 잠잠해진 때일진저 푸른 하늘 깊숙이

그러면서도 느릿하게 벌 하나 춤추듯 내려라

햇빛 받으며 돌사자는 땅에 묻히고

절을 하는 거라며 돌사람은 몸을 움츠렸노라

아아 어느 날에사 가는 자 여기에 돌아오는가

왕도 왕비도 군중도 여덟 갈래 갈림길도 높다란 누각도

꿈보다 가벼운 얇은 옷을 걸치고 춤추는 무희의

환영(幻影)인가 이것은 얼룩 구름 나무숲 가지 끝을 날아가서

얼어서 서리처럼 보이는 이슬에 내가 지나온 풀 길

왕궁이 있던 터 뒤돌아보면

목덜미 뻗고서 꼬리 늘어뜨리고 선 큰 소

그림자 때문에 멈추어 섰다

푸른 하늘이며

흙 쌓아 만든 언덕이며

진실이어라 멸망한 것들은

한결같이 땅속에 스며들어서

까치는

소리 없이 걷고

풀 이삭에

가을바람 분다

「계림구송」 전문

たくぶすま新羅の王の陵に
秋の日はいまうららかなり

いづこにか鶏の聲はるかに聞え
かなたなる農家に衣を擣つ音す

路とほくこし旅びとは
ここに憩はん 芝艸はなほ綠なり

綿の畑の棉の花
小徑の奥に啼くいとど

松の梢をわたる風
艸をなびけてゆく小川

うつらうつらと觀相の眼をしとづれば
つぎつぎに起りて消ゆるもののこゑ

ひそまりつくす時しもや 蒼天ふかく
はたゆるやかに蜂ひとつ舞ひこそくだれ

日のおもて 石獅は土にうづまりて

禮をするとや石人は身をこごめたり

ああいつの日かゆけるものここにかへらん
王も 妃も 群衆も 八衢も 高殿も

夢より輕き羅ものをかづきて舞へる歌妓の

幻かこははだら雲 林のうれを飛びゆきて

つゆ霜にわれのへてこし岬の路

王の宮居のあとどころ　かへり見すれば

うなじのべ尾を垂りてたつ　巨き牛

透影にしてたたずめる

靑空や

土壘の丘や

まことやな　亡びしものは

ことごとく土にひそみて

鵲は

聲なく歩み

艸の穗に

秋の風ふく

「鷄林口誦」[16] 全文

이 작품은 16연 32행으로 이루어진 「계림구송」 전문이다. '계림(鷄林)'
은 신라 혹은 경주의 옛 이름이고, '구송(口誦)'은 입으로 노래한다는 뜻이
다. 제목에서 알 수 있는 것처럼, 이 시에는 신라를 읊조린다는 화자의 의
중이 담겨 있다. 왕릉을 보면서 천년의 역사를 가졌으며 삼국을 통일했던
신라 왕실에 대한 상상을 하는 것, 그것이 이 시의 주된 흐름이다. 거기에
1940년 가을, 경주라는 도시의 어느 한갓진 풍경을 펼쳐 놓았다. 물론 이
작품을 몇 번이나 읽어도 여기에 등장하는 왕릉이 신라 어느 왕의 것인지
전혀 알 수가 없다. 다만, "흙 쌓아 만든 언덕이며"(13연 2행)를 통해 왕릉
의 형상이 분묘(墳墓)라는 것은 분명해 보인다. 원작이 문어(文語)로 쓰였
기 때문에 우리말 번역에서도 고어의 맛을 살려 작품의 분위기를 유지하
고자 했다.

시에서 눈에 띄는 구절은 전체 16연 중에서 9연과 10연이다. "아아 어
느 날에사 가는 자 여기에 돌아오는가 / 왕도 왕비도 군중도 여덟 갈래로
갈라진 길도 높다란 누각도 // 꿈보다 가벼운 얇은 옷을 걸치고 춤추는 무
희의 / 환영(幻影)인가 이것은 얼룩 구름 나무숲 가지 끝을 날아가서"라는
대목은 다쓰지의 상상력이 작동한 것으로 읽히기 때문이다. 다쓰지는 왕
릉 앞 석상을 본 것이다. 그래서 "햇빛 받으며 돌사자는 땅에 묻히고 / 절

---

16   三好達治(1965), 『三好達治全集1』, 筑摩書房, p.432.

을 하는 거라며 돌사람은 몸을 움츠렸노라"(8연)에서 석상에게 역사를 소급해내는 매개체로서의 기능을 부여했다. 물론, "어디에서일까 닭소리 아련히 들려 / 저만치 있는 농가에 다듬이질하는 소리 난다"(2연)와 "목화밭의 목화 꽃 / 골목길 깊숙이서 우는 귀뚜라미"(4연)는 1940년 가을, 경주의 어느 농가의 자연스러운 모습이다. 왕릉에 부여한 상상력을 다쓰지는 이러한 경주의 풍경과 연결시킴으로써 시적 매력을 발산하였다. 즉, 그는 '가축의 울음소리'와 '다듬이질 소리' 그리고 그저 미물에 지나지 않는 '귀뚜라미 소리'에 더하여 '목화의 개화'와 '풀 사이로 흘러가는 물빛'에까지 골고루 눈길을 펼치며, 시적 흐름을 역사적 유물인 왕릉으로 자연스럽게 끌고 갔다. 그런 다음, 자신만의 상상의 세계를 제시한 것이다. 그래서 "진실이어라 멸망한 것들은 / 한결같이 땅속에 스며들어"(14연)도 흘러간 역사나 화려했던 신라 왕실을 떠올린 것으로 해석할 수 있다. 이 「계림구송」역시 「겨울날」이나 「백 번 이후」처럼 신라의 오랜 역사와 그 유산에 대한 경도(傾倒)가 그 바탕을 형성하고 있다.

2) 「노방음」, 「구상음」: 오랜 역사와 상상적 대화

앞에서 인용한 「계림구송」과 달리 다음 두 편의 작품은 경주의 '사천왕사지(四天王寺趾)', 부여의 '영월루(迎月樓)'라고 분명하게 유적지의 이름을 제시해준다. 두 편을 같이 읽어본다.

　　뭇 사람은
　　근심 걱정 모르는 나그네라고

보고서 지나련다

그 옛날의

사천왕사(四天王寺) 있던 자리

목화 열매 새하얀 밭 가운데에

오래된 기왓장을 주우면서

무거운 봇짐은 등에 늘어뜨리고서

오늘의 갈 곳마저 알지 못하노니 이 나는[17]

「노방음」 전문

보름밤의 달을 기다리메

옛날 백제왕이

강을 바라보고 산을 향하여

잔치를 벌였던 높은 누각의 이름은

이 언덕 위에 남아서

가을이 오면 가을비 내리고

메밀꽃 바야흐로 하얀

밭 가운데에 오래된 기왓장을

주우려고 서성거리다

흠뻑 젖은 소매이어라[18]

「구상음」 전문

---

17 三好達治(1965), 앞의 책, p.436.

18 三好達治(1965), 앞의 책, p.435.

うべ人は

憂ひを知らぬ旅びとと

見てこそすぎめ

いにしへの

四天王寺のあとどころ

綿の實しろき畑なかに

ふるき瓦をひろひつつ

おもき旅嚢は背負ひたれ

けふのゆくへも知らなくわれは

「路傍吟」全文

望の夜の月をまちがて

いにしへの百濟の王が

江にのぞみ山にむかひて

うたげせし高どのの名は

この丘のうへにのこりて

秋されば秋の雨ふり

蕎麥の花をりしも白き

畑なかにふるき瓦を

ひろはんとわがもとほりつ

しとどにもぬれし袖かな

「丘上吟」全文

인용한 작품은 각각 「노방음」과 「구상음」 전문이다. 역시 1940년 한국을 방문했을 때의 것이다. 두 작품 모두 시집 『일점종』에 실려 있다. '노방음(路傍吟)'은 우리말로 쉽게 풀어서 쓰면, '길가에서 노래하다', '구상음(丘上吟)'은 '언덕 위에서 노래하다' 정도의 뜻이 될 것이다. 이는 다쓰지가 한자를 선호했던 취향이 반영된 것으로, 제목에다 오랜 역사의 현장의 의미를 부여하려는 시인의 의도로 읽어도 그리 이상하지 않다. 「노방음」에는 "경주 사천왕사지(四天王寺趾)에서", 「구상음」에는 "부여 영월루(扶餘迎月樓)에서"라는 부제(副題)가 각각 붙어 있다. 즉, 「구상음」은 부여를 여행했을 때의 것이다. 부여 영월루는 백제의 왕과 귀족들이 해맞이를 하며 국정을 계획하던 곳이다. "옛날 백제왕이 / 강을 바라보고 산을 향하여 / 잔치를 벌였던 높은 누각의 이름은 / 이 언덕 위에 남아서"(2행-5행) 는 바로 그러한 공간의 역사적 진실을 표현한 것이다. 사천왕사는 경주에 있는 신라의 절터로 신라가 삼국을 통일한 뒤 최초로 건립된 쌍탑가람으로 호국사찰의 성격을 갖춘 곳이다.

무엇보다 이 두 편의 시는 신라와 백제, 그 유구한 역사의 흐름 속에서 자신의 모습을 찾으려는 다쓰지의 의도가 선명해 각별하게 읽힌다. 「노방음」의 "목화 열매 새하얀 밭 가운데에 / 오래된 기왓장을 주우면서"(6행, 7행)와 「구상음」의 "밭 가운데에 오래된 기왓장을 / 주우려고 서성거리다 / 흠뻑 젖은 소매이어라"(8행, 9행, 10행)라는 표현에 주목하고 싶은 것도 바로 그 때문이다. 공교롭게도 이들 두 작품에서는 '기와를 줍는 행위'가 동시에 나타난다. 읽는 이에게는 다쓰지가 베푸는 흥미로운 발상처럼 다가온다.

따라서 이 두 편은 나그네가 기와를 줍는 현재 상황을 역사를 소요하는 나그네의 상황으로 변모시킨 다쓰지의 행위에 방점이 찍힌다. 이것이 바로 기와 파편을 집어 든 시인의 내면이 단순히 무상감으로만 귀결되지 않는 이유가 아닐까. 그래서 그는 역사의 흐름 안에 놓인 존재의 의미를 성찰하는 과정에서 좀 더 적극성을 띤 행동으로 옮겼는지도 모른다. 즉, 그가 줍고 있는 기와는 오랜 역사의 현장에 널린 단순한 기와 파편이 아니라, 역사가 남긴 의미 있는 조각이며, 이러한 서술은 결국, 다쓰지가 실천한 '현재와 과거의 상상적 대화'의 구체적인 몸짓으로 해석할 수 있다는 뜻이다. 그래서 "오래된 기왓장을 주우면서 / 무거운 봇짐은 등에 늘어뜨리고서 오늘의 갈 곳마저 알지 못하노니 이 나는"(「노방음」 7행, 8행, 9행)과 "밭 가운데에 오래된 기왓장을 / 주우려고 서성거리다 / 흠뻑 젖은 소매이어라"(「구상음」 8행, 9행, 10행)는 역사적 장소를 쉽게 떠나지 못하는 다쓰지의 행동으로 읽을 수 있다. 이 두 작품 역시 역사의 현장으로 귀속하려는 시인의 의지가 좀 더 적극적이고 능동적이었음을 보여주는 사례가 된다.

이처럼 「노방음」, 「구상음」은 시인 다쓰지가 앞의 경주 방문 때의 결과물인 「겨울날」, 「백 번 이후」나 「계림구송」과 마찬가지로, 변함없이 한국의 오랜 역사와 동일 선상에서 호흡하고 싶었던 마음을 감추지 않았던 작품으로 평가해야 할 것이다.

3. 「거리」와 회령의 풍경

그럼, 다쓰지는 처음으로 한국에 왔을 때의 기억을 어떻게 작품으로 풀어냈을까. 시간을 1919년으로 되돌려보자. 작품 「거리」[19]에는 그가 19살 때 본 함경도 회령의 풍경이 고스란히 녹아 있다.

산간 분지가, 그 애처로운, 거친 술잔과 쟁반 위에, 기원하고 있는 것처럼 하늘에 바치고 있는 작은 마을 하나. 밤마다 소리도 없이 무너져 가는 흉벽(胸壁)에 의해, 정사각형으로 구획된 작은 마을. 그 사방에 버드나무 가로수가, 가지 깊이, 지나간 몇 세기의 그림자를 비추고 있다. 지금도 새벽녘에는, 싸늘하게 태풍 같은 날갯소리를 떨구고, 그 위를 물빛 학이 건너간다. 낮에는 이 거리의 누문(樓門)에서, 울부짖는

---

19 『측량선』에 수록된 「소년(少年)」도 다쓰지의 회령에서의 경험이 작품의 모티프라고 알려져 있다. 이는 다카하시 요시오(高橋良雄)의 견해를 바탕으로 하는 것이다(高橋良雄(1974), 「三好達治における風土と自然」, 『解釈』 9月号, 教育出版センター, p.19). 「소년」을 보면, 시어나 주제 면에서 회령에서의 경험이나 풍경 묘사라고 하기에는 그 구체성이 부족해 보여, 이 글에서는 인용하지 않고 전문을 소개하는 데 그친다. 작품은 다음과 같은 것이다.
"해질녘 / 어느 정사(精舍)의 문에서 / 아름다운 소년이 돌아온다 // 쉬 저무는 하루 / 공을 던지고 / 또 놀면서 돌아온다 // 한적한 거리 / 사람도 나무도 빛깔을 가라앉히고 / 하늘은 꿈처럼 흐르고 있다"
夕ぐれ / とある精舎しやうじやの門から / 美しい少年が帰つてくる // 暮れやすい一日いちにちに / てまりをなげ / 空高くてまりをなげ / なほも遊びながら帰つてくる // 閑静な街の / 人も樹も色をしづめて / 空は夢のやうに流れてゐる(三好達治(1965), 『三好達治全集1』, 筑摩書房, p.10).

돼지 떼가 달리다가 식수 긷는 우물에서, 넘어지고, 자꾸만 그 야윈 까만 모습을, 관목과 잡초로 된 평야 속에 감추어버린다. 만일 그때, 이상하고 가련한 소리가 삐걱거리는 것을 멀리에서 듣는다면, 시간이 지나 가로수 그림자에, 작은 이륜차가 언덕 같은 붉은 빛 소 목덜미 에 이끌려, 여름이면 참외, 가을이면 장작을 싣고, 천천히 누문 쪽으로 걸어가는 것을 볼 터이다. 나무껍질도 거무스레 낡아 버린 누문의, 방 패 모양으로 하늘을 꿰뚫어 보는 격자 안에, 지금은 울리는 것조차도 잊어버린 작은 종이, 침묵하던 옛날 그대로의 위엄을 지닌 채, 어렴풋 이 어둡게, 궁륭(穹窿)을 이룬 천장에 떠 있다. 무너질 대로 무너져 떨 어져 가는 흙벽 위에, 또는 왠지 하얗게 우거질 대로 우거진 버드나무 속에, 까치는 모이고, 어지러이 날고, 하얀 얼룩이 있는 긴 꼬리를 흔 들며, 종일 돌을 두드리는 듯한 소리를 지르고 있다. 또한 게다가, 이 따금 달이 상순의 끝 무렵에 가깝게, 그 일말(一抹)의 반원을, 멀리 떨 어진 조밭 옥수수밭 위, 뼈가 앙상한 산맥 위, 아득한 낮의 일점(一點) 으로 기울어지고 있다고 한다면, 사람은 모두, 황량한 풍경을 물결치 며 덮는, 일찍이 어떤 문화도 손대지 않았던 적요 속에, 제각기 의지 할 곳 없는 운명을 한순간 몸에 느끼며 탄식할 것이다. 그리고 이 흙 벽을 에워싼 작은 거리는, 사방의 적요를 더 슬픈 것으로 만들기 위해 서, 때때로 몇 줄기인가 조용히 취사의 연기를 허공에 피운다.

옛날, 이 거리를 영위하기 위해서, 그들의 조상은 산맥 어느 쪽 방 향으로 나누어 온 것일까? 이 거리가 생긴 날, 그들의 적은 산맥 어느 쪽으로 나누어 온 것일까? 그리고 이 흙벽이 어떻게 격한 싸움을 사 이에 두고 둘로 나누어졌던 것일까? 그들 모든 역사는 마음에 두지 않고 잊히고, 사람들은 오로지 변함없는 습관에 따라서, 그들의 조상과 같은 형태의 밥그릇으로 같은 노란 음식물을 먹고, 들에 같은 씨를 뿌리고, 몸에 같은 옷을 걸치고, 머리에 같은 상투 같은 관을 물려주고 있다. 그것이 그들의 법규이기나 한 것처럼, 그들은 늘 나태하고, 아무 때고 수면을 탐하고, 꿈의 틈새에 일어나서는, 두터운 가슴을 펴고, 꿀꺽꿀꺽 목구멍에서 소리를 내며 다량의 물을 다 마셔 버리는 것이다. 기류가 몹시 건조하기 때문에, 이윽고 밤이 왔을 때, 만조에 삼켜지는 산호초처럼, 암흑과 침묵의 압력 속에, 얼마나 어둡게, 이 거리는 빠져가고 잠겨 가는 것일까? 그리고 그 안에서, 어떤 형태의 그릇에 어떤 등불이 켜지는 것일까? 혹은 등불마저 없는 것은 아닐까? 나는 그것을 모른다. 지금도 나는, 때로는 추억의 고개에 서서, 멀리 이 거리를 바라보고 있지만, 내 기억은, 언제나, 태양이 저무는 쪽으로 서둘러 돌아가고 만다.

「거리」 전문

山間の盆地が、その傷ましい、荒蕪な杯盤の上に、祈念の如くに空に擎げてゐる一つの小さな街。夜ごとに音もなく崩れてゆく胸壁によつて、正方形に劃られてゐる一つの小さな街。その四方に楊の竝木が、枝深く、すぎ去つた幾世紀の影を與へてゐる。今も明方には、颯颯と野分のやうな羽音を落して、その上を水色の鶴が渡つて行く。晝はこの街の樓門から、鳴き叫ぶ豚の列が走りいで、轉がり、しきりにその痩せた黒い姿を、灌木と雑草の平野の中に消してしまふ。もしもその時、異様な哀

音の軋るのを遠くに聞くならば、時をへて竝木の影に、小さな二輪車が丘のやうな赭牛の項に牽かれて、夏ならば瓜を積み、秋ならば薪を載せ、徐ろに、樓門の方へと歩み去るのを見るだらう。木の肌も黒く古びてしまつた樓門の、楯形に空を見透かす格子の中に、今は鳴ることすらも忘れてしまつた小さな鐘が、沈默の昔ながらの威嚴をもつて、ほのかに暗く、穹窿をなした天井に浮んでゐる。崩れるがままに崩れ落ちて行く胸壁の上に、または茂るがままにうら白く茂つてゐる楊の中に、鵲は集り、飛びかひ、白い斑のある長い尾を振り、終日石を敲くやうな叫びをあげてゐる。なほその上にも、たまたま月が上旬の終りに近く、その一抹の半圓を、遠く散在する粟畑玉蜀黍畑の上、骨だつた山脈の上、杳かな晝の一點に傾けてゐるとしたならば、人はみな、荒涼たる風景を浪うち覆ふ、嘗て如何なる文化も手を觸れなかつた寂寥の中に、おのがじしそのよるべなき運命を一瞬にして身に知り歎くであらう。そしてこの胸壁を周らした小さな街は、四圍の寂寥をしてさらに悲しきものとするために、時ありて幾條か、靜かに炊爨の煙を空に焚くのである。

昔、この街を營むために、彼等の祖先は山脈のどちらの方角を分けてやつて來たのであらうか。この街の出來あがつた日、彼等の敵は再び山脈のどちらの方角を分けてやつてきたのであらうか。そして、この胸壁が如何に激しい戰を隔てて二分したのであらうか。それら總ての歴史は氣にもとめずに忘れられ、人人はひたすらに變りない習慣に從つて、彼等の祖先と同

じ形の食器から同じ黄色い食物を攝り、野に同じ種を播き、身に同じ衣をまとひ、頭に同じ髷同じ冠を傳へてゐる。それが彼等の掟てでもあるかの如く、彼等は常に懶惰であり、時を定めず睡眠を貪り、夢の斷えまに立ちあがつては、厚い胸を張り、ごろごろと喉を鳴らして多量の水を飲みほすのである、氣流がはげしく乾燥してゐるために。

　　やがて夜が來たとき、滿潮に呑まれる珊瑚礁のやうに、闇黑と沈默の壓力の中に、どんなに暗く、この街は溺れさり沈みさるのであらうか。そしてその中で、どんな形の器にどのやうな燈火がともされるのであらうか。もしくは燈火の用とてもないのであらうか。私はそれを知らない。今も私は、時として追憶の峠に立つて、遠くにこの街を眺めるのであるが、私の記憶は、いつも、太陽の沈む方へといそいで歸つてしまふのである。

「街」[20] 全文

인용 시는 3연의 산문시로 된 「거리」 전문이다. 시에는 '국경의 도시(國境の町)'라는 부제가 붙어 있어, 이 작품의 공간적 배경이 함경도 회령임을 유추하게 한다. 회령은 북쪽의 두만강을 경계로 중국과 마주한 지역이기에 '국경의 도시'라는 부제를 붙였을 것이다. 시의 시간적 배경은 1919년. 시는 1930년에 출간한 자신의 첫 시집 『측량선(測量船)』에 실려 있다. 우리에게는 일제강점기 3·1 만세운동이 있었던 해다. 다쓰지의 연

20　三好達治(1965), 『三好達治全集1』, 筑摩書房, p.17.

보를 참고하면, 당시 열아홉 살이었던 다쓰지는 일본에서 오사카육군유년학교(大阪陸軍幼年學校) 본과 1년 반의 과정을 마치고, 태어나 처음으로 이국의 땅인 한국으로 건너와 공병 제19대대에서 군인의 신분인 사관후보생으로 1년 정도 근무한 적이 있었다고 쓰여 있다. 즉, 이 작품은 군인이었던 다쓰지가 그때 본 회령 사람과 회령 풍경에 대한 인상이다.

이 시는 무엇보다 시종일관 차분하게 관찰하는 태도를 바탕으로 서술된 화자의 치밀한 시선이 장점이다. 분위기는 대체적으로 우수(憂愁)를 띠고 있다. 시에서 언급하는 마을이 구체적으로 회령의 어느 곳인지는 구체적으로 나타나 있지는 않지만, 화자는 마을을 '산간 분지'라고 지칭한다. 그래서일까. "정사각형으로 된 쓸쓸한 회령 거리", "길가에 선 버드나무 풍경", "새벽녘 흉벽(胸壁)이 있는 마을 위를 가로지르며 날아가는 학과 버드나무 가지로 모여들었다가 어지러이 날아가는 까치"와 같은 서술은 마치 당시의 마을 풍경을 한 장의 그림으로 그려내고 있는 것 같다. 물론, 작품을 읽는 내내, 이 우수에 가득 찬 풍경이 군인 신분이었던 다쓰지 특유의 애상성(哀傷性)과 이어져 있다는 느낌을 지워내기가 어렵다. 시인의 심원한 고독이나 유랑에서 연유한 것으로 읽힌다는 뜻이다. 시어의 하나로 나오는 "흉벽"은 성곽이나 포대(砲臺) 따위에 사람의 가슴 높이 정도로 쌓은 담으로 '흉장(胸墻)'이라고도 하는데, 회령이 국경지대의 한 곳임을 짐작하게 한다. 마을에 이러한 것들이 남아 있다는 것은 이곳이 예전에 군사 지역이었다는 것을 암시해준다. "이 흉벽이 어떻게 격한 싸움을 사이에 두고 둘로 나누어졌던 것일까?"도 병영 생활을 하던 다쓰지에게 예사롭게 보이지 않았을 것이다.

작품의 1연이 주로 회령의 거리나 풍경에 주목하고 있다면, "옛날, 이 거리를 영위하기 위해서, 그들의 조상은 산맥 어느 쪽 방향으로 나누어 온 것일까?"로 시작되는 작품의 2연은 회령 사람들에 대한 화자의 인상이 주로 그려진다. 흥미롭게 다가오지만, 역시 관조적인 색채가 농후하다. 회령은 산지가 많은 곳이 아닌가. 비교적 넓은 평야가 펼쳐져 있는 두만강 연안을 제외한 다른 변두리는 천 미터 안팎의 산들이 있는 지역이다. 다른 산간지방에 비해 비가 적게 내리는 건조 지역이라는 사실까지도 알고 있는 화자는 그래서 이곳 사람들의 모습을, "꿈의 틈새에 일어나서는, 두터운 가슴을 펴고, 꿀꺽꿀꺽 목구멍에서 소리를 내며 다량의 물을 다 마셔 버리는 것이다. 기류가 몹시 건조하기 때문에"라는 구체성을 갖고서 표현해내기에 이른다. 회령 사람들에 대한 화자의 경험이 반영된 듯한 구체적 진술은 또한 "사람들은 오로지 변함없는 습관에 따라서, 그들의 조상과 같은 형태의 식기에서 같은 노란 음식물을 먹고, 들에 같은 씨를 뿌리고, 몸에 같은 옷을 걸치고, 머리에 같은 상투 같은 관을 물려주고 있다. 그것이 그들의 법규이기도 한 것처럼"에서도 잘 드러난다. 다쓰지의 이러한 섬세한 관찰이 돋보이는 것은 시 전체에서 보면 그가 회령의 풍물과 그곳 사람들의 의식(衣食)과 습관, 그리고 기후 조건까지 훤히 알고 있기 때문이리라. 그리고 그러한 서술은 시간적으로 새벽녘, 낮, 밤이라는 하루의 시간을 모두 치밀하게 그려내고 있어 시의 품격을 높여 준다.

아마도 독자의 입장에서 이 시에서 특히 관심이 가는 것은 화자가 관찰을 통해 제시하고 있는 회령인에 대한 묘사 부분일 것이다. 이는 곧 한국인들에 대한 이미지의 하나로 해석할 수 있기 때문이다. 화자가 이국땅에서 처음 접하는 회령 사람들에 대한 이미지는, 첫째, 그들은 옛날의 회령을 크게 생각하지 않는, 그저 과거의 역사 같은 것은 염두에 두지 않은 듯한 사람들로 서술된다. 그래서 특별한 변화 없이 옛날 그대로의 습관에 따라서 사는 사람들이라고 했고, 또한 이곳이 "일찍이 어떤 문화도 손을 대지 않았던 적요"를 갖고 있었다고 표현했다. 그들의 조상이 어느 쪽으로 나누어 왔건, 그들의 적이 어느 쪽으로 나누어 왔건, 흉벽이 격한 싸움을 사이에 두고 둘로 나누어졌건 마음에 두지 않는 사람들. 그것이 다쓰지의 판단이다. 또 하나는, 회령 사람들을 나태한 사람으로 묘사하고 있는 대목이다. "그들은 늘 나태하고 아무 때나 수면을 탐하고"는 그러한 예를 제시하는 곳이다.

따라서 다쓰지가 시에서 그리는 회령 사람의 이미지는 과거에 어떤 일이 있었건 간에 신경을 쓰지 않고 정해진 습관에 따라 생활을 하는 낙천적 성격의 소유자다. 거기에 게으른 사람들이라는 이미지가 중첩되어 있다. 물론 이러한 회령 사람에 대한 이미지는 다쓰지가 있었던 곳이 겨울이 긴 산간지방이라는 특수성을 감안해서 판단해야 할 것이다. 회령 사람들에 대한 이미지는 다쓰지가 군인이었다는 점을 감안한다면, 그들과의 정밀한 접촉은 없었다는 가정이 전제된다. 19세 젊은 사관후보생의 눈에 비친 회령 사람의 이미지는 1919년이라는 시대적 상황을 고려하면, 그들과의 인간적인 교분이 있었다는 생각은 들지 않는다.

그런 의미에서 이 시의 우수성은 풍물에 대한 다쓰지의 예사롭지 않은 관찰이다. 그 관찰이 객관성을 담보로 하고 있다는 점이다. 시 속의 화자를 다쓰지로 환원하는 것이 가능하다고 보면, 다쓰지는 일본 군인으로서의 시각을 갖고 있었거나, 또한 그러한 의식을 바탕으로 하는 서술을 하지 않았다는 점에서 시인으로서의 객관적 태도를 견지하고 있었다고 할 수 있다.

4. | 소 결론

이 글은 미요시 다쓰지가 1919년과 1940년 두 차례 한국 체험을 통해 남긴 작품의 의미 구조를 분석한 것이다. 시 분석의 텍스트는 「거리」, 「겨울날」, 「백 번 이후」, 「계림구송」, 「노방음」, 「구상음」의 6편이었다.

먼저, 「겨울날」은 경주 불국사를 찾았을 때의 감흥과 희열, 그리고 불국사를 바탕으로 풀어내는 인생 관조의 서술이 두드러진 작품으로, 다쓰지는 당시 한국이 일제강점의 시기였다는 현실을 전혀 개의치 않고, 오랜 역사의 현장이나 유적과 적극적으로 소통하는 개방된 의도를 표출하고 있었다. 이는 한반도 문화유산에 대한 보편적 가치를 고양하는 데에도 작용하여, 이 작품이 수작이라는 평가에 기여하였다. 불국사에 투영된 다쓰지의 심경이 '정관(靜觀)'의 경지로까지 이어지고 있었다. 또한, 경주 불국사를 찾은 후 20년이 지난 1960년에 발표한 「백 번 이후」도 「겨울날」과 비교해 보면, 전체적으로는 좀 더 몽환적이라는 느낌을 갖게 하지만, 불국사 기행에서 오는 감동을 한 번 더 토로하는 작품이었다. 더욱더 깊어진 사고를 읽어낼 수 있었다. 이러한 작품의 매력으로 이 두 작품은 한국과 일본 두 나라의 평자로부터 그의 전체 시업에서 명작으로 평가받는다.

더불어 경주 방문에서 얻은 작품 「계림구송」 역시 「겨울날」이나 「백 번 이후」처럼 신라의 오랜 역사와 유산에 대한 경도(傾倒)가 그 바탕을 이루고 있었다는 것도 확인할 수 있었다. 「노방음」, 「구상음」에도 다쓰지가 변함없이 한국의 오랜 역사와 동일 선상에서 호흡하고 싶었던 자신의 마음이 녹아 있었다. 이런 사실로 보면, 「겨울날」, 「백 번 이후」, 「계림구송」,

「노방음」, 「구상음」의 5편은 한반도 문화유산이나 유적에 대한 그의 취향과 보편적 시각을 반영하는 작품이다.

한편, 1919년 군인 신분으로 함경도 회령에 부임하여 그곳의 풍광과 그곳 사람들을 노래한 「거리」는 다쓰지의 치밀한 관찰이 돋보인 작품이었다. 시적 분위기는 우수를 띠고 있었다. 그는 회령 사람들을 과거에 어떤 일이 있었건 간에 신경을 쓰지 않고 정해진 습관에 따라 생활을 하는 낙천적 성격의 소유자이며, 또한 게으른 사람으로 파악하였다. 일본 군인으로서의 시각이나 그러한 의식을 바탕으로 하는 서술이 없고 비교적 관찰자적 태도를 견지하려는 자세도 감지할 수 있었다.

이처럼 다쓰지가 두 차례 한국 체험을 통해 남긴 「거리」, 「겨울날」, 「백 번 이후」, 「계림구송」, 「노방음」, 「구상음」에는 어느 독자가 읽어도 당시 한국이 일제강점기를 겪고 있었다는 사실을 느끼지 않을 만큼, 한반도 오랜 역사의 유적에 매료된 일본인 시인 다쓰지의 개방적이고 보편적인 시각이 내재되어 있었다. 그런 기본적인 생각을 바탕으로 풀어낸 그의 시적 진술은 한국과 일본 두 나라의 평자로부터 호평을 이끌어내는 요소로 작용하였다.

　이 책은 한국을 노래한 일본의 국민시인 미요시 다쓰지 시를 중심으로, '지금, 왜 미요시 다쓰지의 시(詩)인가?' 하는 문제의식에서 출발하여, 그의 작품이 지닌 전반적인 특성을 살폈다. 시 읽기의 텍스트는 서정성과 주지적 경향의 작품이었고, 그가 한국 체험을 통해 남긴 시편들도 분석의 범주에 포함시켰다. 그가 당대의 시인들과 달리 왕성한 실험 정신과 일본의 전통적 정조를 함께 지닌 서정시인이라는 점을 감안하여, 전기적 사실에 대한 이해를 바탕으로 그의 시 세계를 밝히는 데 주력했다. 다쓰지는 당시 일본에 수입된 서구 모더니즘의 영향을 받아 주지적 경향의 시를 쓴 시인이었으며, 또한 일본 특유의 정감을 살려낸 서정성 강한 시를 남겼다. 이는 당시의 다른 시인들과의 차별이며, 시인으로서의 특이한 이력을 말해주는 것으로 문학사적 가치를 지닌다.

　이에 이 책은 그의 전체 시집에서 초기, 중기, 후기를 대표하는 시집 여덟 권을 텍스트로 삼아서 그의 시 세계에 천착하였다. 여덟 권은 초기 시업의 대표 시집인 『측량선』과 사행시집 세 권인 『남창집』, 『한화집』, 『산과집』을 비롯해 중기 시집인 『초천리』, 『일점종』, 그리고 후기 시집인 『낙타의 혹에 올라타고』, 『백 번 이후』가 바로 그것이다. 이것은 다쓰지 시의 서정성과 주지적 경향의 시를 효과적으로 조명하려는 의도에서 선별한 결과다. 또한 그가 한국을 노래한 작품은 『측량선』에 수록된 「거리」
와 『일점종』에 수록된 「겨울날」, 「계림구송」, 「노방음」, 「구상음」, 그리고
『백 번 이후』에 실린 「백 번 이후」로 모두 6편이었다. 그리고 이 책에서
인용한 다쓰지의 작품 수는 전문과 부분 인용을 합하면 대략 74편 정도
다.

　그렇게 이 책이 다쓰지 시를 검토하면서 얻은 결론을 다음과 같이 정
리한다.

　첫째, 다쓰지의 전기를 살펴본 결과, 고독과 비애가 그의 삶과 시 세
계를 관류하고 있다는 사실을 확인할 수 있었다. 그것은 단순히 개인사의
차원에 그치지 않고 시인의 문학적 결실과 맞물리는 미적 원리로 작용하
고 있었다. 따라서 그의 시 세계는 삶과 직결된 '체험의 미학화'라고 말할
수 있다.

　둘째, 다쓰지는 실험 시인이었다. 그를 그렇게 부를 만한 근거는 『측
량선』에서 보여준 치열한 시적 모색에서 찾을 수 있다. 시 양식의 다양성
은 그 모색의 하나였다. 그는 문어체, 구어체, 자유시형, 산문시형 등의 다
양한 시작을 통해 자신만의 색깔을 찾으려는 노력을 시도하였는데, 특히
다수의 산문시 창작은 프랑스 시와 신산문시운동의 영향을 바탕으로 펼
친 수작이라는 평가에 도달하게 하였다. 또한, 작품의 의미 구조에서 보
면, 이 시집은, 서정시와 주지시가 공존하는 양상을 띤다. 이 양면성은 그
가 시적 개성을 확보해 나가는 과도기적 양상으로 볼 수도 있지만, 작품
에 내재된 슬픔과 불안감을 균형 잡힌 자신만의 목소리로 소화해낸 다쓰
지의 미의식으로 해석할 수 있었다. 이는 『측량선』이 출간 당시뿐만 아니
라 현재까지도 일본인들이 사랑하는 시집으로 자리매김한 중요한 요인으

로 작동하였다.

셋째, 사행시집 『남창집』, 『한화집』, 『산과집』에서는 『측량선』과 달리 시 양식이 단순화되었지만, 다쓰지는 일본에서 처음으로 사행시 창작이라는 자신의 독특한 시 세계를 개척하였다. 물론, 이들 사행시에도 프랑스 시인과 한시 절구에 대한 그의 관심이 녹아 있어, 사행시집의 중요한 뼈대를 이루고 있다는 것을 확인할 수 있었다. 또한 시인은 특유의 발상과 빛나는 기지를 바탕으로 우주적 동경을 그려냈을 뿐만 아니라, 아픈 과거를 껴안으며 현재의 삶을 긍정하고 동시에 미래에 대한 희망을 포기하지 않는 의지를 드러내기도 했다. 다쓰지 전체 시업에서 보면, 이 시기에 쓰인 작품들은 주지시인으로서의 면모가 뚜렷하게 감지된다.

넷째, 중기 시작의 대표성을 갖는 『초천리』, 『일점종』 두 시집에서 다쓰지는 자유시로의 복귀와 함께 서정시인으로의 변신에 성공하고 있었다. 그는 다수의 문어시 창작과 함께, '영탄'을 기반으로 삼아 구어시도 꾸리고 있었는데, 그것은 자신의 회고적 취향을 풀어내는 한편으로, 일상의 사소한 사건을 관찰하면서 과거로 소급해간 사유의 확장이라는 측면에서 읽을 수 있었다. 이는 자신에게 맞는 예술 형태를 통해 자신만의 시 세계를 창출해 가고 있다는 사실과 맞닿아 있었다. 작품의 바탕에는 존재의 고독이나 상실감이 여전히 유효하다는 메시지가 흐르고 있었지만, 동시에 '현실 탈출의 의지'나 '미래에 대해 희망'도 내재되어 있었다. 특히, 「눈물」, 「가정」, 「일점종 이점종」에서는 아들의 눈물과 가정의 구성원을 통해서 시간에 대해 심원한 사색을 했던 다쓰지는 자신의 어린 시절과는 확연히 다른 평화로운 가정을 꿈꾸고 있다는 점을 확인할 수 있었다. 『초천리』, 『일점종』은 시간과 공간을 넘나들거나 자신과의 일체화를 통해 그의 존재의식을 조형한 중요한 시적 성과였다.

다섯째, 『낙타의 혹에 올라타고』에는 '한인단장', '추풍리', '수광미망' 등 모두 3부로 나누어 시집을 꾸린 다쓰지의 질서 의식이 반영되어 있었다. 그것은 곧, 세 부문에서 각각의 특질을 부여하여 무질서하게 보일 여지를 차단하면서 시 양식의 종류에 따른 안배를 하였다는 뜻인데, 그런 차원에서 보면, 여러 시형을 구사하면서 일본어의 모든 가능성을 펼쳐 보인 시인의 시적 결산의 성격이 짙다. 그리고 이 시집은 시의 의미 구조에서 '해학', '풍자', '자기 희화화'라는 세 가지 주제를 주된 틀로 삼았을 뿐 아니라, 알레고리 방식과 이원론적인 세계관을 담은 작품의 창작을 통해, 자신의 시적 성취에 도달하고 있음을 알 수 있었다. 이는 이 시집이 고독과 슬픔을 뛰어넘어 세속적인 것을 거부하는 시인 다쓰지의 '반속 정신(反俗 精神)'을 품고 있다는 것을 일러준다.

여섯째, 다쓰지의 마지막 시집으로 평가받는 『백 번 이후』에는 환갑을 전후해 바라보는 자연의 일부나 풍경을 통해 세속적인 것으로부터 탈피를 꿈꾸는 시인의 초속(超俗)의 의지가 명료하게 읽혔다. 그것은 곧 삶에 대한 농밀한 사색과 말년의 쓸쓸함과 그 궤를 같이 하는 '고독의 시경(詩境)'이었다. 유년의 추억을 불러내는 시편들도 그러한 성향의 연장선상에서 이해할 수 있었다. 그런 의미에서 이 시집에는 그가 오랫동안 노래해 오고 추구해온 시인으로서의 집념과 서정시를 향한 시인의 마지막 시적 결실이 담겨 있었다.

일곱째, 다쓰지가 1919년과 1940년 두 차례 한국 체험을 통해 작품을 남긴 점에 주목하여, 「거리」, 「겨울날」, 「백 번 이후」, 「계림구송」, 「노방음」, 「구상음」의 여섯 편을 살펴보았더니, 당시 한국이 일제강점기를 겪고 있었다는 사실을 느끼지 않을 만큼, 한반도의 오랜 역사와 그 유적에 매료된 시인 다쓰지의 보편적 시각을 읽을 수 있었다. 특히 「겨울날」은 경주 불국사를 찾았을 때의 감흥과 희열, 그리고 불국사를 바탕으로 풀어내는 인생 관조의 서술이 두드러졌다. 다쓰지의 심경이 '정관'(靜観)의 경지로까지 이어지고 있을 만큼 명작이었다. 「백 번 이후」도 그러한 평가와 동일선상에 있었다.

여덟째, 다쓰지의 대표 시집에 관한 고찰을 통해, 그의 시적 변모 과정은 작품의 성격상 초기의 서정시와 주지시, 중기의 서정시, 후기의 주지시와 서정시라는 특징을 살필 수 있었다. 『측량선』에 수록된 초기 시는 서정성 짙은 경향을, 『측량선』에 수록된 후기 시(특히 산문시)는 당시의 문학적 전위운동의 산실이었던 시 동인잡지 『시와 시론』을 중심으로 이루어진 주지적 시풍을 각각 보여주었다. 주지시의 경향은 사행시집과 후기 시집 『낙타의 혹에 올라타고』에도 그대로 지속되었다. 그를 서정시인이라고 불러야 하고 동시에 주지시인이라고도 불러야 하는 이유가 여기에 있다. 또한, 중기 시집인 『초천리』, 『일점종』과 후기 시집인 『백 번 이후』에서는 서정시인의 면모를 드러냈다. 따라서 다쓰지 시의 변모 과정은 크게 보면, 서정과 주지의 양립-서정-주지-서정이라는 흐름을 나타낸다.

아홉째, 시의 기법에서 보면, 다쓰지는 초기시에서 직유나 은유, 의인화 등을 통해 자신의 심경을 의탁하는 경향이 뚜렷하였지만, 중기에는 주로 영탄의 방식으로 평이한 시적 진술로 변화하는 모습을 보여주었다. 그리고 후기에는 알레고리, 또는 자기 희화화와 풍자를 통해 보다 성숙한 시적 경지를 개척하였다. 이는 물론 그가 왜 뛰어난 시인인가에 일조하는 요인으로 작용하였다.

열째, 다쓰지의 작품은 전체 시업에서 보면, 동양적인 것과 서양적인 것의 주체적 통합이라는 해석이 가능하다. 이러한 해석은 크게 다음 두 가지 점에서 연유한다. 먼저, 일본적인 것 및 동양적인 요소들의 영향이다. 단가나 하이쿠 그리고 한시나 절구 등이 그의 시에 영향을 주었다는 점은 『측량선』이나 사행시집에서 확인된 사실이다. 시인의 시 세계 전반에 걸쳐 시집 제목이나 시의 제목, 시어의 선택에서 보여준 한자 취향이나 한자 선호는 그의 시가 동양 문화에 뿌리를 두고 있음을 알 수 있었다. 거기에 한국 체험이나 방문을 통해 창작한 여섯 편의 작품을 읽으면서 그가 개방적이고 보편적 가치를 지향하고 있었다는 것도 체득할 수 있었다. 또 하나는, 프랑스 시와 시인들의 영향을 들 수 있다. 『측량선』의 시뿐만 아니라 사행시집에는 그가 스스로 밝힐 만큼 프랑스 시에 받은 영향이 크다. 이는 그가 프랑스 문학을 전공한 번역자였다는 사실과 무관하지 않았다. 그러나 중기 시 이후 그는 프랑스 시 영향에서 벗어나, 서정시인의 면모를 확립해 나가는 양상을 보여주었다. 이렇게 다쓰지 시는 일본적인 것과 동양적인 것에 서양적인 요소의 영향이 어우러져 있어, 동양적인 것과 서양적인 것의 주체적 통합, 즉, 세계성을 갖는다고 할 수 있다.

이러한 열 가지 결론은 이 책이 다쓰지의 작품을 서정성과 주지적 경향을 중심으로 검토한 뒤 내린 최종적인 견해다. 물론, 한국인 연구자의 입장에서 나름대로 다쓰지 시의 기법과 특질을 고찰해 보았으나, 그의 시가 가진 미학적 원리를 좀 더 심도 있게 살피지 못했다는 점은 아쉬움으로 남는다. 이 문제에 대한 심화된 작업은 훗날의 과제로 남겨둔다.

1. 국내 서적 및 국내논문 (가나다 순)

1) 단행본

金光林(2003),『日本現代詩散策』, 푸른사상.

김윤식(1975),『한국근대문예비평사연구』, 일지사.

金埈五(2002),『詩論』, 삼지원.

김춘미(1985),『김동인 연구』, 고려대 출판부.

르네 웰렉·오스틴 워렌 저, 이경수 역(2002),『문학의 이론』, 문예출판사.

박현서(1989),『日本 現代詩 評説』, 고려원.

심경호 옮김(1998),『당시(唐詩) 읽기』, 창작과 비평사.

신근재(2001),『한일문학의 비교연구』, 일조각.

오석윤 옮김(2005),『미요시 다쓰지 시선집』, 小花.

吳英珍(1992),『日本 名詩鑑賞』, 聖學社.

유정 편역(1997),『일본근대대표시선』, 창작과 비평사.

유종호(2002),『다시 읽는 한국 시인』, 문학동네.

아르튀르 랭보 저, 이준오 옮김(1990),『랭보 시선』, 책세상.

아리스토텔레스 저, 천병희 역(1999),『詩學』, 문예출판사.

클리언스 브룩스 저, 이경수 옮김(1997),『잘 빚어진 항아리』, 문예출판사.

프랑시스 잠 저, 윤동주100년 포럼 역(2017),『프랑시스 잠 시집』, 스타북스.

한국문학평론가협회 편(2006),『문학용어비평사전』하, 국학자료원.

2) 논문

金光林(2001), 「三好達治(미요시 다쓰지)의 서정성—일본 전통시가 새롭게 정립」, 『日本
　　現代詩人論』, 국학자료원.

김지녀(2008), 「정지용(鄭芝溶)과 미요시 다쓰지(三好達治)의 시 비교연구」,
　　『Comparative Korean Studies』 16권 2호, 국제비교한국학회.

노영희(2001), 「일본 문학 연구현황」, 『新日本文学의 理解』, 시사일본어사.

박상도(2014), 「태평양 전쟁기(太平洋戰爭期)의 전쟁시(戰爭詩): 미요시 타쓰지(三好達
　　治)의 전쟁시집을 중심으로」, 『日本研究』 第59輯, 韓國外國語大學校 日本研究所.

_____ (2014), 「중일 전쟁기(中日戰爭期)의 전쟁시(戰爭詩)—미요시 타쓰지 「영령을 고
　　국에 모셔 들이다」를 중심으로」, 『日本語文學』 第64輯, 日本語文學會.

_____ (2005.11), 「三好達治 「漂迫詩人金笠」」, 『日本學報』 第65輯 2卷, 韓國日本學會.

심종숙(2005), 「미요시 타츠지(三好達治)와 조선」, 『세계문학비교연구』 제13집, 세계문
　　학비교학회.

梁東國(2001), 「<青猫>의 系譜와 詩趣—鴎外, 白秋, 竜之介, 朔太郎 그리고 한국 현대시」,
　　『日本文化学報』 제11집, 韓国日本文化学会.

오석륜(2015), 「미요시 다쓰지는 한국을 어떻게 노래했을까」, 『月刊文學』 559, 한국문
　　인협회.

_____ (2015), 「미요시 다쓰지(三好達治)의 수필에 나타난 한국」, 『國際言語文學』 第32
　　號, 國際言語文學會.

_____ (2014), 「미요시 다쓰지(三好達治) 詩에 나타난 동물의 의미」, 『日語日文學研究』
　　第89輯 2卷, 韓國日語日文學會.

_____ (2011), 「미요시 다쓰지(三好達治), 『백 번 이후 (百たびののち)』론」, 『日本言語文
　　化』 第18輯, 韓國日本言語文化學會.

_____ (2009), 「미요시 다쓰지 三好達治, 동서양의 서정을 노래하다」, 『세계 속의 일본
　　문학 일본문화총서 008』, 제이엔씨.

오석윤(2009), 「미요시 다쓰지(三好達治)의 주지시 고찰」, 『日本學研究』 第26輯, 檀國大
　　學校 日本學研究所.

_____ (2008), 미요시 다쓰지(三好達治) 詩와 世界性」, 『日語日文學研究』 第65輯 2卷, 韓國
　　日語日文學會.

_____ (2008), 「미요시 다쓰지(三好達治) 시(詩)와 동인잡지」, 『日語日文學研究』 第66輯 2
　　卷, 韓國日語日文學會.

_____ (2008), 「미요시 다쓰지(三好達治) 시에 나타난 모성 편향성(母性 偏向性)과 향수」, 『日本硏究』 第36輯, 韓國外國語大學校 日本硏究所.

_____ (2005), 「다쓰지(達治) 詩에 나타난 存在와 時間의 思索 —『艸千里』와 『一點鐘』을 中心으로—」, 『日本學報』 第65輯, 韓國日本學會.

_____ (2005), 「미요시 다쓰지 시(詩)에 나타난 '까마귀' 이미지의 의미 고찰」, 『日本文化硏究』 第16輯, 동아시아일본학회.

_____ (2004), 「미요시 다쓰지(三好達治) 詩와 朝鮮 體驗」, 『日本學報』 第60輯, 韓國日本學會.

_____ (2003), 「三好達治의 『낙타의 혹에 올라타고』 論—'水光微茫' 詩篇을 중심으로」, 『日語日文學硏究』 第46輯 2卷, 韓國日語日文學會.

_____ (2003), 「三好達治의 『測量船』 論—그의 散文詩를 중심으로」, 『日語日文學硏究』 第44輯 2卷, 韓國日語日文學會.

_____ (2002), 「三好達治 詩 硏究—抒情性과 主知的 傾向을 中心으로」, 2002學年度 東國大學校 博士學位 論文.

_____ (2002), 「三好達治의 『南窓集』, 『閒花集』, 『山果集』 論」, 『日語日文學硏究』 第42輯 2卷, 韓國日語日文學會.

_____ (2002), 「三好達治의 詩의 形成」, 『日本文化學報』 第13輯, 韓國日本文化學會.

_____ (2001), 「三好達治의 『측량선(測量船)』의 서정의 의미—그의 초기시를 중심으로」, 『日語日文學硏究』 第38輯 1卷, 韓國日語日文學會.

吳英珍(1988), 「日本近代詩에 나타난 韓國觀Ⅰ」, 『日語日文學硏究』 第13輯, 韓國日語日文學會.

_____ (1989), 「日本近代詩에 나타난 韓國觀Ⅱ」, 『日語日文學硏究』 第14輯, 韓國日語日文學會.

林容澤(2001), 「다이쇼(大正)시단과 무로우 사이세이(室生犀星)」, 『日語日文學硏究』 第38輯, 韓國日語日文學會.

최재철(2000), 「일본문학의 특수성과 국제성」, 『日語日文學硏究』 第36輯(文學·日本學篇), 韓國日語日文學會.

3) 검색 사이트

경북매일(http://www.kbmaeil.com)

2. 일본 서적 및 일본어 논문 (오십음도 순)

1) 1차 자료

『佐藤春夫·室生犀星 集』(1973),「日本近代文学39」, 角川書店.

杉山平一(1992),『三好達治 風景と音樂 (大阪文学叢書2)』, 株式会社編集工房ノア.

愼根縡(2006),『日韓近代小說の比較研究ー鐵腸·紅葉·蘆花と翻案小說ー』, 明治書院.

『日本現代詩大系』第6巻(1975), 河出書房新社.

『日本文學新史 <現代>』(1991), 至文堂.

三好達治(1965),『三好達治全集』, 筑摩書房.

『三好達治詩集』(1975),「日本現代詩大系」第九巻, 河出書房新社.

『室生犀生集』(1974),「日本現代文学全集27」, 講談社.

『室生犀生·萩原朔太郎 集』(1973),「現代日本文学大系47」, 筑摩書房.

『萩原朔太郎』(1981),「鑑賞日本現代文学12」, 角川書店.

『萩原朔太郎 集』(1969),「日本現代文学全集26」, 講談社.

『補訂版 萩原朔太郎全集 第1巻』(1986), 筑摩書房.

『補訂版 萩原朔太郎全集 第2巻』(1986), 筑摩書房.

龍前貞夫(2004),『詩の風景』新風舍.

『若山牧水 外 11人集』(1973),「現代日本文学大系 28」, 筑摩書房.

2) 단행본

安西均 編(1975),『日本の詩 三好達治』, ほるぷ出版.

安藤靖彦 編(1982),『三好達治·立原道造』,「鑑賞日本現代文学 19」, 角川書店.

池田功(2006),『石川啄木ー國際性への 視座』, おうふう.

伊藤信吉 外 3人 編(1975),『萩原朔太郎 日本の詩歌14』, 中公文庫.

伊藤信吉(1954),『現代詩の鑑賞(上)』, 新潮社.

＿＿＿＿ (1954),『現代詩の鑑賞(下)』, 新潮社.

伊藤信吉 外 4人(1969),『現代の抒情 現代詩篇Ⅳ』,「現代詩鑑賞講座 第10巻」, 角川書店.

伊藤信吉 外 3 人 編(1975),『三好達治 日本の詩歌22』, 中公文庫.

石原八束(1979),『三好達治』, 筑摩書房.

石原八束 編(1981),『三好達治集』, 弥生書店.

林容澤(2000),『金素雲『朝鮮詩集』の世界』, 中公新書.

大岡信 解説(1967),『三好達治』,「日本詩人全集 21」, 新潮社.

小川和佑(1976),『三好達治研究』, 教育出版センター.

小田切進 編(1992),『現代日本文芸総覧 中巻』, 大空社.

小海永二 編(1982),『現代詩』,「鑑賞日本現代文学31」, 角川書店.

『現代詩読本 三好達治』(1985), 思潮社.

小西甚一(1992),『日本文芸史Ⅴ』, 講談社.

米倉 嚴(1997),『『四季』派 詩人の詩想と様式』, おうふう.

『昭和の文学』(1981),「日本文学研究資料叢書」, 有精堂.

ドナルド・キーン 著, 徳岡孝夫 訳(1992),『日本文学史 近代 現代篇七』, 中央公論社.

那珂太郎(1983),『詩のことば』, 小沢書店.

『日本文学新史 現代』(1991), 至文堂.

『日本文学全史6 現代』(1998), 学灯社.

『三好達治 外 3 人集』(1954),「現代日本文学全集 43」, 筑摩書房.

三好行雄・竹盛天雄 編(1977),『現代の詩歌』(近代文學9), 有斐閣双書.

村上菊一郎 編(1959),『三好達治・草野心平』,「近代文学鑑賞講座 20」, 角川書店.

百田宗治 編(1933),『日本現代詩 研究』, 巧人社.

萩原葉子(1966),『天上の花―三好達治 抄』, 新潮社.

平野 謙(1971),『昭和文学史』, 筑摩書房.

村野四郎(1969),『三好達治選集』, 旺文社,

安田保雄 外 2 人 編(1982),『詩論 歌論 俳論 近代文学評論大系8』, 角川書店.

吉田精一, 大岡信 編(1979),『現代詩評釈』, 学灯社.

吉田精一 編(1980),『近代文芸評論史』, 至文堂.

3) 논문

饗庭孝南(1983), 「三好達治—狂風者のうた」, 『夢想の解説(近代詩人論)』, 美術公論社.

安西均(1975), 「三好達治と『四季』」, 吉田凞生·分銅惇作編『現代詩物語』, 有斐閣.

鮎川信夫(1947), 「三好達治論」, 『現代詩』14号.

粟津則雄(1992), 「抒情の運命」, 『群像 日本の作家 10』, 小学館.

池川敬司(1997), 「三好達治の言語観」, 『中央大学国文』第20号, 中央大学 国文学会.

_____ (1973), 「三好達治の戦争詩」, 『中央大学国文』第16号, 中央大学 国文学会.

石井昌光(1955), 「三好達治」, 『宮城学院女子大学 研究論文集』8号.

_____ (1956), 「現代に於ける風流の文学」, 『宮城学院女子大学 研究論文集』10巻.

_____ (1961), 「三好達治」, 『国文学』6月号.

石川 淳(1975), 「詩人の肖像」, 『日本の詩歌 22 三好達治』, 中央公論社.

石原八束(1964), 「詩人の最後·三好達治」, 『文学界』6月号.

_____ (1974), 「三好達治の軌跡」, 『国語』7月号.

伊藤 整(1984), 「三好達治 詩の世界」, 『日本文学研究資料叢書』, 有精堂.

伊藤信吉(1964), 「三好達治の抒情について」, 『本の手帖』, 昭森社.

_____ (1952, 4, 23), 「抒情の生命」, 『日本読書新聞』.

_____ (1982), 「三好達治論」, 『詩論 歌論 俳論 近代文学評論大系8』, 角川書店.

林容澤(1987), 「日韓近代詩の比較文学的考察」, 『比較文学研究 52』, 東大比較文学会.

_____ (2002), 「『金素雲『朝鮮詩集』とモダニズム詩」, 『比較文学研究 79』, 東大比較文学会.

大岡昇平(1953), 「京都学派」, 『新潮』12月号.

小川和佑(1961), 「三好達治 「鴬のうへ」」, 『国文学』12月号.

_____ (1968), 「三好達治」, 『近代詩 教えの方』, 右文書院.

_____ (1966), 「『四季』その詩人」, 『国語通信』22号.

_____ (1969), 「昭和詩の源流 ー西脇順三郎と三好達治ー」, 『古典と近代文学』3号.

大塚久子(1967), 「達治詩集『測量船』の抒情の特質」, 『東京女子大学·日本文学』29号.

貝塚茂樹(1965), 「三好達治—数枚の素描」, 『日本と日本人』, 文芸春秋新社.

蒲池歡一(1964), 「三好さんと漢詩」, 『本の手帖』, 昭森社.

미요시 다쓰지三好達治 시를 읽는다

河野仁昭(1973),「三好達治とその戦争詩」,『日本の近代化とキリスト教』, 新教出版社.

_____ (1974),「『日本浪漫派』と『四季』」,『キリスト教社会問題研究』第22号.

河上徹太郎(1936),「日本のアウトサイダー」,『四季』第19号.

河盛好蔵(1969),「憂国の詩 三好達治」,『現代日本文学大系64』, 筑摩書房.

北川冬彦(1932. 11. 21),「近頃の詩集など―三好達治君の『南窗集』」,『帝国大学新聞』.

_____ (1961),「『亜』と『面』」,『本の手帖』第1巻 第3号.

_____ (1975),「三好達治のこと」,『国文学 解釈と鑑賞』.

木下常太郎(1947),「三好達治論」,『詩学』12月号.

木村幸雄(1975),「言語感覺の嚴しさ」,『解釋と鑑賞』, 至文堂.

木原孝一(1965),「戦争詩の断面」,『本の手帖』, 昭森社.

黒田三郎(1950),「三好達治論」,『解釈と鑑賞』1月号.

桑原武夫(1946),「詩人の運命」,『新潮』1月号.

阪本越郎(1984),「三好達治論」,『近代詩 日本文學研究資料叢書』, 有精堂.

_____ (1968),「三好達治の抒情詩」,『本の手帖』3, 4 合併号, 昭森社.

『作品』9月号(1932),『南窗集』特集.

渋谷孝(1974),「三好達治「南窗集」,「閒花集」,「山果集」について―「測量船」の作風の投影を中心に―」,『秋田文學』第4號.

渋谷孝(1973),「三好達治『測量船』における「鴉」の位置」,『文芸研究』第74集, 日本文芸研究会.

_____ (1967),「三好達治の『測量船』論」,『宮城教育大学 国語国文』.

_____ (1976),「三好達治'霾'における'鴉'の特質」,『宮城教育大学 国語国文』第7号.

嶋岡晨(1996),「三好達治論―そのモダイズム」,『都市モダニズムの奔流』, 翰林書房.

神保光太郎(1936),「リリシズムの世界」,『四季』第19号.

_____ (1959),「『四季』の精神と態度」,『詩学』臨時増刊号.

杉本春生(1974),「三好達治の抒情性」,『解釈』9月号, 教育出版センター.

杉山平一(1964),「三好達治」,『詩学』5月号.

_____ (1970),「三好達治と古典詩歌」,『国文学』3月号, 学灯社.

関良一(1965),「三好達治「乳母車」」,『国文学』9月号.

_____ (1966), 「鼇のうへ」,『日本近代詩講義』, 学灯社.

_____ (1970), 「三好達治と古典詩歌」,『国文学』3月号, 学灯社.

徐載坤(1999), 「萩原朔太郎の作品における女性像の研究」東京大学 博士学位 論文.

高橋良雄(1974), 「三好達治における風土と自然」,『解釈』9月号, 教育出版センター.

竹中郁(1936), 「最近二詩集―山果集」,『四季』第15号.

竹中郁(1959), 「三好達治について」,『三好達治・草野心平』, 「近代文学鑑賞講座20」, 角川書店.

田所 周(1974), 「三好達治と古典」,『解釈』, 教育出版センター.

田中克己(1939), 「艸千里について」,『四季』第49号 9月号.

立原道造 外 2人(1935), 「『測量船』に就て」,『四季』4月号.

中井一弘(2003), 「三好達治論象徴イメージ「鳥」と精神の構図」,『兵庫教育大学近代文学雑志』第14號.

中谷孝雄(1969), 「青空」,『群像』5月号.

中野重治(1967), 「三好達治・人と作品」,『日本詩人全集21』, 新潮社.

芳賀徹(2006.11), 「日本詩人の朝鮮像―三好達治と多文化主義の難しさ」(要旨), 한국비교문학회.

萩原葉子(1985), 「天上の花のこと」,『三好達治』, 思潮社.

_____ (1964), 「青山斎場のこと」,『本の手帖』, 昭森社.

長谷川 泉(1974), 「三好達治の手法 ―そのイメージと音楽性をめぐって―」,『解釈』9月号, 教育出版センター.

鳩貝久延(1974), 「教科書に現れた三好達治の作品と問題」,『解釈』9月号, 教育出版センター.

平林英子(1969), 「三好達治」,『青空の人たち』, 皆美社.

藤井貞和(1985), 「<古典> 趣味について」,『三好達治 現代詩 読本』, 思潮社.

分銅惇作(1975), 「中也・靜雄・達治 その抒情の質」,『解釋と鑑賞』, 至文堂.

分銅惇作・吉田凞生編(1978), 『現代詩物語』, 有斐閣.

堀口大学(1982), 「三好達治君の測量船」,『詩論 歌論 俳論 近代文学評論大系8』, 角川書店.

桝井寿郎(1975), 「達治における詩と現実」,『国文学 解釈と鑑賞』, 至文社.

丸山薫(1959), 「その頃の三好君」,『三好達治・草野心平』, 「近代文学鑑賞講座」第20巻, 角川書店.

_____ (1932), 「『南窗集』に就て」,『作品』9月号.

미요시 다쓰지三好達治 시를 읽는다

萬田 務(1975),「三好達治『測量船』,『花筐』」,『国文学 解釈と鑑賞』4巻 4号.

三好達治(1992),「萩原さんといふ人」,『萩原朔太郎 群像 日本の作家10』, 小学館.

村野四郎(1966),「三好達治」,『鑑賞現代詩Ⅲ(昭和)』, 筑摩書房.

森田 蘭(1974),「三好達治の詩集論」,『解釈』9月号.

森亮(1982),「三好達治の口語四行詩」,『三好達治 立原道造』,「鑑賞日本現代文学」19, 角川書店.

安田保雄(1963),「『青空』時代の三好達治」,『鶴見女子大学紀要』第1号.

＿＿＿＿(1952),「達治の詩の意図するもの」,『国文学 解釈と鑑賞』, 至文堂.

＿＿＿＿(1962),「三好達治」,『国文学』, 学灯社.

＿＿＿＿(1984),「三好達治」,『近代詩 日本文学研究資料叢書』, 有精堂.

＿＿＿＿(1973),「三好達治における西洋―『測量船を中心に」,『解釈』, 教育出版センター.

＿＿＿＿(1974),「三好達治と比較文学論考―続篇」,『学風社』.

山岸外史(1935),「三好達治氏と詩精神」,『四季』第10号.

山本健吉(1976),「三好達治」,『近代日本の詩人たち』, 講談社.

＿＿＿＿(1967),「作品解説」,『日本現代文学全集 77』, 講談社.

＿＿＿＿(1961),「三好達治 人と作品」,『小説中央公論』1号.

山本太郎(1964),「現代詩壇」,『新潮』9月号.

＿＿＿＿(1964),「わが文学散歩 ―詩人三好達治―」,『芸術生活』6月号.

梁東國(1993),「日韓近代詩における<吠える犬>のイメージ ―萩原朔太郎を中心に―」,『比較文学研究 64』, 東大比較文学会.

＿＿＿＿(1997),「朱耀翰と日本近代詩」, 東京大学 大学院 博士学位 論文.

吉田精一(1954),「昭和詩史」,『昭和詩集』,「昭和文学全集47」, 角川書店.

吉田凞生(1965),「三好達治の『乳母車』」,『国文学』9月号,

吉本隆明(1958),「『四季』派の本質」,『文学』4月号.

4) 검색 사이트

フリー百科事典,『ウィキペディア(Wikipedia)』

야후 재팬, www.yahoo.co.jp.

미요시 다쓰지三好達治 시를 읽는다
한국을 노래한 일본 국민시인

초판1쇄 인쇄 2019년 11월 8일
초판1쇄 발행 2019년 11월 15일

지은이　　오석륜
펴낸이　　이대현
책임편집　백초혜
편집　　　이태곤 권분옥 문선희
디자인　　안혜진 최선주 김주화
마케팅　　박태훈 안현진

펴낸곳　　도서출판 역락
출판등록　1999년 4월 19일 제303-2002-000014호
주소　　　서울시 서초구 동광로 46길 6-6 문창빌딩 2층 (우06589)
전화　　　02-3409-2060
팩스　　　02-3409-2059
홈페이지　www.youkrackbooks.com
이메일　　youkrack@hanmail.net

ISBN 979-11-6244-435-1 93830

이 도서의 국립중앙도서관 출판예정도서목록(CIP)은 서지정보유통지원시스템 홈페이지(http://seoji.nl.go.kr)와 국가자료종합
목록 구축시스템(http://kolis-net.nl.go.kr)에서 이용하실 수 있습니다. (CIP제어번호 : CIP2019043763)